JN159664

新 岐阜県歌壇史

現代編

はじめに

スタートとしての1945年

ここに「新・岐阜県歌壇史」を書き起こす。この歌壇史は、もちろん一地方歌壇史だが、「美濃を制するものは天下を制する」という司馬遼太郎が『国盗り物語』で使った表現が、筆者には思い浮かびもする。その理由は回を追うにつれて、読者も得心されることだろう。

岐阜新聞（以下、本紙）では、「岐阜県歌壇史」が平成四（一九九二）年十一月十三日付朝刊で始まり、平成十三（二〇〇一）年五月二十一日に第六十回をもって中断している。執筆者は、故小瀬洋喜（おせようき）氏。岐阜市立女子短期大学の学長などを務め、薬学者としても活躍した学匠歌人である。氏はこの歌壇史に、「古代から現代まで」との副題を付けていた。中断した最終回は、関ケ原の合戦で敗退した宇喜多秀家の辞世の一首で終了している。

小瀬氏が筆を擱いてから、既に二十年あまりが経過し、氏が意識した「現代」もまた、一昔前となりつつある。短歌初学の頃から、指導を仰いだ筆者では足らないこともあるだろうが、岐阜という地方と中央歌壇とを常につなごうと努力を欠かさなかった小瀬氏の姿をよく知るゆえに、小瀬氏の残した歌壇史の空白を埋めるために、「新・岐阜県歌壇史」を新しく書き始めることとする。

短歌史は、大きく和歌と呼ばれた時代と、短歌と呼ばれた時代に分けられる。後者は、明治時代に入り、短歌改革運動が起こった、明治二十（一八八七）年代中頃からと言われる。また近代短歌の起点から現代にかけては、さらに近代短歌と現代短歌に二分することが一般的である。

本歌壇史では、太平洋戦争終結以降を「現代短歌」、明治中盤から太平洋戦争までを「近代短歌」、江戸時代から明治中盤までを「近世和歌」の時期に分けることとする。この三期間は、ちょうど小瀬氏が未着手の時代に当たる。

本歌壇史では、岐阜県における短歌の現状を明らかにすることより始め、現代編から三期を遡り行くことで、小瀬氏の残した岐阜県歌壇史と接続することを企図している。これは短歌を通して岐阜県人の文化の形成の過程を確認する作業に他ならない。

起点は、昭和二十（一九四五）年。終戦の年である。この年の十月には岐阜歌人協会が、翌十一月には、飛騨短歌会が結成されている。終戦からわずか二、三カ月での、新団体の結成にこそ、戦時下における歌人たちの抑圧の度合いが推し量られる。歌人たちを窮地に追い込んだのは、紙不足ゆえの全国的に起こった歌誌統合である。多くの雑誌が廃刊となり、拠（よ）り所を無くした歌人が出現していたのである。

田舎路の農業会にかけられし横文字の札に秋陽わびしく　　田口由美

日本は確かに占領をされたのであった。アルファベットの並ぶ札こそが、その現実を表している。

岐阜歌人協会の作品集『新生譜』第一集（一九四五年刊）の作である。

もくじ

岐阜 西濃

中濃 東濃

飛騨

岐阜西濃

作品のレベルアップ狙う

岐阜歌人協会発足の翌年昭和二十一（一九四六）年四月に、岐阜県歌人連盟が結成された。この連盟から発行された歌誌が「岐阜歌人」である（なぜか発行者は岐阜歌人会とある）。後にこの歌誌は「歌人」と改称される。

昭和二十一年七月に刊行された「岐阜歌人」創刊号は、出詠者六十七名、作品百四十二首を収めると、小瀬洋喜は『明治百年　岐阜文化スケッチ』（岐阜県ユネスコ協会編）所収「歌壇一〇〇年」の章で書く。「県内歌人集団として名実ともに備えた出発であった。この出発は単に戦前派歌人の復活となったばかりでなく、戦後派の抬頭（たいとう）をもたらすこととともなり、ここに歌壇は全く新らしい時代をむかえることとなった」とも。残念ながら創刊号は未見だが、今手元に、創刊第二号から第二十七号までの大部分を入手したので、しばらく、この歌誌に拠りつつ昭和二十年代前半の岐阜県の歌壇の状況を見てみたい。

第二号は昭和二十一年九月二十日の発行。B５判で謄写版刷りである。編集兼発行者は服部銀月、発行者は河野子外である。服部は、岐阜歌人協会設立の中心人物である。五十七人が出詠。中居耿之が「『岐阜歌人』抄評」という長い文章を寄せている。その冒頭で、中居は次のように書く。

岐阜歌人が創刊されたことは県下歌壇の為真に意義のあること、思ふ。郷土に斯る歌誌の出現を望んでゐた私は、今創刊号を手にして悦びに堪えない。然しながら県下歌人が全国歌壇に問ふべき歌誌にしてハ、外見に於て其の内容に於て、更に一段の努力を要することは私の言ふまでもない事と思ふ。

中居は、「精進を積み、日本歌壇連峯の中に、秀峯『岐阜歌人』を仰がしめねばならぬ」とまで書いている。計十六ページのリトルマガジンに過ぎない「岐阜歌人」

であるが、戦後約一年にして、この心意気は見事である。表紙に、「前号感銘歌」を十首載せているのも、作品のレベルアップを意図するものであろう。

　ゆめを持つことの少（すくな）き日々にして虹立つ見れば
　きよしそのいろ　　　　　　　　　　上田小夜子

　戦後の市民の気持ちをよく反映した歌である。このような歌を感銘歌として採りたくなるところにも同様の状況がある。巻末の「清規」を見ると、結社の歌歴を問わず、会員を平等に扱う旨書いてある。このあたりの寛容さに、戦後の岐阜県歌壇が発展したポイントがあるように思われる。

　第三号は十月号。同様の判型で、編集兼発行者は田口由美（よしみ）に交代し、四十二人の出詠である。

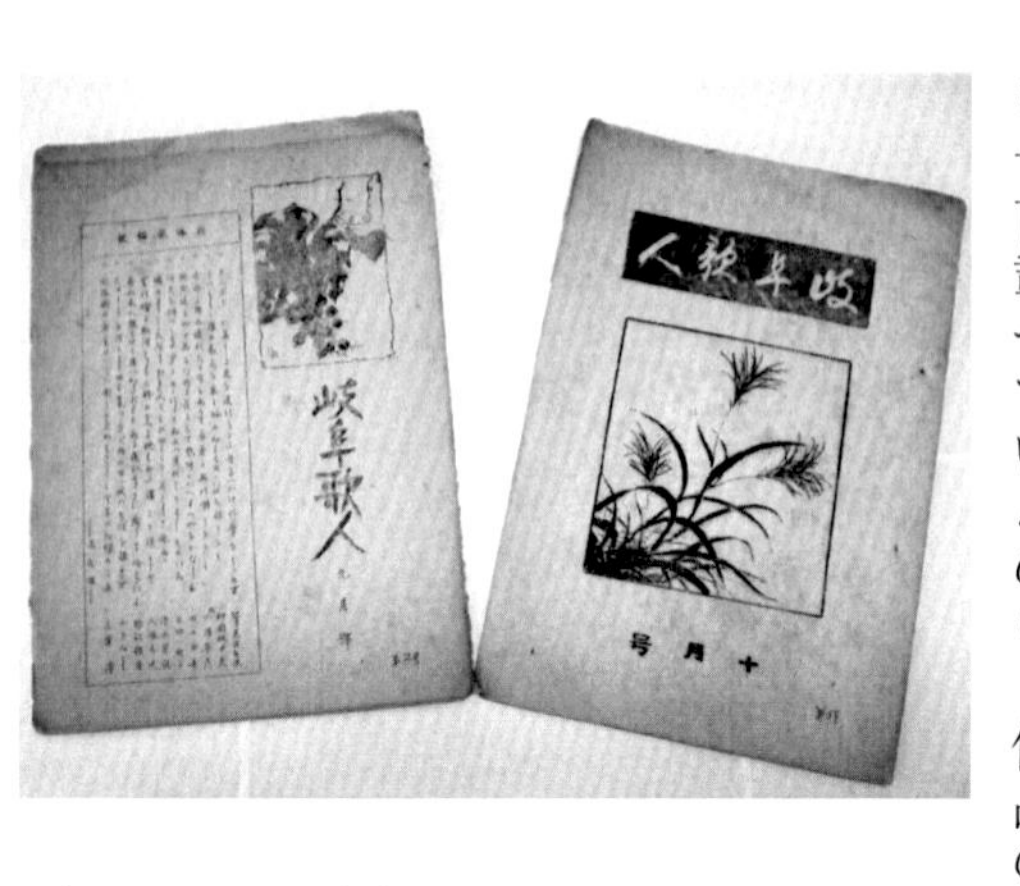

岐阜県歌人連盟から発行された短歌誌「岐阜歌人」第2号と3号（古今伝授の里フィールドミュージアム所蔵）

「歌人」と改題、充実した活動

短歌雑誌「岐阜歌人」は、昭和二十二（一九四七）年一月号より「歌人」と改題、「岐阜歌人」からの通集第五号を謄写版から活版印刷に切り替えて刊行している。今手元に第六号があるが、いわゆる単行本サイズのほぼ菊判で、計十二ページ、作品欄は、Ⅰ欄七人、Ⅱ欄十四人、Ⅲ欄二十八人からなる。人によってばらつきはあるが、だいたい七、八首が掲載されている。

Ⅰ欄には、服部銀月、田口由美といった岐阜歌人会の主要なメンバーの名前が並ぶので、歌歴に応じて欄が決められているのだろう。後記でⅠ欄の村岡紀士夫が、「本号より作品欄の形式を整へました」と書いている。現代まで受け継がれている結社雑誌の判型、作品欄の形式を踏襲するようになったことは興味深い。印刷事情が急速に回復してきていることも窺われる。

村岡は十一ページに「初学指導　添削実例」を寄せている。二首を並べて添削の実例を並べるのみのシンプルな欄であるが、このような欄は、会員を増やそうという意図によるものだろう。当然Ⅲ欄の増加を目的としている。

Ⅰ欄の村岡の作品は、「職員組合」七首である。

文筆の才もて成すに非ざれば決議草案一気に書きぬ

労働組合の育成は、ＧＨＱの民主化政策の一つであり、昭和二十一年から二十二年にかけては労働組合が相次いで結成された。村岡はその文才を買われて、決議文を書かされたのだろう。時代の雰囲気を濃厚に反映している一首である。村岡は、東京に本部を置く有力結社「水甕」の会員でもあった。

この時期村岡の作品は大変充実しているようで、「水甕」昭和二十一年十二月号では、「村岡紀士夫氏の近作」と題して、河合恒治が二ページを超す批評文を寄せている。いくつか作品を引いた後に、曰く「かういふ叙情の中に沈潜されてゐる知のはたらき、それを裏付けとしての詩的感覚、この条件を完全に消化せしめてゐるとさへ云ひ切れるのである」という評言は、これに続く「叙情への喰ひ込みは、村岡氏にとつても私にとつても今後の課題である」という問題提起を差し引いても、十分にその実力を認めたものと言えるだろう。

大正時代から常に中央の短歌結社をリードし続けてきた「水甕」の実力者村岡が、「水甕」の編集センスを「歌人」の編集に取り入れたことは、間違いないだろう。組合活動、中央結社での意欲的な活動、地元での雑誌制作、いずれの分野でも手を抜かないところに、村岡の充実ぶりと、戦後すぐの復興のエネルギーのようなものが感じられる。後記によれば、例会の場所は「鶯谷高女」とある。今のように公民館や文化施設のない時代なのであった。

用紙不足の中、盛んに発刊

前回「水甕」昭和二十一（一九四六）年十二月号掲載の、「村岡紀士夫氏の近作」を紹介したが、この機会に、この年の「水甕」誌を読んでいて、興味深い記述を発見した。それは同誌昭和二十一年の十一月号の「後記」である。執筆者は編集兼発行者の松田常憲である。

印刷所の特別の好意によりて用紙をすべて立替へて夜業をして仕事を急いで貰つてゐる。明年二月号あたりからは一日発行実現の見込である。配給用紙は四月号からの現品を今に（十一月十三日）貰へぬといふあはれなことで、すべて生やさしいことに考へて貰つては困る。今月は前号と二部発送することなり支払も容易ではない。名古屋時代の百倍以上の印刷費であり、其他の諸経費の暴騰も諸君のご承知のとほりである。

伝統ある「水甕」といえども、戦後かくまで用紙不足に悩まされていたのである。引用の冒頭は、印刷所の特別の好意で、用紙を全て立て替えてもらったということ。配給の紙は当てにならないのだろう。この後記下の奥付を見ると、十一月一日発行とある。十一月十三日に後記を書いているのは大きな矛盾だが、それは用紙がまだ間に合わないということだろう。

戦前は、戦時下の紙不足で、歌誌統合と言い複数の歌誌が一つの歌誌に統合されていたのだが、戦後もしばらくは、窮乏状態が続いていたのである。その点、前回触れた、昭和二十一年七月の「岐阜歌人」の創刊は謄写版とはいえ、地方において快挙である。この年、岐阜では各地で短歌会が多く発足し、歌誌も活発に出され始めている。戦後すぐの活況は特筆に値すると言えるだろう。

先ほどの後記を書いている松田常憲は岐阜と縁の深い歌人である。大正七

（一九一八）年七月に国学院高等師範部を卒業すると翌月に岐阜県立斐太中学校に奉職した。大正十年に鹿児島県立第一中学校の教諭に転ずるまで、高山に暮らしたのである。

ちなみに、「水甕」も終戦の昭和二十年には、三月から十月までの合併号を謄写版で八月一日に発行している。

かみしめてはむにかなしき肉の味わが忘れゐし肉の味すも　　松田常憲

「水甕」昭和二十年十一月号「肉を贈られて」八首中の作。「はむに」は「食むに」。窮乏する食糧事情の中、本当に久しぶりに肉を味わいその味を思い出したのだ。一連には、「帰り遅き妻子を待ちつつとみかうみしつつたぬしも一皿の肉を」も。「とみかうみ」は、あちらを見たりこちらを見たりの意。家族で一皿の肉を得て落ちつかぬ作者なのである。紙どころではなく、まずは食べ物が第一の時代なのであった。

売れ行き良好な「歌人」誌

ジャーナリズムの一端に

「岐阜歌人」が「歌人」にタイトルが変わり、この月刊短歌誌は順調に歩みを続けた。第八号は、昭和二十二（一九四七）年四月十五日の発行である。この号では、編集兼発行者は、田口由美、服部竹風、村岡紀士夫の三人となっている。そのうちの一人田口は、「短歌の永遠性」という短い文章を寄せている。

短歌雑誌「八雲」に「短歌の運命に就て」といふ座談会記事の載つてゐるのを読まれたことと思ふ。文壇人や評論家連中の間で、最近短歌の否定論を唱へてゐるのは、現代の我々の新しい生活感情を盛るのには、短歌といふ既成形式では駄目だ、言ひ換へれば、短歌では我々の新しい生活感情を表現することが出来ないといふのである。短歌の運命も行きづまつたといふのである。

「八雲（やぐも）」は、昭和二十一年十二月に発行された短歌総合雑誌である。桑原武夫に代表される短歌俳句「第二芸術論」が世の中に流布する中、「短歌が、真に文学の一環としての生命を自覚し、芸術のきびしい途（みち）に繋がりうるか否かを実践的にこたえる試練の場」として久保田正文によって創刊されたものである。

この「短歌の運命に就て」は、昭和二十二年の新年号に掲載されたもので、臼井吉見、木俣修、中野好夫ら七人によって行われたものである。臼井は、前年の五月に総合雑誌「展望」に「短歌への訣別」を発表していたので、座談会に呼ばれたのだろう。短歌否定論者、肯定論者が綯（な）い交ぜになった座談会に触れて田口は、こう述べる。

万一短歌が生活感情を盛ることのできないものとしたら、それは他の形式によればよいことであつて、その為に短歌を否定するのは当たらないと思ふ。

（中略）歌は結極各自のものなるが故に、三千年の今日迄生きて来てゐる。歌は各自のものなるがに故将来性があつて滅亡するとは私には思はれない。だから私は短歌否定論者ではない。

中央で巻き起こっていた第二芸術論議に、地方でもこのように直截に反応があったことは、結局はこの反動を乗り越えた昭和歌壇史の中で、銘記すべきことであろう。戦後、日本の伝統文化が軽視される風潮の中で、歌人、俳人の受けた反動は大変なものであったからだ。

この号の「後記」は、服部竹風が書いているが、「前二号を市内の書店に出してみたが売行良好残本のないのは嬉しい悲鳴を挙げて居る」とある。「歌人」誌は地方においてささやかながらもジャーナリズムの役割を果たし始めたのであった。

雑誌継続の苦労

新聞社に事業支援求める

前回触れたように、「歌人」誌は、田口由美、服部竹風、村岡紀士夫の三人体制で、順調に発刊を重ねるのだが、昭和二十三（一九四八）年の四月号第十九号は、田口由美一人が編集兼発行人となっている。「後記」を見ると、服部、村岡は、私事で忙しく、教員の田口が学年末の行事を終え編集に当たっていると記されている。さらには、三人の編集体制についても、職業との両立の困難さに加え、「これは民主的な方法でもないのですから、やはり編集委員を決定して戴いてやつて行きたいと思つてゐます」とある。小冊子とはいえ、月刊誌の号を重ねる苦労が伝わってくる。興味深いのは、岐阜県内の短歌会の動向が、「後記」に示されている点である。

県下には飛騨の「飛騨短歌」と東濃の「山那美（やまなみ）」とが、体裁内容共にすぐれてゐますが「歌人」は歌風に於て（おいて）質的に於て独特のものを持ち、決して劣らないと自信を以てゐます。

田口が、「飛騨短歌」「山那美」をライバル誌として目しているのは明白である。県内歌人の地域ごとの勢力のようなものも伝わってくる。この後記にも出てくるのだが、四月二十八日は、「タイムス主催岐阜歌人会賛助の春の短歌大会」開催の予告記事がある。第二十号には、この「春の短歌会」の報告記が村岡の手によって書かれている。タイムスとは、「岐阜新聞」の前身紙「岐阜タイムス」。先に体裁について田口が触れていたが、用紙の入手などをめぐって発行の困難さは続いており、歌会のような雑誌以外の事業は、新聞社に支援を求めていたことが予想される。

当日の収穫として挙げられている歌を一首引く。

生活給60％を主張してまなこ血走れるに真向ひて座す　　川出宇人

川出宇人は、名古屋の新聞社を経て、昭和二十年岐阜合同新聞（現在の岐阜新聞）に入社。本名は島三郎、岐阜タイムス社代表取締役専務を務め、昭和三十年に退任している。

「生活給」とは、賃金は労働者の最低生活費を保障せねばならないという思想に基づく賃金体系のこと。戦後の日本の賃金体系はこれに依拠する場合が多かった。

川出宇人

経営側は悪平等と攻撃し、その後は職務給などが導入されたことが知られる。川出の歌は、新聞社の経営陣の一角として、労働者側との折衝の場で詠まれたものであろうか。

第二十一号には、巻頭に特別寄稿として、宇人の作品六首が並ぶ。

アメリカの輸送機ならむ冬原の空を飛び居り関りもなく

二つ胴の米機頭上に迫るを見つ機種名さへ今は忘れて清し

一首目は各務原市にある現在の航空自衛隊岐阜基地に米軍が進駐し、岐阜の上空を盛んに米機が飛び交うようになったのだろう。二首目は、戦中の回想の歌。敗戦によって、「今は忘れて」しまう存在となったのだ。現実と記憶との相反が空しく響く一連だ。

赤座憲久の活躍

児童文学者、歌人が〝原点〟

「岐阜歌人」第二号には、赤座憲久、平光善久の名前が見える。この雑誌が「歌人」に変わっても、この二人の投稿は続いており、手元にある昭和二十四（一九四九）年二月発刊の第二十七号にも両者の作品はある。岐阜で昭和の時代から文学に関わってきた者ならば、赤座、平光の名を知らない者はないであろう。ただ歌人としての名を知るのではなく、児童文学者としての赤座、詩人としての平光として、その名は記憶されているはずである。この二人の文学者が歌人としてスタートしていることを証明する資料としても、この「歌人」という雑誌は実に興味深い。

「歌人」第七号は、「自歌自釈」として赤座が文章を寄せている。「兄と我ともに命をながらへていま荘厳の富士にまむかふ」の歌に続けて赤座は次のように自作を解釈する。

マーシャルのウオツゼ島から生還した兄を港に出迎えた折の一連中の一首である。惨烈の極みをよくも生きぬいた兄。—再会を期し得ないと思つてゐた兄の手を、うつつに握りしめて無言のひととき。しばらくして家族の安否告げ終へ、ほつとし乍ら美しくはれて荘厳にかがやく富士を指さした。兄の眼にはただならぬ輝やきをさへうかがふことができ、富士を仰いだまま再び無言のひとときが続いた。

「ウオツゼ島」とは、太平洋マーシャル諸島のウォッジェ環礁。マーシャルの戦いに兄は出征していたのだろう。戦争が終わり、安否を確かめ合う兄弟と荘厳な富士との対比が印象的な歌だが、戦後にはこのような「再会を期し得ない」出会いがいくつもあったのだ。富士山は、復員者にとっては、母国への帰還を最もよく表すものであった。短歌だけでなく、散文でも見事に兄と出会った時の思いを書き表している点に注目される。

赤座は昭和二十二年に岐阜師範学校を卒業。岐阜県立盲学校に勤務する。盲学校における作文教育の実践を岩波新書『目の見えぬ子ら―点字の作文をそだてる』として昭和三十六年に出版したところ全国的な反響を呼んだ。筆者の所蔵する同新書は、昭和五十一年の第十三刷であり、まさにロングセラーである。赤座は、盲学校勤務の後、短大の教員となり、多くの児童文学作品を発表している。

岐阜盲学校では、作文だけでなく短歌の創作も盛んに行われた。もちろん、赤座の歌人としての出発が、そのような短歌創作の実践にも大きく寄与している。

さほどにもめしいをみじめと思わぬ日花もろともに菜をゆでている

これは、盲学校時代の教え子小森美恵子の作品。小森は、中途失明者である。花もろともに食卓に出されるお浸しは、それはまたそれで華やぎがあるというのだろう。懸命にポジティブに生きようという精神がいとおしい。

平光善久の短歌への立ち位置

感傷性を消し去った作風

「岐阜歌人」第二号には、平光善久の作品が二首見える。

昏れしづむ家並つづきの軒に咲く白木蓮の色の清しき
白雨後の舗道にかへす昼の陽が満ちゆく人の頬に明るき

平光と言えば、即座に詩人という認識の読者がほとんどであろう。昭和・平成期に岐阜市を拠点に中部詩壇で活躍した詩人である。不動工房という印刷所を経営していたことでも知られる。大正十三（一九二四）年生まれなので、この作品の頃は、二十代前半である。

岐阜市内の戦後詩壇では、「詩宴」が昭和二十三（一九四八）年一月に創刊されている。平光はその編集人の一人であった。前回取り上げた赤座憲久もまたこの雑誌の同人である。短歌と詩の両方に力を注いでいた平光青年の姿が目に浮かぶ。

引用した歌は、共に句切れのない一続きの歌で、形容詞の連体形止めである。清潔感に溢れた端正な作品と言ってよいだろう。夕暮れと白木蓮のコントラスト、夕立に濡れた歩道の反射光が照らす通行人の頬といった具合に、しっかりとしたデッサンの施された歌である。平光の詩心の原点のようなものを覗いたような気持ちにさせられる。この号を見てさらに驚かされるのは、隣に並んでいるのが、福田夕咲（ゆうさく）の作品であるということである。福田といえば、若山牧水の早稲田大学での同級生。大正三年に郷里岐阜県高山に帰ってからは、詩人であると同時に現地の短歌雑誌を拠点に活躍した。

福田は、大学時代は、詩では北原白秋、短歌は若山牧水と深く交流をしていた人物であり、帰省してからもそのような人脈が大きな力を発揮し、高山を拠点にして、詩に短歌に大いにその水準を高めたのであった。詩と短歌の両方に才能を発揮した二人の文人が肩を並べているようで、この第二号は実に興味深い。なお、福田は、この二年後に逝去している。この第二号は手書きの謄写版印刷だが、変体仮名が用いてある。短歌よりは和歌という趣のある誌面なのである。ガリ版を切っている者の癖なのかもしれないが。

「歌人」になってからも、平光は作品を出し続けている。昭和二十三年十月発行の、第二十四号から二首を引く。

大き空に明るき墓地が無数にあり空翔ぶ鳥はそこにうづもる
暗き世代のひとりのわれが詠む歌に星座は暗きひかり放てり

先に引いた歌と比べると、随分と象徴的な作風である。十二月発行の第二十五号では、「感傷について」という文章を寄せ、「感傷性を短歌の世界から消し去りたい」旨を主張している。短歌に対する平光の一つの立場がここには如実に出ていると言えよう。

手元にある「歌人」は第二十七号まで。「後記」で、村岡紀士夫は、「別掲、平光君の『泥』が短歌研究一月号に知名歌人らと肩を並べて載りました」とし、「中央歌壇への雄飛を共々に祝福しませう」と書く。この後、「歌人」は廃刊。「岐阜県歌人クラブ」の結成へと、発展していくこととなる。

「歌人クラブ」の創刊

先駆性、新聞形式で長続き

今筆者の手元には、岐阜県歌人クラブの発行する「歌人クラブ」平成二十九（二〇一七）年十月号がある。発行は十月一日。いわゆるタブロイド判サイズの新聞としての刊行である。日本のタブロイド判はアメリカのものより小ぶりである。日本の新聞は四〇六×五四五ミリが通常の判型で、その半分のサイズの二七三×四〇六ミリとなる。実はこのサイズは、歌人には親しみがある。「現代短歌新聞」と「うた新聞」の月刊新聞が広く刊行されているからだ。共にまだ創刊以来六年に満たないが、この二紙の前には一九五三年から二〇一一年まで発行された「短歌新聞」が存在する。歌人にとっては長く馴染(なじ)んできたサイズなのである。

「歌人クラブ」は昭和二十五（一九五〇）年の創刊なので、その三年後には、「短歌新聞」が発行されていることになる。「歌人クラブ」は、平成二十九年十月号で通巻八百十号である。創刊号は昭和二十五年四月一日の発行。このたびクラブ事務局に改めて調べていただいたら、創刊以来毎月絶えずに刊行が続いているそうであり、誇るべきことである。

発行元の岐阜県歌人クラブは、昭和二十五年三月二十一日に美濃太田で創立総会が開かれている。県歌人クラブのように歌人団体がクラブを名乗るのには理由がある。昭和二十三年九月に、戦後の混乱の中でようやく全国的な歌人団体を結成する機運が起き、斎藤茂吉、土屋文明ら戦前からの重鎮や近藤芳美、宮柊二ら当時の中堅歌人によって日本歌人クラブが結成されたのである。その影響で全国各地でもクラブ設立の動きが起こったのであった。岐阜県歌人クラブ以外にも十二団体ほど現存しているが、その全てが岐阜県歌人クラブと同時期にできたものではない。月刊紙ではなく、年間歌集、会報の季刊としている団体が多い中、創立以来、活動を続けていることはやはり偉業と呼ぶべきであろう。

冒頭でタブロイド判による新聞発行について詳述したのには理由がある。一つは、占領下の日本ではこの形式が好適であったということである。タブロイド紙の先駆けは、一九四六年三月の「日刊スポーツ」である。占領下日本において、民主化の流れとして、進駐軍によりスポーツ紙の発行が奨励された中で、大衆紙の判型としてアメリカで普及したタブロイド判は、物資不足という点でも好都合であったはずである。

歌壇的にも歌人の戦争協力の責任が問われる中、民主的なアメリカを想像させるタブロイド判はイメージが良かったのだろう。その点で、全国版の「短歌新聞」に先駆けて、「歌人クラブ」が岐阜の地で発刊されたことは歴史に残る先駆性をもつ。そしてもう一つは、新聞の形式を採用したからこそ長く続いたということである。歌人は雑誌形式を好むが、あえて経費や手間が少ない新聞形式にしたことが奏功したのである。

これまでに登場した岐阜県内歌人の多くが全県的な新聞「歌人クラブ」に参加している。今回以降は昭和二十年代後半から昭和四十年に至る岐阜県歌壇史を、同紙を軸にして明らかにしていきたい。

「歌人クラブ」結成のことば

西濃含め県全域をカバー

岐阜県歌人クラブの発行する「歌人クラブ」創刊号は、題字を囲むように「結成のことば」を最上段に載せている。欄外には岐阜県歌人クラブ機関紙と謳ってある。まさに新聞創刊に当たっての宣言と言えるだろう。まずは冒頭の段落を引く。

岐阜県下在住の短歌愛好者が会派閲歴を超えて自由に大同団結し、平等の立場で相互の研究と交友親睦をはかるを第一の目的として設立を企てられたのがこの「岐阜県歌人クラブ」であります。

何より明確なのは、超結社としての会ということを標榜していることである。そして岐阜県というまとまりを強く意識している点も注目される。

あたかも戦後の新しい息吹きのなかに結ばれた「日本歌人クラブ」は昨冬東海支部の結成を見、本県下在住の同クラブ員代表として服部銀月村岡紀士夫（岐阜）勝野正男（東濃）永田憲一（西南濃）大埜間霽江（飛騨）の四地区五委員の名によって新たに「日本歌人クラブ会員」を推薦すること、なつたのを契機としてこれら新旧会員の親睦と連絡、研鑽の機関をもつとともに、なお将来新たに進み出らる、歌人のためには自由な活躍と中央へ飛躍のチャンスを持てる総合機関を有することは独り短歌愛好者という狭い限界内の幸福のみでなくて広く日本の地方人士間に大きな文化的聖火となろうという見方からこゝに「岐阜歌人クラブ」を結成せんとする機運熟し、県下に本拠を持つ全結社と各中央短歌誌の支部代表に飛檄、その満腔の賛成を得て別記のごとき世話人代表が選出され機関紙「歌人クラブ」の発刊とともに今日こゝにその創立総会を開くの運びになつた次第であります。

世話人代表のメンバーは五地区ごとに記されているが、人数は、東濃は四人、西濃は二人、中濃は四人、岐阜地区は七人、飛騨は三人である。人口比率もあるであろうが、西濃の少なさが気になる。これまでの連載の中でも西濃の歌人の目立った動向をとらえにくい点が気になっていたが、逆に言えば、県歌人クラブの創立においてちゃんと西濃地区もカバーされていたことが確認できたことで、全県的な動きであったことの信頼性が高まったとも言えるだろう。

歌人クラブ

歌誌展望

短歌展

地方文化と女性詞華

砂丘

岐阜県歌人クラブ創刊号（1950年）の第一面

三面に掲載されている会員名簿は計百八十人。スタートとしては実に充実した人数であろう。二面には短歌作品が載せられている。掲載は到着順とある。二番目の永田憲一の作品を引こう。

新聞に見て荒れゐむと訪ひし宮架け改めて橋の賑合ふ
大砲などとり除かれて神垣の例へてみれば芝生がぬくし

この後に赤福本舗の歌が見えるので、戦後の伊勢神宮の様子が知れる歌である。戦勝品、戦利品が境内に飾られる中、戦意高揚のため大砲が飾られていたのであろうが、ようやくもとの神宮にもどる安堵のようなものが込められている。永田は、結社「国民文学」に所属。歌人クラブのスタートにおいて西濃地区の発展に腐心した人物であった。

浅野梨郷の記念講話

短歌のおもしろさを熱弁

「歌人クラブ」第二号の冒頭の見出しは、「県歌人一堂に会す　礎茲に成る　創立大会」とある。創立大会は昭和二十五年の三月二十一日秋分の日に太田町（現在の美濃加茂市）萬尺寺で開催されたのであった。午前十一時より大会準備世話人を代表する川出宇人による挨拶があり、直ちに記念講話に入っている。講話は、名古屋から浅野梨郷が来岐して行った。日本歌人クラブ東海支部及び中京歌人団体から迎えたと記事にある。

浅野は、戦前から名古屋を代表する歌人として存在感を示していた歌人である。明治二十二年に名古屋市で生まれ、幼少より歌を始め、愛知県第一中学校を経て、東京外国語学校に進んでいる。伊藤左千夫に師事し、歌誌「アララギ」の第三号から出詠を始め、斎藤茂吉や土屋文明らと共に研鑽（けんさん）を積んでいる。鉄道省などに勤務した後に四十三歳で名古屋に戻り、歌誌「武都紀」の代表を務め、多くの後進を育成している。没年は昭和五十四年。八十九歳であった。

浅野梨郷（遺族提供）

一時間半に及ぶ短歌講話は、初学の人にも熟達の会員にも適切な内容だったとある。要旨を引く。

作歌動機というものは必ず、おもしろさ（一般に感動とか、感情衝迫とかなどと謂（い）いならはされているものをかかり易（やす）いために斯（か）く仮にいうと氏は断つて言はれる）から始まるものであるが、時代の推移と共にこのおもしろさの性格が非常に今日では変つてきている。そのため既往の短歌観からみると、こんなものが歌かというような歌らしくない歌が近代短歌とされるように変ってきている。

言うまでもなく根岸短歌会が、近代短歌の黎明(れいめい)の一頁を切り開いたのであるが、その一翼を担った自負のある梨郷が、このように短歌のおもしろさについて語ると説得力がある。社交的な辞令に終わらず、短歌論の核心を熱弁しているところが梨郷らしい。また、近代短歌らしい表現として次の例を挙げている。

写生をあれ程重んじた子規に『柿喰(く)えば鐘が鳴るなり法隆寺』の句があるに対し、或(あ)る人が貴説によれば「柿喰うておれば鐘鳴る法隆寺」とすべきならずやと訊(ただ)した処、御説尤(もっと)もと思うが――と尚自作をかざして怯(ひる)むなく応酬し得た子規に賛成出来るお互であありたい。

写生とは、「我」から脱却することだから、柿を食している自分自体を客体化しなければだめだというのが反駁してきた相手の論理であるが、子規は決してめげなかったのである。観客の耳目を集めるのに長けていた梨郷の舌鋒が窺い知れる。

講話の後は、総会や歌会があり一日の日程だったという。歌会の最高点歌は富田令禾であった。

値下がりの闇米すこし買ひ得たるはかなきゆとりを自慰とする春

まだまだ戦後色は褪せていないのであった。富田は飛騨の歌人で、画家でもある。飛騨の歌人が一席となったのは全県単位で行った第一回歌会として特徴的である。

安定化へ新聞社に発行所

「歌人クラブ」は順調に刊行が進み、昭和二十五（一九五〇）年には第三種郵便物認可を受けている。昭和二十六年一月十五日には第十号を発刊。月刊の短歌新聞として刊行の軌道に乗ったと言えよう。微妙な変化ではあるが、第三号から発行所が岐阜タイムス社内となり、第六号からは、発行人が川出島三郎から川出宇人に代わっている。

川出は岐阜歌人クラブの代表委員であると同時に新聞人でもあった。名古屋新聞などを経て、昭和二十年に岐阜合同新聞（現在の岐阜新聞）に入社している。岐阜県歌人クラブ設立時の中心人物であるが、実は島三郎が本名で、宇人は筆名である。また岐阜タイムスは、岐阜新聞の一九四六年から一九五九年までの紙名である。「歌人クラブ」が月刊短歌新聞の嚆矢であることに以前触れたが、新聞人川出の存在がその成功には不可欠だっただろう。安定化のために、発行所を新聞社に置いたと考えられる。

連合国軍総司令部（ＧＨＱ）による民主化の流れで「歌人クラブ」がタブロイドサイズで発刊されたことは、岐阜タイムス、という社名（紙名）が、英国最古の新聞「タイムズ」を想像させ、いかにも欧米的なこととも連動していそうだ。ちなみに一九六〇年から岐阜新聞は、一八八一年創刊の歴史ある岐阜日日新聞の名に戻している。戦後の社会的状況は新聞の名称変更にも影響しているのであった。

創刊から年が改まり、第十号は、充実に向けての機運が高まる。第二面には、川出による「文化運動の一翼として　歌人クラブの在り方　広く意見を求めた質問三項目」が載る。冒頭は、「『歌人クラブ』の新年号を皆さんのお手許へ発送した直ぐあと、別記のごとき三項目の質問に回答を求めるハガキを五十数氏へ発したところ、次の如く半数弱の二十三人から即答を得た。我々はこの『歌人クラブ』を利用してどうしようという野心もない」と始まる。三項目は、「Ａ現在全国歌壇で好ましき人　B同県歌人での好ましき人」「季刊誌『歌人クラブ』に対するご意見」「昭和二十六年度における貴方の作歌信念は?・」である。「好ましき人」を尋ねるというのは、現代では問題視されそうだが、単刀直入で川出の人柄をも表しているようで興味深い。Aについては土屋文明、木俣修、窪田空穂といった名だたる近代歌人の名が挙がっている。クラブについての意見にはなかなか辛辣なものもあり、森勇三は「岐阜を中軸とする以上やむないが一部の幹部が自分の好みに引きずろうとする傾きが若干観られる」と寄せ、永田憲一は「あまりにも『クラブ』すぎます」と、まさにピシャリと物を申している。永田の一言は、社交ではなく作品研鑽の場に専念せよということであろう。

　川出の文章は、クラブの規約に触れつつ機関紙として歌人のみならず、「文学、美術、工芸の方面に力を発揮し、または理解を有する人士の、なるべく多くへ」訴えている。クラブ運動を「一つの立派な文化運動」とする確信を、今回のアンケート結果の披露とともに読者に述べているのである。部数増を願っての新聞人としての性分がほの見えて微笑ましくもある。

観光短歌の入選作

岐阜の名所の価値高める

昭和二十六（一九五一）年八月二十五日発行の「歌人クラブ」第十七号の一面トップの見出しは、「郷土を讃ふる愛情　観光短歌の入選発表に当り」とある。この見出しは、旧字旧仮名で表記されている（本稿では、旧字は新字に改め、仮名遣いは原文通り引用している）。昭和二十六年当時は、これが通常の表記方法なのであった。入選発表とあるのは、七月末日で締め切っていた「われらの郷土美を讃ふる短歌作品」の掲載ということである。なお、発表は「本紙並岐阜タイムス」などとある。記事は、このような企画は、前年の戦没学生に寄せる特集に続くもので、成功を収めたと言いつつ、「斯かる行事に就ては種々論議の向きは有りうる筈で、短歌文学はもっと純粋に在るべきだ」ともしており、新たな試みとして慎重に行っていることが窺い知れる。

六月二十五日発行の第十五号の応募要項を見ると、「わが郷土岐阜県下における誇るべき自然の風光・行事・施設、その他観光の対象となるものを詠んだ作品を募る」とあり、入選者を鵜飼に招待と謳っている。また、一人三首以内の応募が可能であった。入選作は、長良川・鵜飼、養老の滝、関ケ原、谷汲山、日本ライン、蘇水峡、虎渓山、恵那峡、中山七里、下呂温泉、乗鞍岳といった名所ごとに選ばれている。鵜飼への招待が賞品のためか、長良川・鵜飼には四首が入選している。最初の二首を引く。

あかあかと鵜舟火くだるみどり夜や夏は長良は眺めすずしも　村岡紀士夫

水上の空こがしくる鵜篝(うかがり)に長良川波燦(きら)めきを織る　松原君子

養老は二首で、後は全て一首の入選である。いかにも観光名所を讃(たた)えるような歌もあれば、対象地にしっかりと取材し、迫力に満ちた作もある。「日本ライン」を扱った次の作などは、眼前の急流の命をもつような水勢を見事に描出している。

ひた寄せて挑むがごとくうち騰り逆巻く水に哮ゆる獅子岩　竹内奈美男

前回、岐阜タイムス社内に発行所が置かれたことを書いたが、一般紙にも同時に発表をしつつ、短歌によって岐阜の名所の価値を高めようというのが「観光短歌」の狙いなのだろう。

「日本ライン」について触れたところで筆者には想起されることがある。それは、「東京日日新聞」「大阪毎日新聞」（共に毎日新聞の前身）に一九二七年に掲載された、北原白秋の「日本ライン」という文章である。冒頭を引けば、「舟は遡る。この高瀬舟の船尾には赤の枠に黒で彩雲閣と奔放に染め出したフラフが翻つてゐる」とある。フラフとは幟の一種である。実はこの年に、東京日日と大阪毎日は、読者の投票後に、当時の名士によって「日本新八景」を選んでいる。そして木曽川を選んだのが文士代表の白秋なのであった。この企画の一環で白秋の文章は書かれているのだろう。「歌人クラブ」における観光短歌の発案においては、「日本新八景」が意識されていたような気がしてならない。かくして「歌人クラブ」は、短歌ジャーナリズムを具現化するメディアとして着実に歩み出したと言えるだろう。

若き牧水の初出短歌掲載

一九五三（昭和二十八）年十一月二十五日発行の「歌人クラブ」十二月号は第四十四号を数える。一面トップは、「素直に自然に詠め　初心忘るべからず」で、歌人土岐善麿の講演要旨を掲載している。

土岐は、歌人、国文学者で若い頃は哀果と号し、石川啄木と共に生活派短歌の基礎を作ったことで知られる。読売新聞社会部長の時、一九一七（大正六）年に東京、京都間のリレー競走「東海道駅伝」を企画し、これが箱根駅伝などの「駅伝」の起こりとなったことが知られている。長命で一九八〇年に九十四歳で逝去している。

講演は、岐阜タイムス社の主催、土岐氏を歓迎する県下秋季短歌大会（会場は笠松四季の里）として「短歌について」の演題で行われたとある。短歌概論、よい歌の条件などの内容であった。
この講演に関連して、二面では、小木曽旭晃が「土岐善麿と私」の原稿を寄せており、注目したい。小木曽は、小学校時代に全聾となり、以後独学で文学を志している。新聞・雑誌記者として幅広く活躍し、「新文芸」「山鳩」といった総合文芸誌を発行したことで知られる。岐阜新聞の前身、岐阜日日新聞には大正九年に入社、十五年間も編集局長を務めている。記事は土岐との関わりから始まる。

私と土岐善麿氏との関係は、今から四十七八年前という遠い昔のことである。弱冠二十三四歳の私は岐阜で月刊誌「新文芸」（菊版毎号三四十頁）を創刊したが、これは岐阜県の雑誌というような小範囲のものではなく、全国的のものであった。地方文壇隆興時代とて各府県で発行する同じような十種ほどの雑誌に交換広告して読者を吸収し、投書家、寄稿家もこれに伴って他府県に多かった。その新文芸は後に東京に似寄った雑誌が出たので「山鳩」と改題した。歌誌か俳誌めいた名であるが実質は総合文芸誌である。

一八八二年生まれの小木曽は、この記事の時、七十歳を超えたところである。若き日に地方にあって総合文芸雑誌を発行した矜持のようなものがストレートに伝わってくる文章で興味深い。

続いて、「山鳩」に土岐が毎号のように短歌を寄稿し、選者も引き受けてくれたと記した後、文通も絶えなかったことが書かれている。この度の講演会の折には、若き日に土岐が若山牧水と連名で軽井沢から小木曽に差し出した絵はがきを持参して見てもらったとある。

小木曽旭晃

牧水は短信の後に、「火の山の煙の末の青ぞらに消えゆく見つゝ人をしぞ思ふ」の歌を寄せている。牧水が生涯に残した歌は、若山牧水記念館の検索データベースでは九千七百六十五首。この歌を検索してみると、多少の異同があるが、「火の山のけむりの行衛ゆく空に消えゆく見つつ人をしぞおもふ」が見え、歌集未収録とある。小木曽の雑誌には牧水の若き日の初出の歌がいくつも見られ、全集掲載の歌といくつかの異同が見られる。牧水の短歌の研究にも極めて重要性が高いと言えよう。

大学時代の交流、恋愛反映

前回、小木曽旭晃が始めた総合文芸誌「山鳩」に触れた。今回は具体的にこの雑誌の内容について見てみたい。あいにく実物を見ることはできないが、複写版が岐阜県図書館で閲覧が可能なので、その記事のうち牧水に関する記事を紹介したい。

前回は土岐善麿が旭晃に軽井沢から差し出した手紙を紹介したが、明治四十(一九〇七)年の「七月の巻」第四十一号には「余白録」として次のような記事が見える。

土岐湖友、若山牧水の二君は先月下旬相携えて近畿漫遊の為め西下し、牧水君は郷里日向に下り、湖友君は本月二日帰郷せり、急用の為め立ち寄られざりしは同人一同大に失望、同氏帰省の際岐阜駅を通過するに臨み左の一書を寄せらる「君の郷へ来た。東京を出る時は帰りに御尋ねする心組であつたが時間の都合で出来なくなつた、このまゝまた過きてゆく、せめて君と会食する心持で弁当でも喰はうと思つたら売つてゐない」云々、字が震へてゐるのは汽車の進行中に書いたものらしい。（旭生）

山鳩（明治38年12月10日発行　岐阜県図書館所蔵）

宮崎県日向市にある若山牧水記念文学館のホームページ上の年表を確認すると、明治四十年（牧水二十三歳）の記述は、「春頃、上京した園田小枝子との交際が始まる。二人で武蔵野などに出かける。六月、中国地方を歩いて帰省。途中岡山県の二本松峠付近で『幾山河』の歌を作る」とある。近畿漫遊の中に中国地方が入るのだろう。湖友とは土岐善麿の別名だが、二人は早稲田大学英文科の同級生である。当時まだ大学生の二人の交流ぶりが知れる記述である。

土岐は、「山鳩」に頻繁に原稿を寄せており、いわば準同人のような位置を占めていたが、土岐を通して牧水と「山鳩」が関係を深めていったことも承知されるだろう。

この前号の第四十号には、若山牧水が「悲哀」という十首を寄せている。そのうちの三首を引こう。

われ寂し火を噴く山に一時(ひとゝき)のけむり絶えにし秋の日に似て
手もふれぬ君の前なる琴の緒に早やさまよふか哀しみ声
淋しければ悲しき歌を見せよとは死ねとやわれにやよつれな人

一番目と三番目の歌は第一歌集『海の声』に収められている。二番目の歌は歌集未収録歌。「山鳩」まさに初出の場だったと言えよう。三番目の歌は初句に異同がある。歌集では「淋しくば」である。年表に即して言えば、園田との恋愛が短歌に反映してきた頃と言えよう。若山牧水記念文学館のホームページ上からは牧水の短歌が検索できる。今回、直接問い合わせてみると、登録されている九千七百六十五首は増進会出版社版の全集に収録されている作品であるそうだ。全集の刊行から四半世紀が経ちその後新しく発見された短歌もあるそうで、そのような短歌を何十首か追加する計画もあるそうである。初出時の表記が判明することは、牧水の推敲の過程を知ることにもつながる。岐阜で刊行された雑誌にそのような牧水の足跡があることは、もっと注目されてよいだろう。

仏に「国際短歌の会」

戦後間もない誕生に驚き

「歌人クラブ」昭和三十（一九五五）年四月号は通算六十号。一面は「フランスに誕生した『国際短歌の会』」とある。小見出しには、「グランジヤン女史歌集を出版」とある。まずは、リード記事を引こう。

私はかつて万葉集の英訳と短歌の世界的進展を本紙で述べた事があるが、今や異常な発展をなしつつあり、誠に喜びに堪えない。（中略）また仏国アカデミー辞典にタンカの文字と解説を入れる事と、ラルスと言う八冊からなる大部な辞典にも短歌の事を入れることに快諾があつたとのことだ。これらのことについて吾々短歌愛好者が短歌の本質を守らなければならぬ強い義務感のようなものに迫られるおもいである。

ラルスとは『ラルース大百科事典』のこと。フランスで日本の短歌への関心が急速に高まっていることを報じている。これに続いて、日本の短歌結社「心の花」十一月号の記事の報告として、「フランスの芸術院会員で文化勲章受章者、ヂヤン・グランジヤン女史と、長島寿義教授とが発起し、『国際短歌の会』が組織された。

フランスの雑誌「國際短歌」1968年1月号（本田稜氏提供）

万葉集を初め現代短歌の仏訳、短歌の形式と本質を導入して短歌を制作し、その印刷物は仏国大統領を初め各国人へ配布される」とある。このグランジヤン女史は、『桜』という歌集を現地で刊行し「心の花」を発行する竹柏会の主宰佐佐木信綱に送付し、国際短歌の会の支部を日本に置き、名誉会長もお願いしたいと信綱に依頼してきたというのである。『桜』の序文はフランス語で書かれており、その翻訳の一部が紹介されている。「短歌に依つて私達は詩情の清い源泉まで逆にのぼることができ、その流れの末では心の真の秩序で純粋さ、優美さ、気高さを取り戻す事が出来ます」と、短歌を大絶賛している。

戦後間もない昭和三十年の段階で、これほど日本の短歌がフランスで評価されていたことにまず驚かされると共に、岐阜で出されていた歌人会の機関紙の一面でこのような国際的な視野に立つ記事が報告されていたことにも驚かされる。

ところが、筆者はさらなる奇縁に遭遇する。平成三十年二月三日に東京の日仏会館で、服部崇『ドードー鳥の骨』の批評会があった。服部氏は、経済産業省勤務で、フランスの国際機関に出向中に作った短歌を一冊にまとめたのである。パネリストとして筆者は出席したのだが、服部氏が「心の花」の会員ということもあり、この記事を持参したのであった。会場でこの記事は興味深く受け止められていたが、その後の懇親会で、歌人の本田稜氏から「国際短歌」のコピー版を手にすることとなったのである。掲出写真を見ると、「国際短歌」の題字と短歌以外は全文フランス語である。右肩の「ＪＡＮＶＩＥＲ」から一九六八年一月号と分かる。一番下に一九四八年創刊とあるので二十年も継続していたようだ。それにしても東京でこの雑誌に出会うとはいかにも奇遇であった。フランス語の短歌を一首のみ紹介しておこう。

Un petit poème
Pour une grande pensée!
Semblable au bateau
Qui porte beaucoup d'idéaux
Vers les coeurs de tout le monde.

「ちょっとした詩が、大きな思考のためにボートのように、皆の心に多く詩想を運ぶ」くらいの意味か。五行で表現されていることが興味深い。

6年目の「歌人クラブ」

関係先に寄贈、全国的評価

「歌人クラブ」昭和三十(一九五五)年五月号は、第二面で「六年度を迎えてわが岐阜県歌人クラブの現況」と題して、過去五年間を振り返り、第六年目の抱負を語っている。

岐阜県歌人クラブも、昭和二十五年四月太田(現美濃加茂市)の万尺寺で創立総会を開いてから六年、会員の分布図も、全県下十八郡六市に亘(わた)っていたが、数は三百三五十名の間を往来してきたが、毎号五百部を発行、各方面百余の人々へ広く寄贈し、会員の作品とその動向を一般へ紹介して、文化運動の一翼を荷(にな)つて活動しており現在では、東京、大阪、中京方面でも岐阜県歌壇を代表するものとして高く評価されて来たことは、同慶に堪えない。

今号には、第四面に住所付きの会員名簿が掲載されている。五年を経て確実に組織が整ってきたことが知れる。「三百三五十名」という言い方は独特だが、一定の会員を保持できてきたということだろう。当初百八十名ほどで始まった団体としては安定期に入ったと言えるだろう。第三種郵便物の認可を昭和二十五年十月に得られたことも経済的に大きかったようだ。注目すべきことは、毎号百余部を、関係先に寄贈していることである。その成果として、東京をはじめ、全国から岐阜県歌壇を代表する機関紙として評価されたという側面もあると考えられる。

同じく第四面には杉浦明雄の「今年への期待　＝短詩型文学における視野の広さ＝」が載る。桑原武夫による「第二芸術論」の俳壇への波紋に触れつつ、自分は「かなり肯定をする部面もあるが、また否定せなければならない意見を多くもっている」とした上で、「短詩型文学にたてこもる人たちが、いよいよ旧来の殻をかたく閉じて芸術至上の美名にかくれ、唯我独尊的に、他の一切に耳をかたむけようとせない偏狭性」を杉浦は警戒している。

桑原武夫が、「第二芸術—現代俳句について—」を、雑誌「世界」に発表したのが、一九四六年十一月であったことを考えると、いかにこの問題提起が長く、全国的に波及したのかが分かる。この杉浦の記事もその証左と言えるだろう。「ひとり、俳句や短歌のみが短詩型という共通の広場につどうのみではなく、さらに一段と広い芸術という基盤を同じくして立つ文学の一派であることを、いまやはつきりと自覚自認することによつて、これらのいろいろとわだかまる問題が、やがて解決されていく」という意見表明にこそ、当時の「歌人クラブ」の立ち位置があるように思われる。社会に、文化一般に、時には海外にまで広く目配りをしてきたがゆえの、「今年への期待」なのであろう。

「筆跡紹介」というコーナーが始まっており、今号は大埜間霽江（おおのませいこう）の「まんまるい月とわたしの影ばかりどんびきのこゑにはづんで歩む」。上句と下句を切り離した独特の配置だが、味わい深い筆つかいである。「どんびき」は、飛騨方言でヒキガエル、ガマガエルのこと。飛騨ののどかな情緒が漂ってくる。

歌壇盛り上げ、清新な意欲

昭和三十（一九五五）年十二月発行の「歌人クラブ」は、発行所の岐阜県歌人クラブが岐阜タイムス社内とあるが、翌三十一年の新年号では、岐阜タイムス社の名前が消えている。編集発行印刷人の川出宇人は変わらないので、要は新聞社が発行する色合いを消したということだろう。

名古屋に中部日本歌人会が発足したのが、昭和三十一年である。中部日本歌人会は発足以来、中日新聞と関係が深く、岐阜県歌人クラブと共通の歌人も多いことから、他社との関係に配慮して、社名を消したのではないだろうか。中部日本歌人会は岐阜でも定期的に歌会を開催しており、そのような記事も三十一年から掲載されている。新聞社間の事情をおいても、超結社の歌人会の独立性を高めることは、会の事業を拡大する上でも有益である。昭和三十年十二月号の「あとがき」には、宇人の記名入りで、「来年は新構想でゆきたい」とあるのも、このような事情を踏まえてと想像する。

さて、昭和三十一年の一月号は、「第二回岐阜県下高校短歌大会秀作」を載せている。さらに昭和三十二年一月号では「県下高校生の短歌」と題する文章を、岩田つるが書いている。第一回はと言うと、少し前になるが、昭和二十七年十二月号に掲載されている。第一回は長良高校が主催し、教育会館で同年十一月に開催され、百六十六首が集まったとの記録がある。第二回は、岐阜高校が主催で昭和三十年十二月の開催で、百四十六首が集まったという。第一回と第二回の作品を二首ずつ引こう。

テスト終え廊下に出でし我の眼に紅葉(もみじ)の紅が痛くしみ入る

土岐高校　小栗令子

木の葉散る山路を帰る幾日かを農業の父母に捧げんとして

本巣高校　鳥本斗詩呂

あたたかくいたわるがごと土まじへ農夫は麦の種まきつづく
岐阜高校　吉井田鶴子

焼け残る友の家いまだくすぶりて荒々と黒き柱のみ立つ
岐阜高校　鈴木宏子

全体に端正な作りだが、二首目と四首目が字余りで破調である。このような破調は現代の高校生の特徴であろう。二首目三首目は農業に取材した歌で、これも時代状況を反映している。とりわけ印象的なのは、最後の歌。友人の家が火事に罹災（りさい）した様子を歌っている。下句の無残さに、友人の心境を思いやる気持ちがこもっており秀逸だ。

第二回では岐阜高校の岩田鶴教諭らが指導をしたとあるから、「県下高校生の短歌」を書く岩田つるは、筆名だろう（岩田先生は退職後も岐阜高校で教壇に立っておられ、実は筆者は国語科の授業を受けている）。岩田の文章によれば、第二回以降は岐阜高校での開催が定着したようである。

岩田は、「白茶けて乾いた地面に追ひつめられし影が蠢いているだけの青春」（高山高校　三橋紀子）のような歌を引き、次のように書く。

彼等には又相当の悩み、叫びがある。追いつめられたそのことをキヤツチ出来た時、冷静な客観の眼をもつて社会をみた時、堂々と大人の世界にも入り得るのです。

高校生と一体となって歌壇を盛り上げようという清新な意欲が、この時期の「歌人クラブ」紙には満ちていると言えよう。

盲目の歌人

悲哀を噛み締め、創作に力

小森美恵子という盲目の歌人が、かつて岐阜県関市に在住し活躍したことは、前に「赤座憲久の活躍」の項で紹介した。「歌人クラブ」昭和三十一（一九五六）年十月号は「環境と作品」と題して、小森を顔写真つきで取り上げている。なぜ取り上げられたかは、この号の「県下歌壇の消息」を見ると分かる。

小森は、この年の角川短歌賞で次点となり三十首が載り、同時に第二回水甕三十首競詠でも二位に入ったのである。全国的な活躍を受けてこの記事は書かれたのだ。この記事では、小森の寄せた手記が紹介されている。その途中から引用する。

昭和十年愛知県第一高等女学校に入学しました。昭和拾四年同校を病中退右眼を一晩にして失いましたが、其後弱視を保つていた左眼が明暗を分つ現在の程度になつたのは何時頃だつたかはつきり覚えておりません。私の病歴は大変複雑で簡単にかけませんけれど眼科から内科に移り、半年程の入院生活の末再びまた外科にも移され、脳切開の手術も受けました。

その後、歌を始めたのは失明後間もない昭和十五年頃だが、本気で勉強する気になったのは点字の世界に入ってからだと言う。「はっきりと自身に盲目の刻印をおした私はもう歌を詠む他に生きる道のないことをしりました」とも。

脊椎カリエスに苦しんだ正岡子規以来、病気と短歌とは密接な関わりがあるが、視覚障害者でありながら、歌壇で活躍した者はほとんどない。既にこの手記の断片を見ただけで分かるが、小森は相当のインテリジェンスを有している。だからこそ、自らに架せられた業病(ごうびょう)という運命の悲哀を噛(か)み締めたのであろう。

赤座憲久が著した岩波新書『目の見えぬ子ら―点字の作文をそだてる』(昭和三十六年)は、「盲目の歌人と詩人」の項で小森を取り上げている。昭和三十二年に、

「いろいろな人の協力で、岐阜盲学校の文芸倶楽部から出版した」点字歌集『冬の花』から赤座は次のような歌を引用している。

誰にも言えぬこころ点字に綴る夜に青磁の壺の山桜匂う

置き去らるる場にめしいわれを規定して自動車の音など聞えぬがよい

「中途失明者の光への執着が、悲痛なもだえのようにうたわれています」という評言は、ここに引いた歌に見られる疎外感によく表れていよう。

「短歌の師松田常憲に『盲人でなくては詠めぬ詩を詠むように』といわれ、その一言が、結果としてどんなに彼女を勇気づけたかは、その時から正式に点字を習いはじめていることからもわかる」とした上で、「『水甕』という短歌結社の主宰者だった松田常憲とかその幹部同人村岡紀士夫とか、理解ふかい短歌の先達に接し得たからとはいえ、一人の目の見えない人間の精神が、何に息づき、何を思考し、どのように抽象するかという、限られた純粋さの可能を」小森の作品は期待させてくれると赤座は言う。障害者に対する理解や公的支援が不十分な中で、短歌創作のつながりが、視覚障害者の創作をいかに強力にバックアップしたかの傑出した事例が岐阜から起こったことは、岐阜県人として大いに誇り得ることである。

研ぎ澄ました豊かな感性

前回は、岐阜県立岐阜盲学校の教諭であった赤座憲久による岩波新書『目の見えぬ子ら―点字の作文をそだてる』について触れた。この本は、一九六二年第十六回毎日出版賞を受賞し、全国的によく読まれた本である。副題から分かるように、点字教育を単なる書くための手段として把握するのでなく、作文を通して自己の生活を見つめ、情操を養い、考えを深めさせようとした実践記録であった。視覚障害をもつ子どもたちの作文が多く引用され、社会に広く知られる契機となった書と言えるだろう。

今回は「歌人クラブ」から離れて、先回紹介した小森美恵子以外の岐阜県における盲学校の生徒の短歌について触れたいと思う。今私の手元にあるのは岐阜盲学校生徒会が編んだ『盲学生短歌集』なる一冊である。昭和四十二（一九六七）年の刊行である。同校教諭であった越沢洋の「解説」から、この本がまとめられる経緯を記すと、昭和三十二年の春に、同校高等部の文学を愛好する生徒たちが刺激になる活動をしてみたいと提案したことを受け、教師が生徒会に呼びかけることで、「東海地区盲学生短歌コンクール」が出発したのだという。選者は、森本春吉と斎藤史（ふみ）。共に当時中央歌壇で活躍中の歌人である。森本は越沢の、斎藤は赤座のそれぞれ師という縁であった。

この大会は、やがて「全国盲学生短歌コンクール」と発展し、無事第十回を終えたことを記念して、この作品集がまとめられたのだという。

全国の盲学校の生徒の作品が並ぶが、岐阜盲学校の作品が一番多い。

何事か事故あるらしい秋の夜の駐在所の戸たたく音聞ゆ　　西光子

風呂あがり涼しい庭の月見草においはあふれ黄色くゆれる　　江良昭雄

庭に立つすぐ足もとでこおろぎがかすかに鳴けりわれ動かれず　　渡辺勝也

じっとりと汗ねばる手で母をもむいつしか空に夕焼けの色　山本洋子

聴覚、嗅覚、触覚が研ぎ澄まされ、短歌という形式、言葉を通して、読者に訴えかけてくるものがある。四人の生徒は、視覚が失われている分、他の感覚を発達させたのだろうが、そうした現実が、豊かな感性に結びついていることを、短歌が雄弁に物語っているのだ。

銭湯の湯舟のふちにうなじのせふりかえりみる今日の治療を　野村栄

「今日の治療」とは盲学校で行われている指圧やマッサージの実習か。実際に地域の住民を治療しているのかもしれない。まさに学習の振り返り、復習だが、一日の勤めを終えた大人の仕草(しぐさ)をさえ思わせる歌いぶりは、実に豊かで貫禄さえ感じさせる。

実は今私の手元には平成十九年に出た第五十回記念の盲学生短歌集もある。選者四人の中には、森本、斎藤の名前もあるではないか。この集も編集は岐阜盲学校。継続された営みは実に尊いものである。

　これらの短歌を前にして見逃してならぬことは、視覚障害は決して創作の上のハンディではないということだ。その豊かな感性は、むしろ創作上の才能だと思われる。そして、これらの作品を社会で享受する機会にこそ、まだまだ遅滞があると思われてならない。

小木曽旭晃の才能

失聴によりますます輝く

前回、前々回と、視覚障害者の短歌の才能について述べた。今回は、聴覚障害者の例について触れる。

「歌人クラブ」創刊号に小木曽旭晃は文章を寄せているが、会員ではない。純粋に歌人でなく、顧問格といった感じの立ち位置である旭晃は、一九七三年に没している。九十一歳であった。岐阜市長森細畑に生まれたが、小学校高等科の時校庭で友人の肩に頭が当たり聴力を失っている。学問をするには若くしてハンディキャップを得たが、石川啄木や土岐善麿、若山牧水らと交流を得、岐阜の地で大正時代に「新文芸」「山鳩」といった文芸雑誌を発行し、文筆家として独自の地位を築いたのであった。本紙の前身岐阜日日新聞編集局長として活躍したことでも知られる。

旭晃の、文芸誌発刊の意欲は戦後も衰えず、総合文化雑誌「生活と文化」を昭和二十一年七月に発行している。

満員の電車に乗りて吊革に疲れし老の身を支え居り
昔世に時めきし人なりしが新聞の小さき訃報にしばし追憶す

これらは昭和三十一年五月号のもの。当時七十代半ば、年齢相応の歌境だが、それだからこそかえって、よくも旺盛な雑誌創刊の活力があったことだと驚かされる。百号は、昭和三十年十一月号。川出宇人が岐阜歌人クラブ委員として「旭師を語る」という文章を載せている。

旭晃先生の名を初めて知ったのは、大正の中ころ西垣静芳や宮部星花達と「砂丘」の歌会で会つた時だつた。当時私は名古屋にゐて自分達若い連中だけで短歌と詩の同人誌「明眸」を出したり、その頃の大人(おとな)達が中心になつて出してゐた短歌誌「ナゴヤ」とか「赤洋」へお互に顔を出したり、青臭いような歌を活字にして貰つて知合つたのが「砂丘」の静芳であり星花であつた。（中略）

旭晃先生の特異な生ひ立ちと、その頃の静芳や星花の魂に触れた逸話めいた事柄などを聞かされて、私もよほど感激したものらしく、早速名古屋の図書館へ行つて「小木曽旭晃著、地方文芸史」といふ本を熱心に読んだものである。

この「地方文芸史」は有名で、今でも時たま古本屋で見かけたりする。「生活と文化」でも「県下文芸界総まくり」といった企画があり、文壇批評家としての側面は旭晃の真骨頂でもある。川出は往時の思い出として、「私は名古屋から岐阜へ出てきての市内電車で、旭晃先生にヒヨツコリ出会つた。私が自分の掌を拡げて指先きで挨拶のコトバを仮名書きしていると、半分も書かぬ先に先生はもう全意を了解『今年の暑気は近年稀れ也』とかなんとか、例の文語体の発声で返事をされる」と書く。旭晃が声を出して返事をしたので、車中の人たちは皆若い川出を眺めて気の毒そうな表情をし、瞳のやり場に困ったのだと言う。才気活発な人柄が知れよう。聴覚と引き換えに得たものがあると書くには、あまりに多くの苦労、失意があったであろうが、仮に聴覚を失わずとも生まれつき存する豊かな才能が、中途失聴により弥増(いやま)しに輝いたと言えば、正鵠(せいこく)を射るのではないか。

「三十首詠欄」スタート

才気あふれる歌人を輩出

「歌人クラブ」紙は、昭和三十年代になると作品欄の充実が図られる。昭和三十一年の新年号の「あとがき」には、「十首詠が一わたりしたら別に三十首詠を紹介したいと念じている」とある。そして、翌月には三十首の欄が登場しているが、まだここでは同一作者の十首が、三篇まとめて掲載されている。本当の意味で三十首詠が始まるのは、三月号の原田東史子（としこ）「白・不浄」からである。その後、十首詠の欄と並立しながら、三十首詠欄は定着をしていく。

昭和三十年代は前衛短歌運動の勃興期であるが、岐阜は早くから前衛短歌運動に同調する歌人が現れた場所として知られている。前衛短歌運動は、一首としての喚起力だけでなく、連作としてのテーマ性を重視するところにその特徴があり、「歌人クラブ」に三十首詠欄が創設されたことも、総合誌などで三十首・五十首単位でより深いテーマに取り組む作品が増えてきたことに応える意味があったものと思われる。

昭和三十年代前半で、この三十首詠欄で活躍した歌人に杉村昭代がいる。昭和三十三年五月号の「秘唱」から引こう。

冬の陽に石温む程の愛が欲しと吹かれてゆけり杳きわたくし
宥すことに慣されて来し過ぎゆきに喪ひゆけり愛の言葉は
諍ふことなき日にちを疲れをり固き木椅子と酒呑む夫と
愛されぬ母を知るならむ少年よ生まるる蝶は風にすき透る

先ほど、前衛短歌運動が昭和三十年代に始まったと書いたが、短歌総合誌「短歌研究」に五十首詠をもって、中城ふみ子や寺山修司が颯爽と登場したのが、昭和二十九年である。杉村の文体には、この二人の影響が強く見られるが、三十首を一気に読者に通読させせる構成力に触れると、このような才気煥発な歌人が岐阜にいたことに驚かされる。

多くの会員がいるにもかかわらず、杉村は、昭和三十四年三月号にも「凍れる足型」三十首を発表している。わずか一年のうちに二度もこの欄に掲載されたことからは、編集部の期待の大きさが知れる。

昭和三十四年に岐阜県歌人クラブ賞が発表されるが、選ばれた三人の一人に杉村がいる。この賞は十周年記念歌会で贈られたもので、自選三十首として提出された作品から選考されている。後の二人は先に触れた原田東史子と大橋基久である。「歌人クラブ」は、十年を経て、このように読み応えのある連作を作りうる歌人を輩出できるようになったと言えるだろう。

杉村は、この後も、岐阜で発行された同人誌「斧」等で活躍を続けるのだが、前衛短歌の終息と共に徐々に作歌から遠ざかったようである。杉村には、岐阜を離れてから刊行された歌集があるそうだが、この時期の作品が歌集にまとめられていないことは、いかにも惜しいことである。

昭和三十五年六月号では、黒田淑子が「杉村昭代さんのこと」と題して、歌壇の登竜門である角川短歌賞の候補に挙がった「冬を生きて」五十首について触れている。黒田は、杉村の作品について「こういう歌は総合誌にのっている賞を得た人達のうたいぶりによくあって、もの足りない」と感じたと述べているが、逆に言えば、岐阜にあって総合誌の水準まで到達し得た歌人であったとも言えるだろう。

前衛短歌の「新しさ」注目

「歌人クラブ」紙は昭和三十三年八月号で百号を迎えた。百号の巻頭記事は、杉原明雄の「新人よ大胆であれ」である。杉原は百号を迎えるにあたり、「県下の文学ジャンルにおいて、このように殆ど盛衰もなく継続して発展してきたことは、他に比して類例がないことで、大いに称えられてもよい文化事業といえよう」とした後、「いま一つのねがい」を述べる。

新人よ、もつと大胆であれ。そして勇敢に作品実験への冒険をくり返して欲しいということである。消極的で（ともすると）沈滞しがちな歌壇の空気層に新陳代謝の新風をかつぱつに注ぎこむことによつて、わが短歌の生命は躍動して前進することであろう。とかく伝統文学は既成の上にあぐらをかきたがる弊をもちやすい。

百号以降に向けて、より新しい層の活躍を期する姿勢が、この杉原の文章にはしっかりと出ている。さらには、「作品と表裏をなす理論の貧困さに一抹のさびしさを思う。たとえば田口由美氏級のベテラン達はさておいて、中堅では小瀬洋喜氏などが代表して、鮮鋭で明確な論陣を構えるのには強く拍手をおくりたい。ぼくもまた、新人の進路を妨げないように要心して、独断論や難解作品をあくまで押しすすめてゆきたい」と述べているが、このような論作を大切にしようという姿勢が、岐阜から前衛短歌論議の渦中に一石を投じる伏線ともなっていくのである。

百一号には、八月に「短歌文学講演会」を開くとの広告が載る。講師は、生方たつゑと福田栄一の二人。生方の講演内容は、百一号に、福田の講演は、百二号から三回に分けて掲載されている。生方、福田は、昭和二十年代後半から始まる前衛短歌運動の歌人に先行する世代だが、共に人間の内面を深く見つめ、豊かな表現力で描く実力派であるだけに、来聴者に大きな影響を与えたと思われる。その報告記は、百一号に「紙令百号を記念して　短歌文学講演会と歌会」として載る。演題は、生方が「短歌の原型と新しい抒情について」、福田が、「新しい抒情の深層」であった。二人の演題には共に「新しい」という形容詞が入っていることに注目をしたい。

福田は前衛短歌運動のリーダーである塚本邦雄の歌を引き、「やはり若い人たちは塚本邦雄の持っている今までの短歌的な手法への反逆ないしは日本的な韻律といったものに対する反抗、つまり、否定的な処から出発する新しい文学への開拓、そういうものを前衛だというふうに考えているようだし、私が考えようとしている処は、常識的にいって、やはり永遠に人間の心に住んでいる古くて新しい問題それを文学的手法に於てその時代の新しいセンスで受けとめていくという処に、前衛の問題もあるのではないか」とし、若い人と自分との世代のギャップを説く。

前衛短歌運動を必ずしも好意的に見ない風潮のある中で、このように当時の歌壇状況の本質を見据えていた講師を迎えたことは、爾後の歌人クラブの方向性に大きな影響を与えたと言えるだろう。

前衛短歌論議の始まり

「批評の場の転換」求める

前回、「歌人クラブ」紙上で、論作を大切にしようという姿勢が、岐阜から前衛短歌論議の渦中に一石を投じる伏線となったと書いた。「歌人クラブ」百一号（昭和三十三年九月号）で小瀬洋喜は「場の転換　前衛短歌の批評前進のために」を一面に載せている。

あれ程に歌壇を荒らした前衛短歌とそれへの批判であつたが、五八年の夜明けと共にその声はあまりにも目立たなくなつて来た。淘汰さるべきものはされ、残るべきものが残つたのであろう。エセモノが姿を消したのは喜ばしいことである。

こうは言うものの私は、前衛短歌が姿をすっかり消してしまうのを望むのでもなければ、ましてや前衛短歌がエセモノであるなどと言う積りは毛頭ない。むしろ前衛短歌によって触発された詩的叙情を尊しとするものなのである。

相当に婉曲(えんきょく)的な物言いなのだが、基本的には前衛短歌を擁護していることに間違いないだろう。「歌人クラブ」の読者層を考えながらの慎重な物言いでもありそうだ。

平成三十年七月十三日に劇団四季の代表者浅利慶太が逝去したが、同劇団の創設が昭和二十八年。浅利は創設者の一人だった。浅利は昭和三十三年に、石原慎太郎、江藤淳、谷川俊太郎、寺山修司、黛敏郎ら、若手文化人らと「若い日本の会」を結成している。この中の寺山はまさに前衛短歌運動の中心人物である。現代では劇団四季は商業演劇の代表であるし、石原慎太郎、江藤淳と言えば保守派の代名詞のようであるが、昭和三十三年当時はまさに反権力の狼煙(のろし)を上げるために結成されたのが「若い日本の会」なのであり、劇団四季も当初は前衛演劇的な素地をもつ団体であった。

演劇に限らずそうした前衛的な雰囲気に呼応するべく起こったのが前衛短歌運動であった。寺山の登場が昭和二十九年であるから、昭和三十三年は、まだ前衛短歌運動の初期段階である。またそのことを小瀬も意識しているからこそ、副題に「前進」の文字が入っていると言える。では、「場の転換」とはどういう意味なのか。引用箇所に続けて、小瀬は前衛短歌が実らぬ原因として、前衛作者自身が暗喩の探り方、内容のなす飛躍の橋渡しのみに心をかけたためだと分析する。正当派作品で当たり前に行われている措辞用語の適否の批判にまで立ち入ることを、小瀬は求めている。「批評の場の転換を計ることこそ沈潜期に入った前衛短歌のためになさるべき作業である」と小瀬は結論づけているのである。

実験的作品だけでなくその作品を巡って、しっかりと批評することの必要を説く小瀬の態度は、実にまっとうである。しかし、その小瀬の批評に対して、平井弘が「小瀬短歌への疑問」として二回に分けて、いわば公開質問状を突き付けることとなるのであった。当時、旺盛に作品を発表していた平井だからこそ、批評の場をしっかりと踏み固めておきたいという思いがあり、それが発露したからこその小瀬への疑問提示だったのではなかろうか。

平井弘の論陣

「小瀬短歌への疑問」掲載

「歌人クラブ」百一号における小瀬洋喜の評論「場の転換」を受けて、平井弘は「小瀬短歌への疑問」を二回に分けて掲載する。平井は、今でこそ歌壇の主要勢力をなす口語短歌の嚆矢の一人である。俵万智のベストセラー『サラダ記念日』も、平井のような口語短歌の先駆的実績がなければ、出現不能だったろうということは、歌壇の常識であろう。「小瀬短歌への疑問」の（上）は、昭和三十四年三月号に掲載、（下）は同年四月号である。

平井は、小瀬の歌十首を五つに分類してから、疑問をぶつける。

これらの抽出は小瀬氏が好んでされる分類に適（かな）っているかと思います。そして「複雑な人間界の万象を一つのパターンのみで捉えようとする誤りを指摘することこそ批評の最大の使命」であるという氏の批評の姿勢、「感動と表現の即一性」を重視しようという姿勢を忠実に実作の上に移されていると言えるでしょう。その限りでは「実作が歌論に伴わない」という氏への批判（歌人ク－104号合評）は誤りかと思います。

既に一角（ひとかど）の論客でしかも薬学者であった小瀬の分析態度への信頼を確認するかのような指摘だが、この後、次の四首を引き、厳しい批評が始まる。

②忘却を慣らされし民等（ら）寡黙にて兵たりし日を尊むごとし
　この国に生まれたる悔い言えざれば己（おの）れを守りぬ心乾きて
③会えぬ日は殊にやさしき声をもつ汝（な）れに電話を長くかけしむ
　母の如（ごと）きいのちもつ汝と思ひゐぬいたわられていま心素直に

平井は奇妙な問答として、「②と③は矛盾していませんか」「人間はそういう矛盾をもつたものでしよう」を挙げ、質問者が僕で、回答者が小瀬だとする。「そして、この問答は氏と僕との立場の相違をよく表わして」おり、②と③の個々の作品からは「矛盾をもつた弱いものとしての人間像」が浮かばないと言う。小瀬の作品では作品間における矛盾しかないと言うのだ。平井は「これらの作品は文字どおり氏の中の要素であつて、僕が作品に期待した全人間的な重さは最初から与えられていず、また氏にとつて与える必要もなかつたわけです」と言い切っている。②が平和詠、③が相聞歌の分類だが、それにしても平井が求める「全人的な重さ」とは、作歌のモチーフとしてまさにヘビーなものだ。この後、章を変えて、平井は、「これらの作品を僕は少し意地悪く引用しすぎました。氏の作品が総(すべ)てこのような潔癖な要素のみで成立しているわけでは」ないと言うのである。

ウエツチ炉の強き熱風に螺旋(らせん)階段を昇りつつ唐突に君を憶(おも)いぬ

このような歌を引き、平井は、「氏が、その要素を組合せる努力をされている」のだと言う。（下）では、この「努力」の方法として「テーマ」ということを提案している。「何か一つ自分の全重量をかけ得るものを定めて、種々の感動の要素をそれに引きつけて捉えたい」と言うのである。

ここまで書いてきて筆者は少し驚いている。小瀬が評論、平井が実作という役割で前衛短歌運動を岐阜から牽引した構図の逆のパターンを目の当たりにしたからである。いやむしろ、平井が作ったその構図を小瀬が踏襲したのではないかとさえ思い始めたからである。

1958年、当時22歳の平井弘
（平井弘氏提供）

黒田淑子の活躍

岐阜の発展ぶり、注目の的

昭和三十年代に「歌人クラブ」で活躍していた歌人で、今なお健在なのは、前回紹介した平井弘の他では黒田淑子が挙げられるだろう。昭和三十五年四月号では一面トップに「錆（さび）色の湯」の一連二十首を発表している。

新築のおほよそなりしビルの中歩めば鋭く石のにほひする
錆色の湯にひたりをれば朝あけて涙の如（ごと）き光さしくる
わがままに振舞（ふるま）ふ事も労（いた）はりの一つにて失意の人にむかひぬ

この時黒田は、「歩道」に所属している。短歌結社「歩道」は戦後すぐ佐藤佐太郎によって作られた写生主義を基調とする結社である。今なお、黒田はこの結社を代表する歌人であるが、一連は、冬の都市風景を描きつつ、作者の心理の屈折をも象徴的に見事に読者に伝えている。一首目の「石のにほひ」は、新築されたビルの中でもたらされるであろう新しい人間の生活を嗅覚から予知しているようである し、二首目の「錆色の湯」も水道水の濁りによって一日の終わりの澱のような気分を感覚的に表現していよう。また三首目は、失意の中にある相手への気遣いを独特の立ち位置で描いている。意志の強い作者らしい気配りである。

黒田は、翌昭和三十六年には、第七回角川短歌賞の次席となる。受賞は浜田康敬の「成人通知」であった。岐阜県歌人クラブから、この欄でも取り上げた、杉村昭代が最終候補作に、小森美恵子が候補作となっていたが、次席となったことは一つのニュースであり昭和三十六年六月号にも一面の記事となり、「黒き髪もつかなしみが不意に来て泥田のなかの稲株の青」をはじめ三首が紹介されている。

そして、「短歌」の同年六月号では、「岐阜歌壇を展望する」が特集され、十一ページにわたり、作品十八十首が掲載されている。これはまさに中央の総合雑誌の編集部が岐阜地区の発展ぶりに注目をしたものであろう。

それを受けて七月号では、「岐阜歌壇は展望されたか？ —角川短歌六月号をめぐって—」が翌月の二回にわたり特集されている。この辺りの機敏な動きは月刊新聞ならではの強みであるだろう。特集は座談会方式をとっている。出席者は、小瀬洋喜、川出宇人、水口真砂子らで、司会の田口由美を入れて、十一人であった。その（上）では、七つ見出しを立ててまとめている。①「資料提供などのいきさつ」②「妥当性の有無」③「脱落、補足すべきは」④「編集者の意図と地元の受け取り方」⑤「長所と欠点」⑥「反省とクラブの今後」⑦「反省への資料　教えられた点」である。詳細を引用することはできないが、①については、事前に資料提供があったこと。②については、歌人クラブと同人誌「假説（かせつ）」「斧」との関係の説明が妥当でないと指摘されている。⑤では、「われわれでさえも県歌人の全貌となるとつかみにくいわけだが、それをともかくもまとめてみせてくれたということは、大変参考になり反省になりますね」という森勇三の意見が興味深い。いろいろと細部では不満もあるが、⑦で、小瀬が「岐阜歌壇を拾い上げて、ともかくもこれだけ展望してくれたことは多とすべきでしょう」と発言しているのが出席者大方の意見の集約とみてよいであろう。この中央での評価が、翌年の五月に行われた「青年歌人会議合同研究会　岐阜の会」へとつながっていくのである。

前衛派歌集の初出の場に

前項で、一九六二年の五月に「青年歌人会議合同研究会　岐阜の会」が行われたことを書いた。前衛短歌運動の後半、各地でシンポジウムが行われたが、その第一回が岐阜で開かれたことは瞠目（どうもく）に値しよう。「平井弘の論陣」の項で取り上げた平井弘は、前衛短歌運動の中で、多くの問題作品を発表したが、「歌人クラブ」昭和三十五年六月号では「戦い希（ねが）い」二十首を発表している。この作品は平井の第一歌集「顔をあげる」に収録されるのだが、その初出紙が「歌人クラブ」紙であることは、今まであまり語られてこなかった。

空に征（ゆ）きし兄たちの群わけり雲わけり葡萄（ぶどう）のたね吐くむこう

兄たちの遺体のごとく或る日ひそかに村に降ろされいし魚があり
うち当たりうち当たり枝を落ちてくる翔べねば既に重たき鳥が

平井の第一歌集「顔をあげる」は、全五部よりなる。その第四部が、「戦い希い」四十二首だが、初出の二十首の内、引用の三首も含め十四首が収められている。残りの歌は、第三部の「恢復期」に一首、第五部の「顔をあげる」に五首が入っている。全ての歌が歌集に収録されたこと、集題のもととなる第五部に一部の作品が収められていることからは、この二十首が平井のモチーフの重要な部分を占めていることがうかがわれよう。

新聞形式の「歌人クラブ」が、前衛短歌運動上重要な歌集の初出の場となっていることは実に興味深い。いわゆる結社誌でなく、結束がより緩やかな岐阜県歌人クラブ紙であることが、前衛的な短歌を許容したという面もあるだろう。また、運動をより加速する同人誌活動が盛んになったことも歌人クラブのもつ許容性と関係があるだろう。岐阜における同人誌の充実と、シンポジウム活動の動向については、また別の機会に詳述をしたいと思う。

昭和三十五年に岐阜県歌人クラブは、創立十周年記念として合同歌集『短歌岐阜』を発刊する。百六十三人の出詠者数は、会員のほぼ半数である。この『短歌岐阜』は以後定期的に出され、現時点では第六集まで出ている。八月には、総合短歌雑誌「短歌研究」を発行する木村捨録を招き短歌講演会も行っている。老舗の総合雑誌の発行責任者が来岐したり、前回触れたように岐阜歌壇の特集が角川書店発行の「短歌」で組まれたりしたのは、県歌人クラブを中心とするこの十年間の地区の充実が全国で認知された証左であるだろう。

講演内容は、（1）（2）の二回に分けて掲載された。それらにつく副題どおりに「戦後派短歌の一つの特色」や「総合誌が生んだ前衛短歌」といった内容であった。（1）では、「昭和二十二年末には短歌雑誌は二百種が発行されていた。昭和二十年頃の『短歌研究』『日本短歌』『アララギ』等しか出版されていなかったのに比べると極めて大きな変化である。もっとも、この二百種の大部分は地方から出版されていた」という記述が目を引く。戦後の復興の中で短歌による創作熱がかくも盛り上がったことは特筆すべきだろう。そして岐阜は紛れもなくその地域の一つなのである。木村は戦後すぐに出た第二芸術論が、皮肉にも歌壇を活気づけたと述べているが、岐阜の場合には、短歌的伝統を大きく変革する前衛短歌運動にまで若い歌人たちを駆り立てることとなったのだ。

第一回前衛歌人シンポ

塚本、岡井ら岐阜に集結

「『三十首詠欄』スタート」の項で、岐阜県歌人クラブの機関紙「歌人クラブ」に「三十首詠欄」が始まった昭和三十一（一九五六）年頃から、前衛短歌の機運が岐阜でも高まり始めたことを書いた。この年は前衛短歌運動の中心人物塚本邦雄が第二歌集『装飾樂句（カデンツァ）』を発表した年である。この後、塚本は、一九六〇年代に入ると、寺山修司、岡井隆らと共に前衛短歌運動を強力に推進していくのである。

短歌界は、現在も若い歌人が積極的に歌集を出す分野である。例えば九州は福岡にある出版社書肆侃侃房（しょしかんかんぼう）は、シリーズで継続的に若い人の歌集を出版しており、注目を浴びている。前衛短歌運動の終結からもう既に五十年以上が経過しているが、現在の若い歌人たちの技巧には、オーソドックスと言ってよいほどに、塚本たちが試みた前衛短歌運動の手法が用いられていることが多い。メタファー、句またがり、口語使用等々である。半世紀の年月を経て前衛が正統と化したと言えなくもないが、戦後の短歌史を丁寧に振り返るならば、前衛短歌運動を排斥し、封じ込めようという勢力がかなり強かったことは事実である。前衛短歌運動がもたらした柔軟かつ多様な文体が真に市民権を得たのは、俵万智の『サラダ記念日』のベストセラー化以来と言えるかもしれない。昭和も終わろうとする昭和六十二年のことである。前衛短歌運動が歌壇に広まっていくのに際して、大きな力を発揮したのは、前衛派の歌人たちが集結したシンポジウムの力が大きい。とりわけ岐阜は、その第一回の開催地に選ばれたという点で、歌壇史に残る地区と言えるだろう。昭和三十七年の五月に、「青年歌人合同研究会・初夏岐阜の会」が岐阜市婦人会館で、二日間の日程で開催されたのだ。岡井隆、春日井建、前登志夫ら県内外から多くの歌人が参加をしている。この写真はその折の討議の場で、小瀬洋喜氏のアルバムから見つかったものである。

折しも短歌の世界では、塚本、寺山、岡井が、代表作となる歌集、作品、そして

口に手を当てているのが塚本邦雄、左端が岡井隆
（1962年5月、岐阜市　小瀬洋喜氏遺族提供）

評論でもって前衛短歌運動の主義・主張を確かなものとしていたが、一般のレベルで言えば、戦前からの写実的で守旧派的な姿勢が優位だったと言える。そのような中、塚本を中心とする関西青年歌人会が、東京の歌人たちに呼びかけ、既に五年以上を経ていた前衛短歌運動をさらに活性化しようと企画したのが第一回のシンポジウムなのである。では、なぜに、岐阜の地が選ばれたのか。

短歌評論家冨士田元彦は、かつて「アサヒグラフ　別冊平成歌壇・俳壇」（一九九二年十二月刊）「全国主要歌誌展望」の岐阜の項で、「もともと結社誌が育ちにくく、むしろ同人誌活動が促されるような土地柄である。かつて、赤座憲久、百々登美子らの『仮説』と、小瀬洋喜、平井弘、黒田淑子らの『斧』が競いあい、全国的なシンポジウム運動の起点ともなった昭和三十年代が想起される」と書いている。昭和三十年代の岐阜は、主要な短歌同人誌である「假説（仮説）」と「斧」とが競い合った時代である。同人誌が競合する活況こそが、岐阜が第一回のシンポジウム開催の地として選ばれた要因だろう。シンポジウムはその後、神戸、東京、名古屋、大阪などで開かれ、全国に前衛短歌運動を広めていった。

本連載では、岐阜の前衛歌人たちの作品を再読しつつ、現代の短歌文体を支える技法がどう磨かれていったかを検証してみたい。岐阜の前衛歌人は全国の俊英たちを前に臆することなく、存分に負けん気を発揮したことを、ぜひとも記録しておきたいからである。

短歌同人誌「斧」

連作に紹介文、細かく批評

前回昭和三十年代にしのぎを削った岐阜の二つの同人雑誌「假説」と、「斧」について触れた。二つの雑誌は、前者が作品中心、後者が評論中心である。今回からは、しばらくこの二つの雑誌について考察をしていきたい。

「斧」は、創刊が一九六〇年八月。一九六六年四月の十四号まで発行されている。創刊同人は、大橋基久、奥田ひろ子、小瀬洋喜、栗山繁、黒田淑子、杉村昭代、平井弘、細江仙子(のりこ)、水口真砂子、森川訓行の計十名である。発行者は、ぐるうぷ〈斧〉、連絡所は、岐阜市加納鉄砲町の小瀬方である。合計二十ページの小冊子で四十円と頒価が記されている。活版印刷で二色刷りの表紙をもっており、最初から多くの読者を意識していたことがうかがえる。巻末の「あとがき」を引く。

一九五九年二月一日に「岐阜青年歌人会」として研究ぐるうぷをもったぼくらが〈斧〉と会名を改めたのは今年六月の研究会であった。そのとき短歌同人誌〈斧〉をもつ決意と方向がきめられた。いまやぼくらの手にしっかりと握られた一丁の斧、右も左も前も後ろも深い樹海―だが、前進せねばならない。ぼくらが、〈斧〉創刊号を世に問う決意は固い。

これは明らかにマニフェストである。「一丁の斧」が会誌の名前の由来だが、これからうっそうたる原野に踏み込み、木を切り倒しながら前進をしようという決意が込められている。内容は、水口、森川以外の八人が、見開きに作品十五首を載せ、その連作に対して、他の同人が四百字程度の「Ｎｏｔｅ」と題する作者と作品紹介文を書いている。小文を寄せているのは、細江、溝口以外の八人である。作品の後は、三ページにわたり、連作の中から一首を選び、作者と二人ずつが、批評を寄せている。

ここでは栗山繁の「川のうた」を見てみよう。

乾飯(ほしいい)の技術つたえし曽父母より川の歴史にかかわりて住む
夜の川に流木の群追いゆきて貧しき村は降雨期に入る
風化にてたえて永く伝えしこの土器は族長のみの使いし飾り

「Ｎｏｔｅ」担当は、第四十五回で触れた杉村昭代である。「誠実」な「市役所秘書室勤務」の作者の人柄に触れ、「仕事にも、人とのつき合いにも、短歌にも少しも胡麻化(ごまか)しやうまくあしらうことの出来ない人が、海千山千の現代に紛れなく存在している」と書いている。巻末の作品批評は三首目の歌が引かれ、作者は、「古い時代の権力に抗しつづけた庶民のくらしを、現代に伝承された遺産の中から描いて見たかった」と述べている。栗山は安八郡在住である。古くから水害に苦しみながら、生来の土地に深い慈しみを覚える父祖との交信のようなものが、悠久の川の流れとともに伝わってくる作品だ。

批評者は黒田淑子。「必需品ではなく族長の装飾品を伝えたところに、この土器が生きてくる」と指摘する。出土した土器は読者に鮮明なイメージを喚起する力をもっている。「我がめぐり貧しき人の行進に私服刑事が守る正門」のようなデモに取材した作品もまじる。前衛短歌運動は、旧来の価値観、民主主義のうねりこそが運動の土壌であり、そのような激動要素と向き合いつつも、穏健な味わいをもつ一連である。

平井弘の評論

前衛短歌運動の「停滞」予感

今回は「斧」第三号（昭和三十六年四月十五日発行）所収の平井弘の評論「『明るさ』について」を取り上げたい。

停滞という言葉がつかわれるようになって久しい。ひと時、意欲的な盛りあがりをみせるかにみえた参加への意志表示も、実に曖昧なものだったと考えるほかない。あれほどアクチヴに参加したかにみえた人たちに、いま訪れているのは、参加したということへの凭（よ）りかゝり「そして敗れたのだ」というムードではないのか。それはいかにも短歌にふさわしい手慣れた世界であるかもしれない。その曖昧さは、誰のものでもなく、自らの内に私たちそれぞれがもっていることを、眼をそらすことなくみつめる必要があろう。

前衛短歌運動の期間を正確に定めることは難しいが、昭和三十年代半ばから昭和四十年代初めとするのが一般であろう。「斧」の創刊は昭和三十五年（一九六〇年）である。わずか三号目において、平井の文章は「停滞」という言葉を用いている。また運動に対する敗北感も深く影を落としている。

この後、「歌壇にあふれた威勢のいゝかけ声を、私はあまり信じることができない。時代は暗いという。その暗い流れに、いまこそ身を挺（てい）して斗（たたか）わねばならぬ」と平井は続け、「私にはあなたたちのように暗い眼をすることができないのだ。きみの作品は明るいんだなぁとよく言われる」とも書く。意味深な始まり方の文章だが、ほどなくその意図は判明する。昭和三十五年十二月五日に自殺した前衛歌人岸上大作に触発されたものなのだと。安保闘争に参加したこの歌人の自死が、そのまま前衛短歌運動の停滞に結びつくものではないが、東京の前衛歌人たちには大きな衝撃であり、そのことに対する岐阜からの発信として、この文章は存在するものであろう。

なぜならこの文章を書いている時期は、岸上の死から三カ月以内だと考えられるからである。

「彼の死に、私や私たち世代の誰彼がじつに無関心でいられるということに私は心ふるえる」と平井は言う。そして、「現在の状況を暗いとする眼にどれほどの確かさがあるのだろう。私たちはこんなに明るいではないか。こんなにも容易に怒りの持続を失うことができるではないか。こんなにも他人に無関心でいられるではないか」と読者に畳みかける。


意志表示せまり声なきこえを背にただ掌の中にマッチ擦るのみ

これは、デモに参加していた国学院大学時代の岸上の代表歌。母子家庭で育つという家庭環境が初期作品に暗い影を落としていた岸上。まじめで一途な歌人だからこそ、その死は前衛派の若い歌人に大きな衝撃を与えたのであろう。

平井の読者への問い掛けは単なるアジテーションではなく、岸上を失った歌壇の状況への警鐘のようなものだったのだろう。その証拠に、平井は、「彼の死はやはり私たちの世代らしい死かもしれぬ」とした上で、「私が訴えようとしたのは、彼の死についてでも、私たち世代の明るさについてでもなく、おそらく、誰であってもかまわないひとりの死と、私自身の明るさ、そして、その明るさをみつめることで果したいと考えている、状況への参加についてである」と結ぶ。

この時点では、昭和四十年代に入って急速に前衛短歌運動が社会から乖離(かいり)し減速することは分かるはずもないのだが、平井はどこかそのような予感をもち、「状況」への参加を強く訴えているようにすら思われてならない。

短歌における「逃避」

社会問題に向き合う葛藤

前回「斧」第三号（昭和三十六年発行）所収の平井弘の評論を取り上げたが、この号には、小瀬洋喜の「逃避の文学」も掲載されている。冒頭近くから引こう。

河上事件に始まり嶋中事件に至る一連のテロ事件に対しては、その発生原因についての解明が各方面からなされ、その根底的要因の分析もすゝめられたが、それらの解明の過程において収穫とされたものは、右翼テロへの憎しみを憎しみとして生長させることよりも、むしろ恐怖と沈黙を生育することであった。

河上事件とは昭和三十五（一九六〇）年六月、右翼が河上丈太郎社会党顧問にナイフで切りつけて傷害を負わせた殺人未遂事件。嶋中事件は昭和三十六年二月一日、右翼の少年が中央公論社の嶋中鵬二社長（当時）宅を襲い、家事手伝いの女性を刺殺し社長夫人に重傷を負わせた殺傷事件。雑誌「中央公論」昭和三十五年十二月号に載った深沢七郎の小説「風流夢譚（むたん）」が、日本に革命が起こり、暴徒に皇族一家が襲撃される様子を夢物語として描いたことへの一方的な右翼テロ事件であった。

小瀬はこのような不穏な事件に対して少々いら立って筆をとっている。全六章からなるこの評論は、このような重大な社会事案に対して短歌が正面から向き合っているか否かを正面から問うているものである。そうした文脈の中で小瀬は、戦時中の短歌史の中で、「問題にすべきことは、従来しばしば指摘された翼賛短歌の下（くだ）らなさよりも、それを生むに至った前駆的風潮と、その誘因でなければならない」とした上で、昭和二十一年に復刊した短歌雑誌「詩歌」の検閲について触れている。「詩歌」は明治四十四年に前田夕暮が創刊した雑誌。この有力歌誌が戦後に検閲を受けたことを書いているのである。本連載では戦後、連合国軍総司令部（GHQ）

によって検閲された雑誌を保管したプランゲ文庫に何回も触れているが、調べてみると確かにその中に「詩歌」も含まれている。

米国の物資運びて疲れたり戦いはすでに終りしものを
ラレンツの法哲学論読み居つつ敗れたりといえドイツ人は偉し

このような作品によって組み替えを命じられたことを、夕暮門下の歌人が記していることについて、これは戦前の右翼による弾圧史と同形の弾圧だとしている。そして、河上事件、嶋中事件を扱った短歌が少ないことを危惧した上で、「今日の我々においてなすべきことは、右翼的思想の実体を明確に把握し、自己内部の世界との異同をはっきりさせること」だと主張しているのである。その一方で小瀬は、「斧」の例会に、「風流夢譚」の皇族の死にまつわる衝撃的な内容に取材した一首が出され、結局発表を自粛した事実も正直に吐露している。

小瀬は結びで「たしかに短歌の一首に社会的効用を考えたり期待することはおこ

がましいことだ。ましてや生活と生命との恐怖が作る統一言論からの避難所として
これ程美しい所はあるまい」とし、「その芸術至上主義が翼賛短歌を生むのだとい
ったら」そのパラドックスを笑えないとも言う。理論中心の前衛短歌運動が直面し
た社会的な運動の現実のうねりの中で、小瀬は実直に前衛歌人の良心について考え
ているのだ。

二年後、この文章は小瀬の評論集『回帰と脱出』(日本文芸社刊)に収められている。
短歌的なものからの脱出に対する小瀬の葛藤の背景には、この文章で触れられた「逃
避」の問題が潜んでいるのであろう。

百々登美子の感性

20代半ばで技巧派の片鱗

「第一回前衛歌人シンポ」の項で、短歌評論家冨士田元彦の文章を引き、昭和三十年代に「赤座憲久、百々登美子らの『仮説』と、小瀬洋喜、平井弘、黒田淑子らの『斧』が競い」合ったと書いた。ここ数回は「斧」について紹介してきたのだが、令和元年六月二十八日に百々登美子氏が逝去されたので、今回は、「仮説」とその同人であった百々氏の作品について触れてみたい。なお「仮説」誌は、「假説」の表記を一貫して用いているので、本稿でもそれに倣いたい。まず「假説」二号（昭和二十九年四月刊）の「一日集」三十四首から引く。

舗道（いしみち）に小さき手ぶくろ落ちてゐて掌（たなごころ）ひろげ濡れてをるなり

紅や黄の落ち葉敷きつめし林のなか音もなければ気遠くなりぬ

残り陽に浮きたつ白き干し物がはためきやめて海より昏るる

百々氏は、昭和四(一九二九)年大阪市に生まれ、大垣実践女学校を卒業している。昭和二十六年に短歌結社「短歌人」に入会し、斎藤史に師事をしている。その二年後には「假説」の創刊に参加している。斎藤史はその後昭和三十七年四月に「原型」を新たに立ち上げるが、そこにも運営委員として加わっている。第二号の時百々はまだ二十代半ば、しかし作品全体に落ち着いた雰囲気が漂い、鋭い感性の持ち主であることが伝わってくる。一首目は一連の冒頭に置かれているが、いきなり少し強引な振り仮名から始まる書き起こしや、路上の手ぶくろを描写した後、その掌へとクローズアップするあたりに、若くして技巧派の片鱗(へんりん)をうかがわせる。

二首目の視覚・聴覚の両面で訴求する力、三首目の干し物と海との遠近感など、鋭い感受性のフィルターが機能していることが読者には知れる。

「假説」第十八号は、昭和三十五年の発刊。ここでは「冬の愚」二十二首が掲載されている。

生の主題にとおく舞台の幕は降りおずおずと花捧げられゆく
われは青年に青年は何に追わるるや消灯の野をひたすらに雪も駆け

第二号から六年の月日が経ち、主題の抽象化や、象徴的な技法も目立つようになっていよう。こうした歌は前衛短歌運動の中心人物塚本邦雄の影響が強いと一般には言われるであろうが、決して衒学(げんがく)趣味に陥らない抑制が感じられ、百々の文体の魅力となっている。「假説」の「編集後記」は同人持ち回りが原則だが、今号は百々の担当である。

リズムが生命である短歌の場合、充分な内容をもたない作品でも、流麗なリズムにのせられると、その魔力に陶醇してしまう危険があるのではないでしょうか。

百々は、脳の中の「理性や知性などの営まれる〈新しい皮質〉」について引用部分の前に触れているが、〈新しい皮質〉をよろめかすようなものに酔うことに警鐘を発している。

「假説」は同人全員の連作を掲載するのが原則の同人誌だが、この百々の「編集後記」のようにキラリと光る評論精神を見せるような編集である。第二号の時同人は、赤座憲久、平光善久等十一人であった。その中に上田武夫の名前があるが、百々の夫である。

百々は大垣にあって全国に発信する力量をもつ歌人であった。平成二十六（二〇一四）年に第十歌集『夏の辻』で葛原妙子賞を受賞したが、久しぶりに全国に百々の名前が知れ渡ったことに驚きはあっても、その力量には何の疑問符もつかなかった。筋金入りの作歌歴のゆえんである。

塚本邦雄の初出作品

連作「日本砂漠」にすずこみ

前回短歌同人誌「假説」を初めて取り上げたので、今回は引き続き昭和三十一年十一月に発行された第八輯（しゅう）について触れたい。「假説」誌は誌名の表記同様、各号の呼名にもこだわりがあり、「輯」を用いているので、ここではその表記に従うこととする。

第八輯は十二人の作品を載せている。中でも目を奪われるのは二番目に並ぶ塚本邦雄の「日本砂漠」三十四首である。塚本については、「第一回前衛歌人シンポ」の項で、昭和三十七年の五月に開かれた「青年歌人合同研究会・初夏岐阜の会」に来岐した折の写真を掲載しているが、その五年以上も前に、「假説」編集部は、塚本に作品の依頼をしていたのである。「この輯には前衛短歌の旗手として一家を成してをられる塚本邦雄氏の『日本砂漠』を招待作品として御寄稿いただきました。伝統芸術としての短歌に、新しい一頁を加へるものであることは、言ふまでもないと思います」と後記には平光善久の署名で書かれている。

塚本の歌集の刊行時期を確認すると、昭和三十一年三月が第二歌集『装飾樂句（カデンツァ）』、昭和三十三年十月が第三歌集『日本人霊歌』であるから、この時期の作品は、『日本人霊歌』に収められていることとなる。塚本邦雄全集掲載の『日本人霊歌』を調べてみると、「日本砂漠」という章はなく、三十四首がまとまって歌集に収められていることはない。しかし例えば次のような歌は、一部改作をされながらも歌集に載っている。

城のごときものそそりたつ青年の内部、怒れる目より覗けば
鶏舎の暗がりの擬卵につきあたる牝鶏今日を〈父の日〉とせむ
タワー・クレーンより赭き煤ふりしきる　明日は歯の神經を抜かれむ
母の日はたちまち昏れて水中の鼠がねずみとりごとうごく

初出と確認すると、一応歌の登場順序は同じである。歌集との異同は、一首目、「青」が「青」、二首目は、「鶏」が「鶏」「つきあたる牝鶏」が「蹴躓く牝鶏よ」で一字空きがなし。三首目は一字空きがなしで、結句は「神経抜かれむ」となっており、「を」がない。四首目は、「母の日」が「〈母の日〉」で、「鼠がねずみ」が「鼠が鼠」となっている。

『日本人霊歌』は塚本の初期の名歌が並ぶ歌集である。巻頭歌は、「日本脱出したし　皇帝ペンギンも皇帝ペンギン飼育係りも」で、戦前から戦後の天皇制継承について一石を投じた作品で広く人口に膾炙(かいしゃ)している。「日本砂漠」の作品は、どれも塚本一流のエスプリと批評に富んだ歌だが、それでも多くが歌集には入れられていない。その一方で、この「日本砂漠」というイメージは、「日本脱出したし」の歌のイメージと見事に重なるものがある。

全集には詳しい解題がついているが、出典に「假説」の名はない。初出作品を検証する意味のみならず、塚本の初期連作として、しっかりと検証すべきものだろう。

二首ほど作品を引いておく。

駝鳥（だちょう）の檻に若き駝鳥らそだちつつ昏昏（こんこん）と初夏の日本砂漠
不思議なる平和がつづきゐて空に肌すり合（あわ）す白き気球ら

それぞれ、一九六〇年代に入り激しくなる学生運動やベトナム戦争、東西冷戦の緊張といった出来事をどこか予測しているようで、すごみすら感じさせよう。このような前衛短歌運動の第一人者塚本の足跡が岐阜に残っていることに、強い誇りを感じてやまない。

「假説」メンバーの作品

県から短歌文学興す気概

本連載は、小瀬洋喜氏が、郡上市大和町にある古今伝授の里フィールドミュージアム内大和文庫に寄贈された資料に多く依(よ)っている。前回取り上げた塚本邦雄の「日本砂漠」の連作も、「假説」第八輯に小瀬氏によると思われる付箋が貼られていた。大変重要な連作であるという思いの表れであろう。

大和文庫には、このような岐阜県に関わる貴重な資料が収められており、今もなお短歌関係の資料が各地から寄せられている。大和文庫を管理するフィールドミュージアムは、新たに「短歌の里交流館よぶこどり」を建設し、二〇一九（令和元）年九月から使用開始の予定であるので紹介しておきたい。ちょうど竣(しゅん)工(こう)式がとり行われ、利用のための準備が今進んでいるところである。約二百人を収容できる研修室が設けられるので、短歌に関わるイベントも今後充実することであろう。

またフィールドミュージアムの文学顧問を務めた国文学者島津忠夫が生存中より寄贈した島津忠夫文庫の一部は、自由に手にとれるように壁面に配架されるので、岐阜県内の短歌文学の研究が進むことも期待されている。二〇一六年に没した島津は、大阪市の出身であり、優れた国文学者であるとともに、歌人としても関西を拠点にして活躍した。塚本邦雄は、島津より六歳年長で、同じく関西を拠点に活躍した歌人である。島津には全十五巻の「島津忠夫著作集」があるが、そこには塚本邦雄論も収録されている。

本連載を進める上で、フィールドミュージアムからはいろいろと支援を受けているが、岐阜県の歌壇史を考察し、各地域との連携を果たすセンターとしての機能を、この「短歌の里交流館よぶこどり」に期待したいと思う。

さて、塚本邦雄の「日本砂漠」三十四首は、メンバー外への依頼であるが、連作十二編が並ぶ中、巻頭は、平光善久の「神か魔か」五十八首の大作である。巻末の後記では、「尚(なお)、巻頭作品には平光善久の『神か魔か』五十八首をもつて來(き)ました。

きびしいご批判がいただきたいものです」と平光自身が書いている。連作のタイトル表記で旧字体にこだわったあたりに、塚本への傾倒が見てとれると言えるだろう。
　この号が出た昭和三十一年といえば、塚本が頭角を現し始めたころ。依頼原稿であろうと二番目に置くというところに、この「假説」の反骨のポリシーはあろう。このグループは、「季刊歌集」を発行しているという意識であった。この第八号までは、ハードカバー製本であり、同人誌と呼ぶよりは、作品集と呼ぶ方がふさわしいようにも思われるのである。なお、次号第九輯からは、ハードカバーをやめソフトカバーとなっているが、本と雑誌の中間形のような体裁である。「神か魔か」から三首を引用しておこう。

河鹿鳴く夜の草叢(むら)に潜めるは神か魔か胸を射貫くその声
水の流れ雲の流れといづれ悲し風すさぶ川の底ひしづもり
枯れたる葦(あし)の思考の有無をあげつらふ夕べ河原は抽象に昏れ

塚本、あるいは寺山修司の作品世界を知悉していたと思われるが、さほどそこに依拠するわけでもなく、むしろ抒情性では彼らより豊かだろう。始まったばかりの前衛短歌運動に寄り添うように、岐阜から靭くたくましい短歌文学を興そうという気概が、「假説」のメンバーの作品には色濃く感じられる。

「顔をあげる」へ鋭い批評

歌壇の将来のため鞭打つ

再び、「斧」に戻る。「斧」第四号は、一九六一（昭和三十六）年八月の刊。「〈顔をあげる〉批評特集」である。「顔をあげる」は「斧」の同人平井弘が一九六一年に刊行した第一歌集。戦後の口語短歌の文体に大きな影響を与えた歌集である。批評特集は五人が担当。順に成田敦、水野隆、杉村昭代、長谷川敬、春日井建である。このメンバーでは当然春日井に注目がいくだろう。この前年に春日井は、三島由紀夫の絶賛を受けた「未青年」を刊行しており、脚光を浴びている中での執筆である。成田はライバル誌「假説」のメンバー。杉村は「斧」の同人であるから、バランスのとれた執筆メンバーである。水野と長谷川は地元の詩人である。郡上を拠点に活躍した水野は文語定型詩にも詳しかったので、批評担当者としてすぐ納得がいったが、小説家でもある長谷川への批評依頼は、筆者には意外であった。その結びを一部引用してみる。

平井弘氏の発想は、やはり既成の短歌的世界から脱出していないようだ。表現方法に於て、ときに新鮮なきらめきをみせるのだが、既成歌人たちの使用し手垢のついた情緒の中で溺れかゝっている。うたうのでなく、うたい流すことは拒否しなければならない。現実への抵抗がうすいのだ。

この後、「大胆で強引な言葉の組みあわせで、作者が作者を先ず殺すことから出発してもらいたい」とまで指摘する。しかし、この文章をよく読むと、決して平井が情緒に溺れているとは言っていないことに注目される。実際最後の一文は「非難めいたことばかり書いたが僕が平井弘と云う青年歌人を信ずるからなのだ」とある。散文や自由詩からみれば、短歌形式はいかにも狭苦しく、かつ自愛に満ちた形式に見えることであろう。あえて、将来のためへの鞭を打ってもらうために、門外漢の詩人たちに批評を依頼したように思われる。
春日井の批評は、平井がその文体を確立して、約六十年を経てなお、その一見平易な文体にもかかわらず作品世界を完全に解釈できないというジレンマに対して、既にこの時点で答えているところにすごさがある。

あなたは自分の中の少年の喪失を見つめた所から出発したという。だが僕は実はこの少年喪失ということがよく解らないのです。この場合、少年とは何を指しているのか。大人の世界を知らぬ存在、という意味なのか、凡てを信じすべてを愛していた存在という意味なのか。僕はこのなくした少年について語っているものを捜してみましたが、それはあいまいで明確にはされていませんでした。

春日井が言う「あいまい」という概念こそが、平井の歌を巡って名だたる歌人たちが解釈論争を繰り広げてきた要因であるとも言えるだろう。

批評号は、昭和三十六年七月二日に、岐阜市内で行われた批評会の様子を報告している。出席者は二十五名。百々登美子は、「春日井さんのは歌集自体が傷つくことを気にかけていなかったし自分を自虐的に扱っている場合にもすがすがしさを感じたが、平井さんの場合にはもう少しその少年の部分が自分への愛情が主になっていて、春日井さんの外的なものに対して内にこもるような甘さを感じた」とした上で、自分も「少女期」を歌いたかったと言う。

これは、春日井の批評における平井の作品世界への違和感をより明確にするもので興味深い。真剣に鋭い批評を浴びせ続ける特集号の熱気に、圧倒されてやまない。

「斧」発行続くが……

仲間同士での安住、危機感

「斧」第五号（昭和三十六年十二月）は、細江仙子の「〈斧〉を叩く」と小瀬洋喜の「イメージから創作へ」の二本の評論を載せている。細江の論には「自らへの警告」の副題が付く。冒頭を引く。

ぐるうぷ〈斧〉が旗あげした時私の頭に最初に浮んだのは、このぐるうぷはどのような形で終止形をうつことだろうか、という事であった。それから私は時々消えてゆく形を想像する。最も意気地なく情けないのは、よくある資金難という経済的理由である。経済的というのは致命傷かもしれないが、理由としては甚だやりきれない理由である。次はあの発展的解散というやつである。

この後少し置いて、細江は、結成当時に戻って再出発しようとしても、どのように勇ましく合図をしてみても「終止符をうたれた事には間違いない。つまり同人達は最初に抱いたあの意欲的なものを失ってしまった」と言う。

細江は、父がブラジル移民の医療に人生を捧げた人物で、幼くして父母と離れて育った。筆者は、細江の晩年にブラジルの移民の短歌の紹介に関して一緒に行動したこともあり、その人となりはよく承知しているが、少しシニカルで、本質をいち早く見つめる姿勢が、若かりし日も全く同じであり、引用箇所を読んで懐かしさが込み上げてきた。

さらに読み進めると、「〈斧〉は現在のままでは、存在そのものが厄介になるような気がしてならない。同人達が持ちよった作品を毎回同じように批評し、そして同人誌発行に追われていては、足踏みしている状態にすぎないのではないか。考えてみるに私達は大部分短歌的体質の持ち主で、いつも短歌的な視野で話し合っている」とある。同人誌には三号雑誌という言い方があり、三号でつぶれることが多いのだが、四号を無事発行し終えた後に、このような危機意識をもつ同人がいることが、「斧」という雑誌のすごみである。

論の後半で、角川書店の「短歌」十一月号が全国の同人誌作品を特集し、「斧」誌について、「外貌は多種多様だが実質はいかにも単調で貧しく独自の個性に乏しい。新しい世界などない」と酷評したことが紹介されている。細江は、率直に「口惜しくてもそれを認めざるをえなかった」と書く。その点を意識した根拠ある危機意識なのである。結びには、「仲間同士で安住してしまう甘さは、同人個々の内部に住んでいるといえる。自分を滅ぼすものはやはり自分にほかならない」とある。副題の「自ら」とは同人全体を指していたのである。

小瀬の論は、「短歌」の読者投稿欄の歌の作者が、坑夫、農夫、サラリーマンと入選目当てに作為をもって使い分けていることを巡り議論となっていることを受けて、フィクションが短歌に持ち込まれることの是非について問題とし、「斧」の同人では平井弘が実在しない兄を描いたことに触れている。その後に紹介されるのが、「短歌研究」昭和三十六年十一月号の「枯死林」という細江の作品である。

子の位置を解かれゆきつつ骨壺(つぼ)を振りいる軽さに母の死があり

平井の不在の兄と同様に、ブラジルに暮らす母を亡くなったものとして細江は歌ったのであった。

「その兄や母を創作した二人の営為こそ私性(わたくしせい)の剋服(こくふく)による新次元の開拓という命題を提起するものではないか」という小瀬の論調は、この後歌壇で思いもよらぬ反駁を呼ぶのであった。

「兄」や「母」を創作

「私性」めぐり大きな論争

近現代の歌論は、論争によって高められてきたと言えるのではないか。戦後の短歌評論のトップランナーである篠弘には、『近代短歌論争史』（角川書店刊）という本があるほどだ。

この本は二巻からなり、明治・大正編と昭和編からなる。その「終章（二）」が「現代短歌の論争」で、「3　現代短歌論の展開」では、「寺山修司と岡井隆にはじまる私性（わたくしせい）論議」をはじめ七つの論争が挙げられている。

二番目に挙げられているのが「岡井隆と小瀬洋喜のフィクション論争」である。岡井隆は「〈私〉をめぐる覚書（一）」を角川書店の「短歌」昭和三十七年四月号に寄せ、寺山の自作に対する批判に答えつつ、以後連載となる「短歌」の原稿で、前回紹介した小瀬の「イメージから創作へ」(「斧」第五号)における平井弘と細江仙子の実在しない「兄」や「母」について言及している。篠は、次のように書く。

こうしたフィクションの営為が「私性の剋服による新次元の開拓という命題を提起するものではないか」と、小瀬が問題を出したのにたいして、「平井の作風が一見してそれとわかるどぎつい非写実の特徴を持たず、むしろ写実派のそれとして読んだ方が素直に受け取れる種類のもの」であるための条件をいい、家族の実在性などといった低次元で、私性を脱却する方法が考えられないことを示唆したのである。

岡井と小瀬の論争が歌壇で大きな影響を与えたのは、引用の部分も含め、岡井が「短歌」に二年余り連載した原稿が、『現代短歌入門』として出版されたことが大きい。この本は一九七四年に初版が出たが絶版となり、一九八四年に新装版が出され、前衛短歌運動の終焉後も、繰り返し引用されることの多い著書である。

篠の引用は途中までであり、その後は、「しかも、同じく岐阜に住んで平井の歌集の出版までやっている平光（筆者注・平光善久）にして、『兄』が平井の兄でないと最近まで気付かなかったとすれば、一般の読者がだまされるのはむしろ当然です」と続いている。その岡井は、平井自身に「だます意図」がなかったことを指摘し、「悠々と種々さまざまな複数の『父母兄弟』たちと雑居したふりをしている塚本（筆者注・塚本邦雄）の方が、小瀬の批判にもかかわらず、『私性を脱却する』ことにはるかに高くて遠いと思え」るとも言っているのである。これは前衛短歌運動を共に牽引するライバルへのエールでも

左から平光善久、岡井隆、小瀬洋喜（1962年5月、岐阜市、青年歌人会合同研究会・初夏岐阜の会　小瀬洋喜氏遺族提供）

あるだろう。

もう一度、小瀬の論に戻ると、小瀬は、平井の「兄」の創作について、「その営為は、正統と異端の接点にある如くに見えながら、実は更に高次の世界を拓くものなのである」とし、「その兄や母を創作した二人の営為こそ私性の剋服による新次元の開拓という命題を提起するものではないか」と言い切っている。

篠は、小瀬が「短歌」昭和三十七年八月号の「創作への展開―岡井隆への反論」で「表現方法として写実をとるか、象徴をとるかという技法選択の問題とともに、それは『流儀』にすぎない」と応酬したことを引いた上で、「フィクションの可能性に執着していたのであった」と小瀬を突き放し気味に叙述している。爾来半世紀以上が経過したが、最近の若手歌人の平井への傾倒なども含め、平井短歌の世界観は色褪せるどころか、むしろ輝きを増している。

〈私〉の回収論争

作者の人間像巡る問題に

小瀬洋喜は岡井隆から批判を受けたことで、自らの私性に対する論理をさらに突き詰めていくことになる。「斧」第八号（一九六二年十二月発行）は、小瀬の評論「〈私〉の回収」を載せる。この文章は、昭和三十七（一九六二）年十月六、七日に神戸で開かれた第二回青年歌人シンポジウムの「〈私〉とは」というシンポジウムを終えて、その討議の内容を補足すべく書かれたものである。

前回取り上げた岡井隆による「〈私〉をめぐる覚書（一）」は、「短歌」昭和三十七年四月号に掲載されたものなので、まさに雑誌における論争をシンポジウムの場で取り上げ、さらにまた雑誌ですぐさま検証していることになる。

小瀬によるとシンポジウムには、岡井隆、平井弘、黒田淑子らのほか、第一回の岐阜のシンポジウムでは不在だった寺山修司が司会者として参加している。
小瀬は第二回シンポジウムの報告として角川「短歌」(昭和三十七年十二月号)の要約表現を六つ引きながら、注を加える形で論を進めている。そのうちの一つを引こう。

「この複雑性を〈私の拡散〉と名づけ、その上に統合された人間像を求めることを〈私の回収〉と呼びたい」(注)私の拡散と回収については寺山修司の発言と岡井隆の把握の間にや、ずれがあったようである。寺山はメシを食べている自分、林の中を歩いている自分、犬の散歩をさせている自分といったものも私の拡散した姿だとし、岡井は悪に魅せられた分身、ナショナリストとしての分身、誠実な市民としての分身といったものに私の拡散を認めようとしている。

そもそもは、寺山が岡井の作における「私」の拡散を批判したのであったが、岡井がそれに十分に応え切れていなかったことが、小瀬への厳しい攻撃の原因ではなかったかと、筆者は考えている。この三人がそろった神戸から帰って確信を得たように、小瀬は〈私の回収〉という概念を提案しているのである。

このほか小瀬の（注）の中では「〈私〉論の発展として期待されるのは、即事実であろうと虚構であろうとその作家の人間像を廻(めぐ)っての問題になるのだと、わたしは思う」といった指摘が注目される。

小瀬の論鋒(ろんぽう)は自信に満ちており、「一首の中での〈私〉の回収―これこそ短歌が自ら課した詩的制約のもたらした内容制約であり、短歌の特性なのである」と言い切っている。あるいは「われわれは〝うそくさい〈私〉は心を打たぬ〟という迷信から袂別(べいべつ)せねばなるまい」とも。

後半部では「寺山が作品群としての〈私の回収〉を要求したのは、この意味で極めて危険なことであった。自らに課した自らの人間像が、好ましくありたい――好ましいものだと見てもらいたいために、歌人は、その自らに課する人間像にしばられてしまった」と寺山に矛先を向けている。「この意味」とは、一首の中で拡散と

現代短歌シンポジウム・神戸の会。寺山修司、岡井隆、小瀬洋喜らが集まった（1962年10月、神戸市　小瀬洋喜氏遺族提供）

回収が成立することを言っている。しかし、寺山は、この時点で既に、短歌の領域から詩や散文へと軸足を移しつつあった。

よく考えてみると、寺山は短歌研究新人賞のデビュー直後に、俳句作品からの剽窃疑惑で、批判を浴びていた。現代の歌壇では、近視眼的な批判だったことが常識となっている。しかし小瀬が理想とした良識的な作者観、一首レベルでの確固たる人間像というものは、もとより寺山の意識の埒外であったのだろう。その意味で寺山は、実に危険な歌人であったと言えるのかもしれない。

寺山修司からの私信①

編み出した私性への思い

前回、昭和三十七（一九六二）年十月六日に神戸で開かれた第二回青年歌人シンポジウムの集合写真を掲載した。実はこの中に平井弘の姿も確認できる。小瀬洋喜による報告が載ったのが、同年十二月十五日発行の「斧」第八号であった。この号は寺山修司に寄贈されたようで、寺山は、十二月二十九日付の平井宛て私信で、この号への自分の考えを率直に述べている。寺山の私性(わたくしせい)論議に関わる考えが分かる初出の貴重な資料なので、今回から、平井本人の特別の許可を得て、紹介をする。

手紙は二通のはがきからなる。書ききれず二通になったようである。一通目の内容を記す。

岐阜ではゆっくりお話できず残念でした。今日、「斧」をいたゞき小瀬さんのエッセイが幾分の僕への誤解から成っているので、お返事書いたところです。ところで、あなたの僕への感想的反論。①アカハタ売る……から、ジャズを愛好するまで、同じ「私」ではおかしいではないか。②メタフィジカルな言語秩序の中での「恐山」的ナショナリズムは、土着性をさまたげているではないか。というのは、どっちも概念的にはわかりますが、どうも本質的な問題ではないような気がするのです。①についていえば、(本当のことを言って)革共同(筆者注・革命的共産主義者同盟の略)の連中の、一種のブランキー・ムードに便乗して芝居をやっていた早大時代の僕が、病気を経て、しだいにモダンジャズ、(中略)に傾斜してきた……という思いがけないコンフェションがあるわけです。

五円の官製はがきの裏から書き始めて、引用の最後の文章の途中で表へと続いている。冒頭の「岐阜」は「神戸」の勘違いではないかと思われる。「小瀬さんのエッセイ」とは、第八号所収の「〈私〉の回収」を指す。①、②は平井の主張を寺山なりにまとめたものか。

平井は第八号のあとがきに、寺山の作品「わが通る果樹園の小屋いつも暗く父と呼びたき番人が棲む」について、「〈果樹園〉と書かれた言葉が、さまざまな俗性から切りはなされてメタフィジカルな意味をもって使われている作品世界では、〈仏壇〉とか〈人買い〉という言葉は、その生温かい俗性をもって息づくことができない。（中略）メタフィジカルな言葉の駆使を短歌にもちこんだ寺山修司の『恐山』においてみせた盲点のようにみえる」と書いている。このあとが

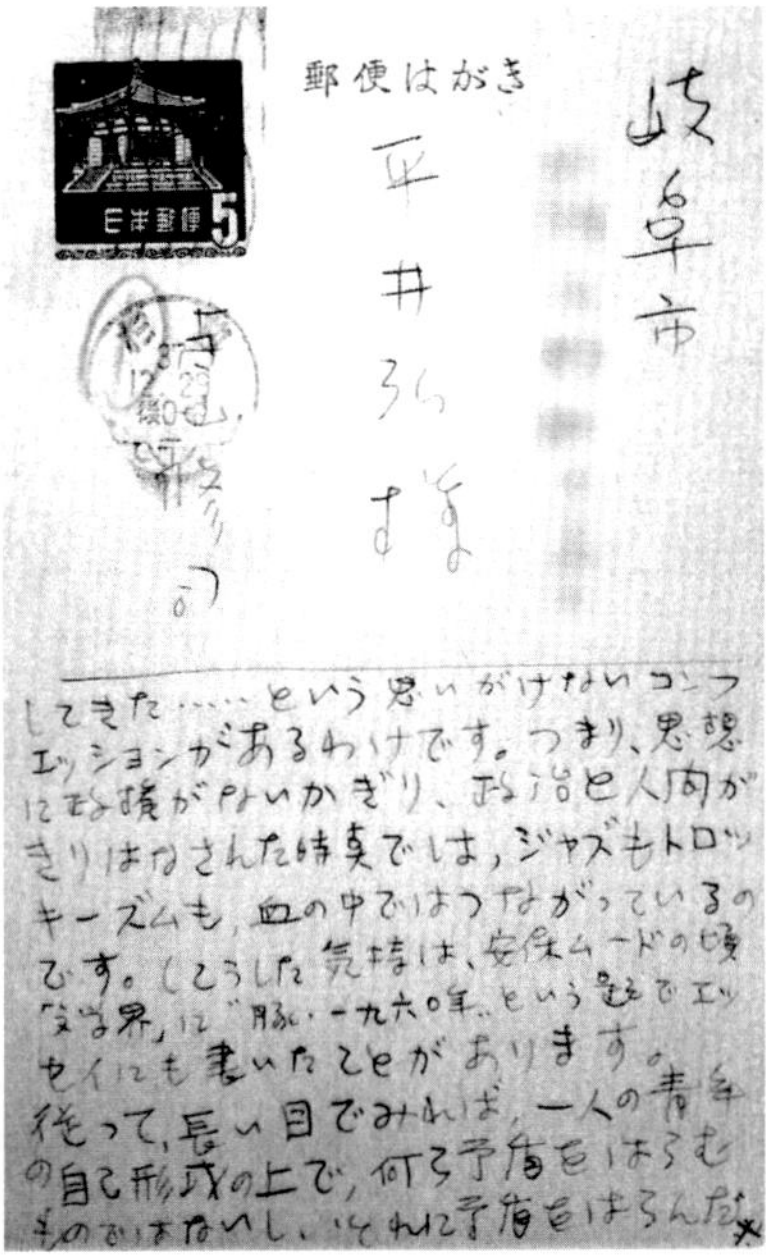
郵便はがき
日本郵便 5
岐阜市
平井弘様

してきた……という思いがけないコンフ
エッションがあるわけです。つまり、思想
に政治がないかぎり、政治と人間が
きりはなされた時点では、ジャズもトロッ
キーズムも、血の中ではつながっているの
です。こうした気持は、安保ムードの頃
「文学界」に"朋友・一九六〇年"という題でエッ
セイにも書いたことがあります。
従って、長い目でみれば、一人の青年
の自己形成の上で、何ら矛盾をはらむ
ものではないし、それに矛盾をはらんだ

平井弘に宛てた寺山修司の直筆はがき。消印は1962年12月29日（写真の一部を加工しています。平井弘氏提供）

きへの反論とも言える。

①に関しては、「アカハタ売るわれを夏蝶越えゆけり母は故郷の田を打ちていむ」の歌から「ジュークボックスにジャズがかかればいつも来るポマード臭ききみの悪霊」のような歌まで、幅の広い自歌の中の多様な「私」が同じはずはないと言いたいようだ。「果樹園」のような語が、形而上学的（メタフィジカル）であり俗性を失っているという平井の批判への回答である。

平井のあとがきの最後の一文の意味は、「亡き母の真赤な櫛を埋めにゆく恐山には風吹くばかり」のような歌でも、メタフィジカルな言葉がかえって「盲点」になっているということだろう。それに対して寺山は、概念的には分かるが、本質的な問題ではないと言う。新左翼が台頭する中、ブランキー（筆者注・やけくそくらいの意か）になった自分の告白（コンフェッション）が自作にはあると返している。

手紙の続きは次回に譲るが、寺山用語とでも呼ぶべき土俗的な言葉に「盲点」がないと言い募るような態度にこそ、自らが前衛的な作品で編み出した「私性」への確信的な態度が垣間見え実に興味深い。

寺山修司からの私信②

名歌集の余韻が香るはがき

前回の寺山修司から平井弘に宛てた私信の続きである。

つまり、思想に政権がないかぎり、政治と人間がきりはなされた時点では、ジャズもトロツキーズムも血の中ではつながっているのです。（中略）従って、長い目でみれば、一人の青年の自己形成の上で、何ら矛盾をはらむものではないし、それに矛盾をはらんだ※自己形成の方が、むしろ大きな可能性をもっているとさえいえるように思うのです。

前回紹介した最後の※印は、ここで二枚目のはがきに移る目印である。ここに散りばめられた用語を見ていると思い出すのは、このはがきの半年前（一九六二年七月）に出された第二歌集『血と麦』である。たとえば、「ジャズ」について言えば、前回引用した「ジュークボックスにジャズがかかればいつも来るポマード臭ききみの悪霊」の歌は、未完歌集「テーブルの上の荒野」所収。この歌集には、「冷蔵庫のなかのくらやみ一片の肉冷やしつつ読むトロッキー」の歌もある。手紙の中の「トロッキーズム」は、ロシアのマルクス主義思想家によるトロツキー主義のこと。この二首はこの時期の作なのだろう。

「血と麦」には、「労働歌がまきこぼしたる月見草と小さなねじの回転はやし」のようなロシア共産主義への関心をうかがわせる作もある。寺山が大学を中退したころの早稲田大学内の反スターリニズムの雰囲気の投影であろう。歌集のタイトルのもととなった歌は、「血と麦がわれらの理由工場に負いたる傷を野に癒やしつつ」であるが、食い扶持（ぶち）の象徴である麦を求め血を流す労働者を暗示するものであろう。その意味で、はがきの中の「血」という語は最も重要であると言えるだろう。

寺山の代表歌を多く含むこの名歌集を出した余韻が、平井への私信の中に馥郁（ふくいく）と香るような雰囲気がある。

寺山の短歌論集『黄金時代』(九藝出版刊)には、「鑑賞現代百人一首」が収められている。寺山が認めた百人の歌人には、興味のわくところだが、実はここでは五十人しか選ばれていない。そんな未完性もまた寺山らしいと言えるが、その一人に平井弘の名前がある。

寺山は「空に征(ゆ)きし兄たちの群わけり雲わけり葡萄(ぶどう)のたね吐くむこう」を引いた後、「きけわだつみのこえ」の冒頭の慶応大学の戦没学生の遺書の一部「さようなら、御機嫌良く、さらば永遠に」を引き、平井弘は、「おくれて」人生を生きはじめたと書く。そして、「『兄たちの群わけり雲わけり』という表現は、去り行く一切は比喩にすぎない、というシュペングラーの一句を思いうかばせる。作者は、その雲のわきたつ方に向かって葡萄の種を吐き捨て、わだつみ世代の青春と自分との接点を断ちきってみせる」のだと言う。

二十世紀の知の巨人であるドイツ哲学者の名言になぞらえるのは平井に対する最大の賛辞であるが、その後、平井たち戦後世代は、「『戦争の不在によってぽっかりあいた空洞』を埋めあわせるために、ことばしかもちあわせることのできなかった不幸な世代なのであった」と怜悧な分析も忘れてはいない。

平井は神戸の青年歌人シンポジウムで、このはがきと同様の内容を寺山から話し掛けられた記憶があるという。寺山は平井の一つ上である。寺山に加えて前衛三人組と呼ばれる塚本邦雄、岡井隆と比べかなり年下であった寺山にとって、平井は同じ世代の立ち位置で話すことのできる数少ない歌人であったのではなかったかと改めて感じるのである。すなわち寺山もまた「ことばしかもちあわせることのできなかった」世代の歌人なのである。

寺山修司からの私信③

自らの美学で土着性発揮

前回は二通目のはがきの冒頭部分で終わったので、今回はその続きを紹介したい。一通目のはがきで寺山修司は平井弘に対して二つの「感想的反論」を述べている。そのうちの一つは、「メタフィジカルな言語秩序の中での『恐山』的なナショナリズムは、土着性をさまたげているのではないか」であった。この点について、二通目のはがきでは、「僕は土着した組材を、自然主義リアリズム的につかみ出す」とは書いておらず、「美学をもたぬ、下手くそで無教養なモダニズムは、批評の対象にならぬと書いたのです」と。その上で「僕の『恐山』が、メタフィジカルな言語体系の中に創造されていくのは一向にかまわないわけで、このこゝろみは今しばらくつゞけてみようと思っています」と自分の信念を述べている。

寺山の第三歌集「田園に死す」（昭和四十年八月刊）は、「少年時代」「悪霊とその他の観察」「長歌　指導と忍従」からなる「恐山」の章より始まる。

　　大工町寺町米町仏町老母買ふ町あらずやつばめよ

　　売られたる夜の冬田へ一人来て埋めゆく母の真赤な櫛を

一連から代表作を引いたが、「大工町」の作品をして歌人の田中綾は「昭和三十七年、放送叙事詩をかくべく下北半島恐山をのぼった作者は、そこで『青森』―根源的な、母なるものを『発見』した。城下町らしい独特な町名を羅列し、最後に『老母』を買ってくれる町はないか、と姥捨ての伝説世界をも匂わせる」（『三省堂　名歌名句辞典』）と書く。

　このおどろおどろしい土俗的な世界は、寺山が監督を務めた歌集と同名の映画でも有名である。そもそも「メタフィジカル」という語は、「斧」第八号の「あとがき」で、「メタフィジカルな言葉の駆使を短歌にもちこんだ寺山修司の『恐山』においてみせた盲点にみえる」として平井が用いた用語であった。「メタフィジカル」は、形而上学的であるさま、の意。平井は、「恐山」が、言葉の世界で描かれることで、「生温かい俗性をもって息づくことができなくなること」を「盲点」という語で批判したのであろうが、寺山の反論を見る限り、メタフィジカルな言語体系の中で、自らの美学でもって郷土の土着性を発揮しているというのが言い分であるだろう。

寺山の初期作品は牧歌的な抒情を讃えた世界であったが徐々に反権力的な世界観を持つようになり、さらには、青森の土俗性に陰惨な虚構を加えるようになっていった。その歩みを、この二通のはがきでは明確にたどることができる。実に貴重な資料と言えるだろう。

この後はがきは、来年から雑誌「現代詩手帖」で叙事詩「地獄篇（へん）」を連載することを記した上で、「僕の考えでは、先日の岐阜の会では、関西の歌人たちは少し、詩人としては詩精神がなさすぎるのではないか、と思いました。つまり、俗にいう不勉強さが、ひどく気になったというところです。ノーマン・メイラーの『ぼく自身のための広告』など読むと、アメリカの若い作家の気負いのエネルギーに圧倒されますが、どうも歌壇にはそれがとぼしい。振幅が小さい。と思うのです」とある。

「寺山修司からの私信①」の項で神戸と岐阜とを誤認しているのでは、と書いたが、岐阜の会の記録を見て寺山はつづっているのかもしれない。「田園に死す」を上梓した年は寺山の二十代最後。三十歳からは、短歌よりは戯作、小説、テレビドラマ等での活躍が圧倒的に大きくなるのであった。歌壇におけるエネルギーの乏しさの自覚が、そのような方向へと寺山の背を押したような気もする。

同人研究誌特集①

ライバル誌の批評に特化

再び、「斧」の内容の確認に戻る。「斧」の特徴は、評論等の文章の充実にあった。第六号（昭和三十七年四月刊）は、「同人研究誌特集Ⅰ、Ⅱ」を掲載している。Ⅰは、平井弘による「短歌における他者の復権—発想自体のバイタリティを—」、Ⅱは、小瀬洋喜の「幻影に変身するとき」である。平井は六ページ、小瀬は四ページと、この号のほぼ半分を占めている。

この「同人研究誌」とは耳慣れない呼称である。「同人誌」がもちろん普通の言い方であるし、「短歌研究誌」という言い方もあるだろうが、その両方を合わせて呼ぶのには、その両方の性格をもたせたいという方針があろう。また、「斧」グループの中心である小瀬の薬学研究者としてのこだわりも感じられる。

平井の文章の全容をここに紹介することは難しいが、この文章の特徴は、同じく岐阜から出ていたライバル誌「假説」についての批評に特化していることである。平井はまず、赤座憲久の詩集「瞳のない顔」から「写真」という詩を引用し、赤座が「詩集のモティフである盲児の世界を短歌にもちこむことを頑固にこばんできた」とし、「それは短歌の抒情(じょじょう)がけっしてこの世界の理解に役立たないこと、むしろ害のあることを見通しての拒否であるように思われる」とする。そして、「このことは、赤座氏をはじめとする〈仮説〉の作家たちについて考える糸口になるだろう」と言うのである。

さらに「〈仮説〉の発足当時からすくなくともそこに共通する関心事は短歌的なものの否定および短歌形式への執着という二律背反を、その作品においてどう解決するかということであった」と平井は続け、赤座の短歌における方法を考える上で「假説」一一号(昭和二十九年四月刊)から「泣きたくて、しかも泣かずにゐる海が非情の白き牙をむきたり」等の歌を引く。

平井は、先の詩集と比べて「短歌では私性(わたくしせい)がネガティヴなものになりがち」であ

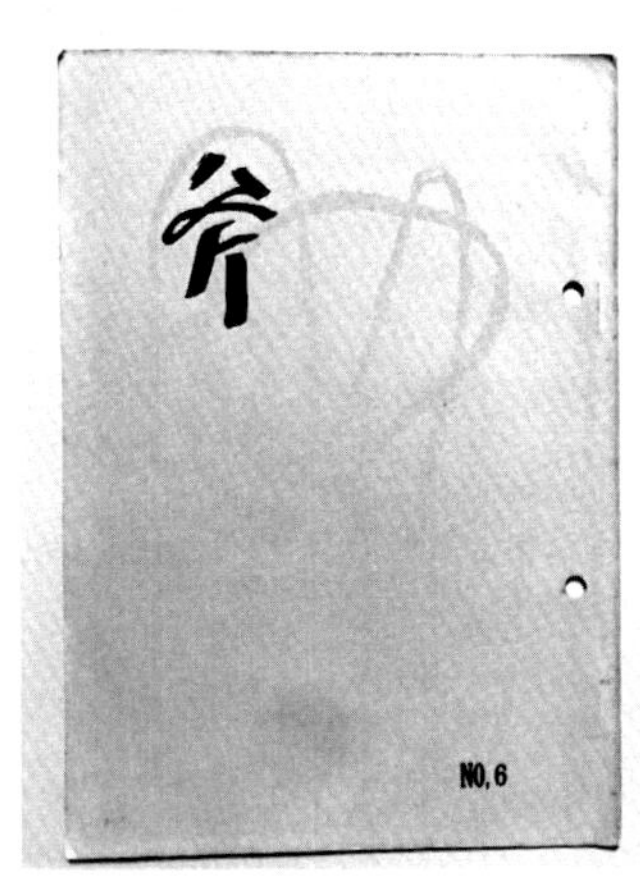

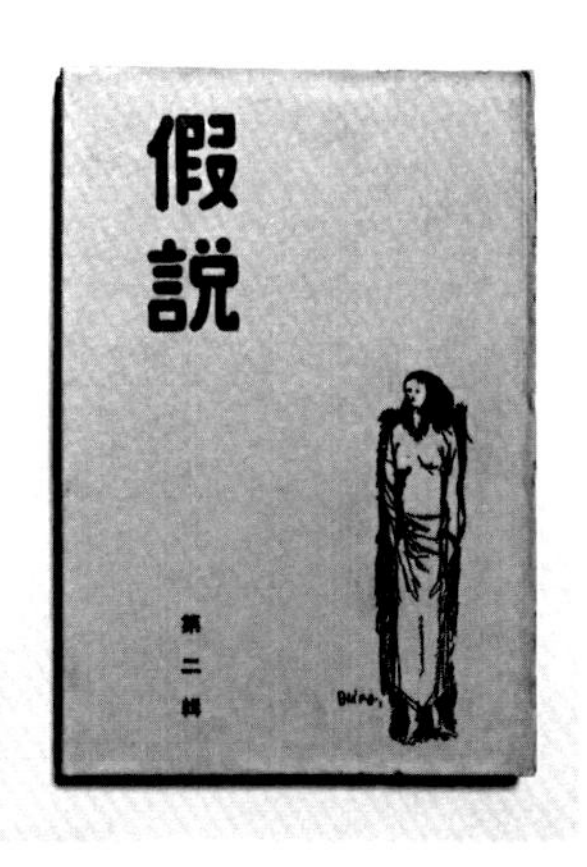

短歌同人誌「斧」第６号と「假説」第２号
（古今伝授の里フィールドミュージアム所蔵）

ると指摘する。そして、「私たちはそのまま私性文学としての短歌のもつすぐれた特質として認めてゆかねばならないのか、という点が赤座氏の中でどう解決されたかを私は知りたい」と書く。ここでいう「私たち」とは「斧」の同人一同であろう。「調和感にたどり得た、実にむなしい、ただむなしいものの追求というところですぐれた作品の実績もあるのである」という赤座の認識は、「ひとつの回答」であると平井は認めた上で、「そこに欠けているものは、発想自体のもつバイタリティというような言い表わし方が許されるかもしれない。私はネガティヴな発想という言葉に対置するものとしてそれを考える」とするが、ライバル誌との作歌の立脚点の違いが明確になっている点で象徴的である。さらに、平井はこの「バイタリティ」を「短歌発想における他者の復権」に言い換えられるとも言っている。

平井はこの後、「假説」同人の作品を引きながら、そこにはネガティブな発想がみられることを論証する。しかし同時に自分と同じ世代の同人ならば、「短歌が私性の文学であるという確認がそのままネガティヴな短歌性の容認にすりかえられはしないかという危惧」をもっているはずだとも示唆する。「回転木馬故障する　屋上から四階へ一階へ係員が告げにゆく刻やさし」は「假説」の成田敦の作品だが、この歌の「やさし」という感情の質の可能性に平井は注目し、この文章を終えている。このようなポジティブな発想にこそ「〈他者〉の復権、〈信頼〉の回収」のための手がかりがあると言うのである。作歌において「他者」を疎外せぬ姿勢を、平井は首尾一貫しているのである。

同人研究誌特集②

文学理念共同体の幻影追う

前回に引き続き「斧」第六号（昭和三十七年四月刊）の「同人研究誌特集Ⅰ、Ⅱ」について触れる。Ⅱは、小瀬洋喜の「幻影に変身するとき」で、当時全国で隆盛していた短歌同人誌について詳細に分析をしている。

小瀬は、このような同人誌運動が昭和三十五年を中心に盛り上がってきたとし、昭和三十六年になると、角川書店が発行する「短歌」で「全国同人誌の主張」等の特集が行われるようになり、一九六二年の角川版「短歌年鑑」に多くの同人誌批判が集約されたとする。

特に年鑑所収の秋村功による同人誌の動向分析に注目をしている。要約して紹介すると、①結社へのアンチテーゼとして出て来た②歌壇の流行調が取り入れられている③閉鎖的ゆえ徹底的な内部批判が必要④同人誌間の交流を期待する—とある。だが、小瀬はこれらを「まことに正しい観察」とした上で、特に①のような位置づけは同人誌自体が掲げることも少なくないと指摘している。結社誌自体にも、同人誌的な性格と茶の湯や生け花といった門流的な性格との二面性があることを小瀬は指摘した上で、実は、結社誌の作品にはさほどの文学的主張がないのだと言い、同人誌への期待を受け止める時にも、この点を押さえるべきだと言う。

すなわち、「結社が文学理念の共同体でなくなった今日も、結社に理念の幻影を求める期待は消えない。しかし、現実にはその幻影が幻影にすぎなくなってきている今日、同人誌にその幻影が求められているからといって、その期待を笑うことはできない」と、あくまでも同人誌の理想像に理解を示している。だがその上で、「同人誌の歴史は自爆の歴史であった。この自爆こそ幻影の実態ではないか」とし、「〈斧〉同人が行ったいくつかの同人誌研究の報告を抄記しながら考えてゆこう」と結論づけている。実にシニカルな同人誌観だが、三号雑誌と揶揄(やゆ)され短命になりがちな同人誌の抱える矛盾をよく言い当てている。

この後、「具象」「核」「環」「藍」「曲り角（まが）」についての分析が並ぶ。関東で出ていた「環」を例にとると、「正直なところ私には〈環〉の臭いは少々強すぎた。詩、俳句、映画時評、短歌評論と盛りだくさんである。これには既成同人誌より脱皮しようとする姿勢がみられ、その姿勢には賛成である」（細江仙子）、「熱っぽいグループだ。同人たちの入ってる方向が今のところ同じ方に向っているためというより、もう少し強引なグループ意識の熱っぽさというべきだろう」（平井弘）とある。全国の同人雑誌の分析後、小瀬はその主張や表出されているものによって、三つの分類をしている。

（1）文学理念共同体—仮説、核、アンドロメダ、環、具象、藍
（2）エリート集団—極、泥
（3）地域集団—斧、走者、カルバ、曲り角

今やもう見ることが難しい雑誌などさまざまだが、このような分類は極めて意味があろう。それにしても「假説」と「斧」の分類が違うことには、多少の驚きもある。

小瀬は、「同人誌」に文学理念共同体の幻影を求めることの誤りがゆえに、同人

誌「假說」が、当初は結社誌「短歌人」の岐阜支部的性格を抑圧したが、やがて赤座憲久ら中心同人の所属する結社誌「原型」支部への変身を遂げようとしたのは当然だとも言う。一方「斧」は、岐阜に住む仲間が「異質のふれ合いと仲間意識を支えとし自己を深め自分も歌を詠もうとする同人誌」なのだと言う。しかし、「可能性の探求から理念の共同体に変質を遂げたとき、それが同人誌〈斧〉解散のときである」とも結んでおり、結社誌と同人誌との間で苦しむ姿がうかがえるのである。

塚本邦雄からの私信①

平井の歌集に新鮮な驚き

以前「寺山修司からの私信」として寺山修司から平井弘宛てのはがきを紹介した。平井は同時期に前衛短歌運動の中心人物である塚本邦雄からも長い手紙をもらっている。今回と次回で塚本のご子息塚本青史氏より許可を得て、その内容を紹介する。なお、今年は塚本邦雄生誕百年である。

この手紙は封書で、便箋ではなく原稿用紙に升目を無視して書かれている。タイトルは「平井君」で、塚本の署名があり、本文が始まる。末尾に、「18　Juin'61」とある。この年平井は第一歌集を上梓しており、塚本に寄贈した折の礼状の内容である。

「顔を上げる」ありがとう。集中の最高音部である〝戦い希(ねが)い〟をたしか「斧」

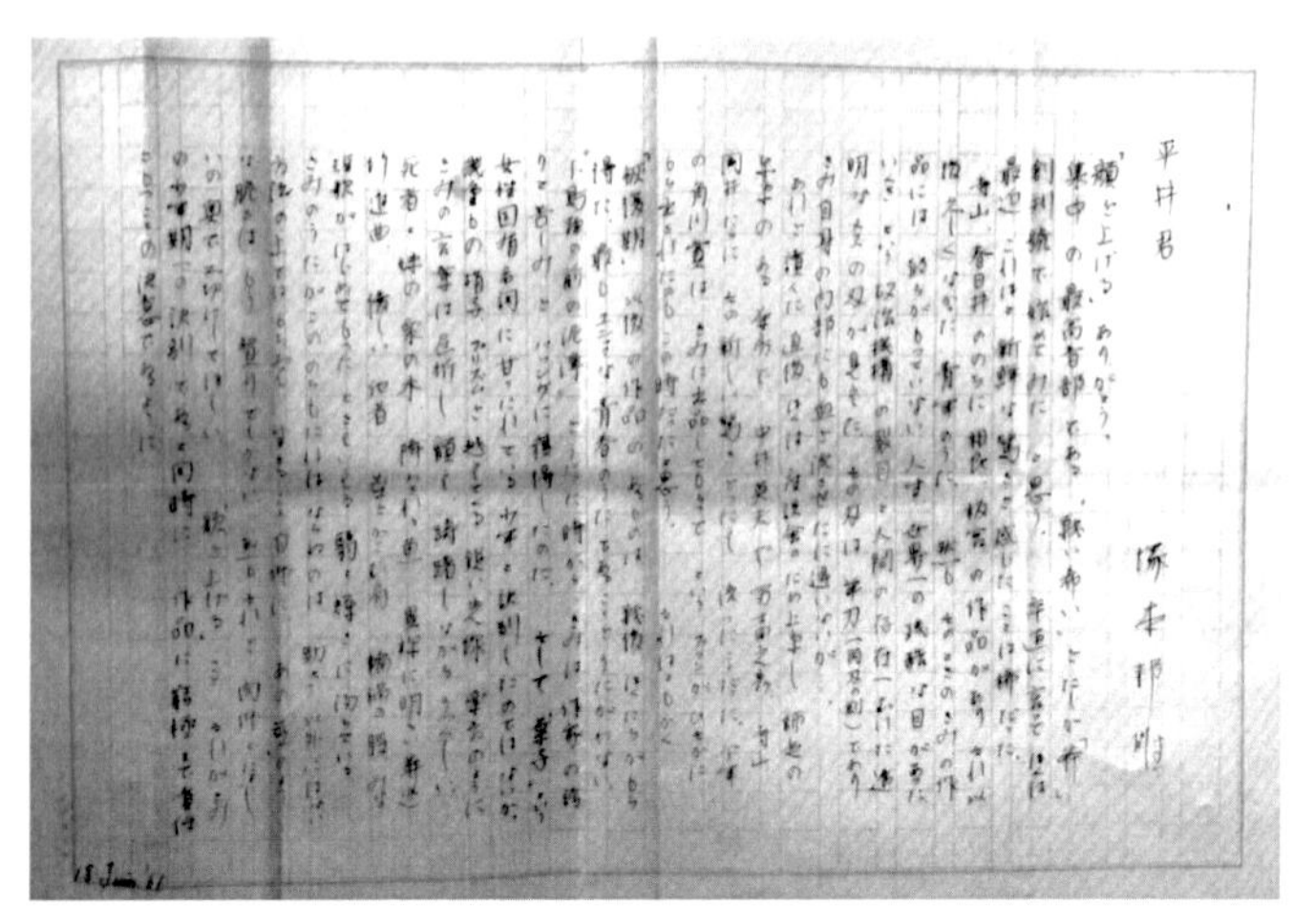
平井君

塚本邦雄

塚本邦雄が平井弘に送った手紙（平井弘氏提供）

創刊號で始めてみたと思う。率直に言ってぼくは最近これほど新鮮な驚きを感じたことは稀だった。

寺山、春日井ののちに相良、板宮の作品がありそれ以後久しくなかった青年のうた、然もそのときのきみの作品には彼らがもっていない人生、世界一の残酷な目があった。いくさという政治機構の裂目と人間の存在へむけた透明なメスの刃が見えた。その刃は羊刀（両刃の剣）でありきみ自身の内部にも血を流させたに違いないが…。

塚本は旧漢字、旧仮名使用で知られ

ているが、ここではたまに旧字を用いる程度である。また、句読点がはっきり区別されておらず、読点の代わりに一字程度間隔を空けることで読みやすくする書き癖がある。ここでは、字間は詰めて引用した。

文中の、相良は相良宏、板宮は板宮清治のことである。相良は、「未来」創刊に参加したが、結核で昭和三十年八月に三十歳で早世している。板宮は、「短歌研究」第二回五十首詠（現在の短歌研究新人賞）に寺山と同時に入選した歌人。佐藤佐太郎門下である。共に当時注目を集めていた歌人であった。その二人、さらには寺山、春日井建と比して、平井には独自の人生、世界一残酷なまなざしがあったのだと塚本はいう。さらには、この国の「政治機構の裂目と人間の存在」に向けて透明な刃を持っており、その刃は平井自身をも傷つけてしまう両刃の剣であるのだと。寺山ら当時俊英として評価されていた歌人の名前を具体的に出しながら平井の才能の唯一無二性を語る筆致に、塚本の強い期待を感じずにはいられない。

この後は段落を改めて、「あれを讀（よ）んだ直後、ぼくは座談会のため上京し、師走の東京のある茶房で中井英夫や冨士田元彦、寺山、岡井（筆者注・隆）たちにその新しい驚きをつたえ語ったことだった。今年の角川賞は、きみに出品してもらってというプランがひそかにもち出されたのもこの時だったと思う」と続く。中井、冨士田は当時角川書店の編集者である。内輪話的なエピソードではあるが、「顔をあげる」に触れた驚きからまだ冷めやらぬ熱気が伝わる筆致であろう。さらに続けて、「それはともかく、『恢復期（かいふく）』以後の作品のあるものは、戦後ぼくたちがもち得た、最もユニック（筆者注・ユニークの仏語読み）な青春のうたであることをうたがわない。〝小鳥屋のまえの泥濘（ぬかるみ）〟とうたった時からきみは作家の誇りと苦しみをパッシヴに獲得したのだ」という。〝小鳥屋のまえの泥濘〟とは、「顔をあげる」における「恢復期」の中の、「服薬に胃があれている朝あさをいつまでも小鳥屋のまえの泥濘」を指す。「作家の誇りと苦しみ」が具体的に何を指すのかは判然とし難いが、兄の影響で短歌を始めた塚本が、架空の兄を歌い続けた平井に最大の讃辞（さんじ）を贈ったことは間違いない。

塚本邦雄からの私信②

平井独自の美学見透かす

前回に引き続き、平井弘宛てに差し出された塚本邦雄の私信を紹介する。

そして「葉子」という女性固有名詞に甘ったれている少年と訣別したのではないか。幾重もの硝子、プリズムを越えてくる鋭い光線、楽音のようにきみの言葉は屈折し顫え、躊躇しながらうつくしい。死者と妹の栗の木、降ろされる魚、異様に明るい葬送行進曲、優しい他者、茎をかこむ肩、輪禍の脛、みな短歌がはじめてもったとさえいえる翳と輝きに満ちている。

「葉子」は『顔をあげる』の「少年喪失」の章に出てくる名前である。「少年喪失」

は計五つの連作からなる。

蓬よりも剥き出しにして風ふけば裸の腕の葉子が揺れる
何か言いたき表情をしてうつ向きし葉子怒れくさを掴んで投げろ
詰じり合う若さ失いたくはなし土手くだるまで葉子唄えよ

最初の歌は、「3」、後の二首は「5」の一連に収められている。現代歌人文庫「平井弘歌集」は、巻末に詩人清水昶の解説「少年の戦争——平井弘論」を収めている。清水はそこで、「顔をあげる」から多くの歌を引き平井について詳細に論じているが、一首目については、「『蓬』という雑草（かつての田舎では）の生命力に対比して『風ふけば裸の腕の葉子が揺れる』といったぐあいに、雑草の生命力を恋人の『裸の腕』に呼びよせている」と言う。さらには、「ただし、こういう官能は女を知らない少年期の物だ。『蓬』と恋人らしき『葉子』を対応させたのは、青春期の平井弘のフィクションだと思う」とも。清水の解説は、「顔をあげる」の上梓後十数年を経て書かれており、この時塚本は当然目にしていない。三首目が「少年喪失」の一連の最後に置かれた意味を塚本は、「『葉子』という女性固有名詞に甘ったれている少年と訣別したのではないか」と斟酌していたのであろう。まさに慧眼である。それにしても、「幾重もの硝子、プリズムを越えてくる鋭い光線、楽音のようにきみの言葉は屈折し顫え、躊躇しながらうつくしい」という批評は実にしなやかで、的を射ている。清水は、このような平井の抒情質を「恥じ」という言葉で表現しているが、塚本はその「恥じ」に、平井独自の美学を見透かしていたのだろう。「死者」「妹の栗の木」「降ろされる魚」「異様に明るい葬送行進曲」等々は、「顔をあげる」所収の短歌のキーワードである、それらがまぶしいばかりの初出性をもつことを塚本は言っているのである。さらに私信を続ける。

きみのうたがこののちもたねばならぬのは、勁さ以外にはない。方法の上ではもちろん生きること自体にあの「茎」のような脆さはもう奢りでしかない。然もそれを肉体とたましいの奥で大切にしてほしい。『顔をあげる』こそ、それがきみの少年期への訣別であると同時に、作品に窮極まで責任をもつことの決意であるように。

「茎」は、集題と同じ名の一連「顔をあげる」の「傷つけしはわれのみのこと気づかねば茎に似し喉みせて少女は」によるものか。歌集巻末の平井自身による「『顔をあげる』ノート」は「うつむきがちなぼくにとって、この歌集は失くしたものへの愛惜を〈憤り〉にまで育てる足場となるでしょう」と記している。塚本はまるで、平井が生涯にわたって自作に責任をもつことを予言しているようであるし、平井もまたこの「足場」の上に建つべきものを漠然と予想している感がある。六十年近く前の俊才二人の交信には瞠目させられるものがある。

「斧」塚本の感想

平井と小瀬の役割見抜く

二回に分けて、平井弘に向けた塚本邦雄の私信を紹介したが、平井は同人誌「斧」を寄贈されたことへの塚本からの礼状を二通保管している。前回に引き続きこの連載紙面で公開をする。一通目は、一九六〇年八月に記されたもの。

「斧」いたゞきました。

それぞれ洗練されたタレントたちと思いますが、ぼくは平井弘氏の〟鳥と怖れ〟を白眉と思います。一種愕然たるあたらしさをもっていて、もう一歩でシニカルになる「眼」がそのおどろきの純粋さのゆえに、率直に人の心をうつ、実にユニック(筆者注・ユニーク)な作品と思います。乾葡萄、魚、柩、菜の花、送棺、栗の木、拉致、それぞれに面白く、こういう作品を確認させることだけでも創刊のいみはあったと思う次第。御研鑽をいのります。

このはがきは、「斧」同人各位宛てである。昭和三十五年八月に創刊された「斧」は、八人の同人の作品を載せるが、塚本は、迷わず、平井の十五首「鳥と怖れ」を白眉としたのであった。この一連には、「『でも死ぬのを待ってやらないといけないわ』そしてポーレットも穴の中に少し土を落した。Fポワイエ」という短文が題に付されている。ポワイエは小説「禁じられた遊び」の作者。同小説が映画化されたのは、一九五二年。戦争で孤児となった五歳のフランス人少女ポーレットの運命を描いた反戦映画である。

闘いたき鳥を抱きしめ土の上にみなぎるむしろ少女の脛が

この歌は、「鳥と怖れ」のタイトルのモチーフの根拠の一つであろう。「禁じられた遊び」と言えば、ポーレットが、少年と共にモグラやヒヨコなど様々な動物の死体を集めては墓を作っていくシーンが有名であるが、この歌はそのようなイメージともオーバーラップしている。塚本の指摘する「一種愕然たるあたらしさ」とは、平井の紡ぐ一首一首が相互に醸し出すコラージュ的な主題提示の在り方ではないかと筆者は思う。

もう一通は、小瀬洋喜宛てで一九六一年一月一日の消印がある。

斧2　ありがとうございました。

あなたの巻頭エッセー明晢（めいせき）な説得力をもつていてこの誌のバックボーンと思います。

作品では、平井弘君の「死者へ」がやはり出色です。創刊號（ごう）作品でいささか目をみはる気持ちでしたが、このたびのをみて貴重な才能であると確信しました。勵（はげ）ましてあげて下さい。

二十日前後四、五日間上京してきました。

来年は「極」もぼくの「水銀伝説」も早々にお見せできる豫定（よてい）　御健やかに。

匆々（そうそう）

書き出しの、誌名「斧」の下に「2」とあるのは、第二号の意味だろう。「死者へ」は二十首からなる。

脛すこし淫（みだ）らなるまで踏みいれて苺（いちご）狩るおぼつかなき妹は

この作は先に引いた「闘いたき」の歌と比べると、「脛」や土のイメージが重なってくる。このような別々の連作がフーガのように主題の一部を共有するのも平井作品の特色である。また塚本が小瀬の巻頭エッセイと書いているのは、巻末の小瀬の文章「象徴性の表現と理解」のことであろう。紙の質が違う「あとがき」のページに入り込む形で割り付けられており、誤解が生じたのかもしれない。

同人誌の理論を担当する小瀬、その理論を実験的に作品化する平井と、二号にして役割を見抜いていた前衛短歌のリーダーがいた証左が、この二通のはがきである。

「斧」別巻の持つ意味

作家たちのすごみ伝わる

短歌同人誌「斧」の内容紹介から派生して、同人と寺山修司、塚本邦雄との関わりについて、詳しく報告をすることとなった。今回は、少し視点を変えてみたい。「斧」には何と別巻が存在するのである。これまでこの別巻については、歌壇で全く言及がされていないので、岐阜における同人誌運動の在り方を振り返るのに、極めて貴重な資料である。筆者の手元にあるのは、昭和三十九年九月に発刊された第一号と、昭和三十九年十月に発行された第二号である。第一号は計六ページからなる。表紙には、編集・大橋基久とある。巻末の「あとがき」を引く。

〈斧〉の発行の中間に、研究課題をプリントしてでも出したい考えは、久しく温めてきたのだが、私の本業の方が忙しくて、なかなか実現できなかった。今度、思いきって強行することにしたのだが、この第一号は、九月例会の本田幸恵研究のいわばテキストとなった。

内容は、表紙が細江仙子（のりこ）の「斧　第十二号の作品寸評」。これはブラジルから寄せた原稿である。同人の細江は、この時父の住むブラジル、サンパウロに滞在中であった。二ページから五ページは、同人本田幸恵の「明日という餌」三十首。最終ページは、会計報告と「あとがき」である。

第二号は、第一号よりも作りが簡単で、同人岡崎弘子の二十八首と、本田の十五首を載せるのみである。計十ページだが、表紙裏には「プリント・大橋基久」とあるのみ。裏表紙は無地である。

この資料は、郡上市古今伝授の里フィールドミュージアム内「大和文庫」所蔵のものだが、この後も別巻が出たかどうかは分からない。以下は筆者の想像であるが、「斧」本誌は当時活版で組まれており、発行費用がかさむので、大橋がガリ版切りを担当し、謄写版で印刷することで、本誌では経済的な事情で載せられないような記事を掲載する媒体を作ろうとしたのではないか。

会計報告を見ると、斧十二号の支出は二万七五五二円で、内残高は一〇四二円とある。ぎりぎりで発行していたことが分かる。コーヒーの値段は昭和四十年ごろは七十円ぐらいか。現在はその約六倍ということで、「斧」の発行一回に十六万円近くかかっていたことになる。

先の「あとがき」の続きで、大橋は、「今後もできるだけ、こうしたプリントを出していきたい。〈斧〉の堅実な前進を、お互いの心のなかに確認し合うためにも」「評論などを皆で書いて発表してはどうだろう。とにかく、互いに言いたいことを、どしどし言い合うのが、〈斧〉のいいところなのだ」と書く。評論中心の「斧」ゆえに活字を組む割合も増え、経費がかさむのである。その解決策として考えられたのが別巻であろう。

「大和文庫」は発行人小瀬洋喜の蔵書を基にしているので、多分別巻はこの二冊で終わりなのだろう。職業を別に持つ歌人たちが、月例会をもち、別巻まで作ろうとした意欲があったことが分かり、貴重な資料といえる。

告げなんとこころ定めし鏡のまえ惹(ひ)かれゆくものの貌(かお)となりゆく

第二号所収の本田の作。恋への期待は、清潔な羞恥心を押しのけ情念と変わっていく。実は本田の十五首の冒頭には、「明日への餌」と小さく書かれている。第一号の三十首を半分にし、さらに推敲を加えたのである。このような推敲作業の様子も月例会の資料となったのであろう。「斧」の同人たちのすごみが伝わってこよう。

両親と32年ぶりの再会

ブラジルまでの日誌掲載

「斧」第十号（一九六三年八月刊）は、「異郷の季・批評特集」を組んでいる。『異郷の季』は、同人細江仙子の第一歌集で、同年四月に東京の出版社日本文芸社から刊行されている。

特集の一つ目は、批評特集で、岩田正、稲葉京子、斎藤すみ子、百々登美子の四名が担当している。岩田は、当時短歌評論家として既に頭角を現しており、稲葉も既に角川短歌賞を受賞している。その後、東海地区を代表する女流歌人となった斎藤、百々を加えた外部への執筆依頼の陣容は「斧」の歴史の中でも図抜けている。

特集の二つ目は、「航海だより」で「ブラジルまで」と題して、同年六月二十日に神戸港を出港し、香港、シンガポール等を経由し、南アフリカ共和国に到着するまでの日誌を載せている。凝った割り付けで、三段組の最下段を見開きのページ進行で、「航海だより」に当てている。上二段では別途、四氏の批評が進行していく趣向である。

三つ目は、「批評会の記録」であるが、この会は六月十六日に行われている。細江は、批評会の四日後にブラジル行きの船へ乗船する。第十号の発行は、八月二十日となっているが、細江はまだ七月三十日の時点で南アフリカにいたことが分かるので、この後、ブラジルまでしばらくは船中にいたはずであり、日誌の原稿は、南アフリカからエアメールで出されたのだろうか。よく間に合ったものだ。そのようなぎりぎりの雑誌編集に挑んだことは、一九六〇年代初期には画期的なことであっただろう。

歌集の「あとがき」で細江は「三十二年ぶりの両親との出逢(であ)いは、急速に作品をまとめる作業を与えました。親を知らなかった自分の内部に微妙な変化がおきた事は否定できません」と書いている。日系移民に医療を施すために、細江の父静男は幼い細江を置いてブラジルに渡ったのだった。

不意に来し車に乗りて手を振れば母との訣別かくさわやかに
いもうとの遅き夕餉よ盗み視るごとくふいにのぞきし私室

歌集中の二首だが、父母は、幼い妹を連れ、姉の仙子だけを日本に残したのであった。三十二年ぶりに父母と会えるという思いは、懐かしさだけでは語り尽くせないものがある。

二〇〇五年のＮＨＫテレビの連続ドラマ「ハルとナツ　届かなかった手紙」は、北海道からブラジルへ移住した家族が、姉ハルだけを連れ、妹ナツを日本に残す話だが、筆者は、細江からとても見られないと直接聞いたことがある。細江は、サンパウロでの滞在中の生活を第二歌集『二世』で歌にしているが、両親と会うことで、このような怨念に似た気持ちをようやく率直に表せるようになっている。逆に言えば、第一歌集では何かしらの虚構を盛り込まねば詠みえなかったともいえる。

その点、岩田の「癒しえぬもののおもしろさ」と題する評は、「一等級下でも、つくりものでもない。ありふれた形で表現しまいとする作者のいじらしい意欲は誠に気持ちのよいものである」とし、「この意欲がすでに原初的な形で読者をうつ」と指摘している。「〈異質の季〉周辺」と題する斎藤の評は、「自己の内部に刻印されたあらゆる痕跡をさぐりながら、人間関係そのものの重さを受け止める作家としては、空洞をみせる時間が少し短かすぎる」とある。共に第一歌集に対する批評としては、真正面から突き付けるような直球であることが印象的だ。

ブラジルに渡った父をもつ細江の境遇は極めて特異だが、一世一代の両親との面会と軌を一にするような同人の編集の在り方には、きっと岩田も一目を置いたことであろう。「斧」の強い同人意識があればこその特集だったと思う。

ブラジルで得たもの

短歌からの脱出を誘う眼

前回「斧」第十号の細江仙子に関する特集に触れた。その細江は、「斧」第十四号〈昭和四十一年四月刊〉の表紙裏コラムで「短歌的な風土〈日本〉」というコラムを書いている。筆者は長く細江と一緒に、ブラジルにおける日系歌人の紹介に努めてきたこともあり、今回はこのコラムを紹介する。まず冒頭から引く。

ふるさとの信濃の国の山河は心にしみて永久(とわ)におもわむ

ブラジル短歌育ての親、岩波菊治逝って十三年、サンパウロ州、モジ、ダス、クルーゼス市郊外の墓地で墓碑の除幕式が行われた。日本の歌碑そっくりの自然石の墓碑の前には、盆栽用の松が、つつじが植えられている。涯(はて)しなくひろがる波状形の丘陵地帯を見おろす丘の上で、霧雨にぬれながら作曲された「ふるさとの」を口ずさむ一群の日系一世たち。キリストとマリヤと十字架の墓地で、菊治の墓碑のめぐりだけは、たしかに異質であった。異質といえば、そこにいる一世たちもブラジルという風土にとっては、異質な人間である。

掲出歌は、ブラジル歌壇の父と呼ばれる菊治の代表作。筆者は、菊治自身がこの歌を朗読する音声をもっているが、実に切々とした朗詠である。文中「異質」という語が登場するが、細江が第一歌集『異質の季』に「異質」の語を用いた思いがここには込められている。

我家(わが)に生れし国の山川を見る日はなしと思いあきらむ
旅人のはかなき心捨てさらむ伯国を故国と生まれし子のため（注・伯国はブラジルのこと）

と、ひたすら故国を慕う心を一首に託し、それによって暗いコロノの時代を堪えてきた一握りの人達は、日系コロニアの間でさえ異質視されたにがい思い出をもっている。現在、日本移民の歴史も五十余年、コロニアは漸く夜明けを迎えようとしている。涙と汗の歴史は、終わりを告げようとしているのだ。

「コロノ」とは短期契約農民のこと。ヨーロッパからの移民と比べて日本からの移住が遅れたために、入植地は痩せた土地が多く、日系一世は大変な苦労をしたのであった。そのような苦労の中、築かれたのが、移民一世を中心とした日系社会すなわち「コロニア」である。棄民などと差別的に呼ばれたりするが、実は日系の移住者は教養に富み、日本国内で旧制中学の教育を受けた者もおり、そのような文学上のリーダーを中心にして、コロニア社会の中では、短歌や俳句、小説を日本語で作り続ける者が多かったのである。

昭和五十三年には、日本人ブラジル移住七十周年を記念して「コロニア万葉集」が編纂されるほど盛んに行われたのだ。

実は、細江はこの文章を二年半ぶりに日本に帰ってきてしたためている。最後は、「短歌は、日本という風土だからこそ、生きてゆけるのだとつくづく思う。ブラジルの生活は、私に短歌を視(み)るもうひとつの眼(まなこ)を作ってくれた。そして、それは短歌というものからの脱出を促してやまない誘いの眼でもある」と結ばれる。細江が、「舞台はブラジルという風土であっても、最も日本人的である詩形の短歌が、コロニア文学のひとつとしてどのような形でブラジルに同化してゆくのか」という疑問を現地で抱いたからこそ達した境地であろう。

さらには、「日本人的雰囲気にぬくぬくとしている詩形には、あの広大な風土のもつエネルギーは重すぎる」という文中の分析は、岐阜における前衛短歌運動が従来の短歌と一線を画する上での、一つの原動力にもなったのだろう。

「斧」第14号が最終号に

「原動力」の小瀬ら多忙化

新資料の発掘などもあったので、短歌雑誌「斧」について何度も取り上げることとなったが、今回で終了としたい。「斧」の最終号は昭和四十一（一九六六）年四月発行の第十四号である。最終号と記したが、「あとがき」を見る限りこれをもって終刊とする意志は見られない。まず、杉村昭代の文章を引く。

私のことはさておき、十四号の刊行が随分と遅れている間に、仲間達のそれぞれにさまざまな出来事が重なつた。小瀬（筆者注・洋喜）さんが教授になり、大橋（基久）さんは一人天下の広報課から統計課の係長になり、細江（仙子）さんは、ほんのちょっとそこまで使いに行って来たような顔をしてブラジルから帰国した。

焦らずに、けれども確実に〈斧〉は再び新しい前進をはじめよう。季節の足音を聞きわけて木の芽が含んでゆくように、野の花たちがひらくあしたを忘れないように、私たちの〈斧〉もあしたの実りを確かめ合おう。

小瀬は岐阜薬科大学の教授となり、大橋は岐阜県庁でそれなりの役職を得たということである。小瀬は「斧」の原動力であり、大橋は発行事務の中心を担っており、この二人の多忙化は、雑誌の継続的発行に大きな支障となるのであった。もう一人の「あとがき」の執筆者である大橋は、まさに自らの多忙化について触れている。

〈斧〉第十四号は、昨夏八月に発行する計画であったが、岐阜国体の開催で、報道班の任務のため、昼夜の別なくきりきり舞いをさせられる羽目となり、私の手許で原稿が幾月も眠ることになった。

第十三号の発行以来、まる一年間休刊したことになるが、その間に〈斧〉の活動が全く委縮したという訳ではない。

末尾では、「〈斧〉は、第十四号を発行することによって、同人誌の活気を恢興(かいこう)する一助としたい」とし、新しく同人を迎え、本号から新鮮な抒情を盛れるのはうれしいとまで言っている。

昭和四十年の岐阜国体で、報道関係の県職員として大橋はさぞかし多忙だったことだろう。だが、一年の「休刊」を乗り越え、新人を加えていることから言えば、大橋にはまだ同人誌を継続する意志があったと感じられる。

「あとがき」の前ページでは、栗山繁が「歌集への私論」と題し、「若い仲間が集まると、やはり独自の文学活動の発表機関として、同人誌、グループ誌などによって、作品活動を誇示している」とした上で、彼らの歌集が「ともすれば力不足の空転に現実感を伴い得ない」が、「未来への遺産となし得るもの」をうむべきだと論じている。

この栗山に直接会って当時を振り返ってもらうと、特に終刊ということではなく、自然解消的に「斧」は終刊をしたのだと言う。『現代短歌大事典』（三省堂刊）では、小瀬自身が、「斧」の項目で「休刊」という語を使っているが、歌壇史的には終刊と言ってよいだろう。小瀬はこの年、四十代を迎え、栗山も三十代の半ばとなっていた。「若い仲間」たちが集まっても、「斧」を刊行し続けた六年間のうちに、おのずから社会的な立場もでき、文学活動の継続が困難になっていたとみるべきだろう。

けづられて少なき数の整理員われらに夜の開票事務は
一夜さに開票事務は終りたり気疲れののちに心和ぎ居り

第十四号所収の栗山の一連十三首「開票」より。

栗山は大垣市の職員であった。職務の多忙化も同人誌の期せずしての終焉も共に苦いものであるが、収穫を伴う不可避の通過点であったことは間違いない。

誌名「假説」の真意

同人外にも作品発表の場

短歌雑誌「假説」については、「百々登美子の感性」の項から三回にわたり取り上げた。評論に重点を置いた「斧」と作品が中心の「假説」とは、まさにライバル誌であった。前衛短歌運動におけるシンポジウム運動の先駆けである「青年歌人合同研究会・初夏岐阜の会」は、その点で、この二つの雑誌の同人たちの距離を近づける効果があったと言えよう。

国立国会図書館の書誌情報によれば第一輯から第三十輯まで刊行された記録がある。期間にすると昭和二十九年一月から昭和三十九年九月までである。この文章は古今伝授の里フィールドミュージアム内大和文庫の蔵書を基に書いているが、創刊号は欠いており、昭和二十九年四月刊行の第二輯からしか見ることができない。

「斧」は昭和三十五年から昭和四十一年まで計十四号にわたり発行されたので、刊行期間が、「假説」の後半五年間に重なっていると知れる。先ほどの「初夏岐阜の会」の開催が昭和三十七年だが、当時「假説」は円熟期にあり、「斧」は会の影響を受けさらに内容の充実を果たしたと言えよう。

「假説」は同人誌であるが、折々に同人外にも作品の発表の場を与えており、それがまた同人の作品に刺激を与えているところに特徴がある。

第十輯（昭和三十二年六月刊）には山中智恵子の「彩文土器」三十四首が掲載されている。山中は、戦後すぐ前川佐美雄に師事し頭角を現した前衛短歌を代表する女流歌人である。

振りむいて午（ご）の影となる鳥のかたち急ぎゆく眼（め）のひとつのまばたき
悲歌とどかぬところ降りゆくねむり　光さす冬の海のざわめき

一連の冒頭と掉尾（とうび）の歌を引いた。一首目は鳥のシルエットから眼の瞬きへと一気にクローズアップされるシャープな筆致。二首目は、悲歌も届かぬ深い眠りと冬の海のきらめきとを対比させ読者の感覚を揺さぶりやまない。美的な象徴主義が感じられる両作だが、かといって衒学趣味に陥ることのない清新さが一連にはある。

第十一輯（昭和三十二年九月刊）にはリカ・キヨシの第一歌集「人間記録」三十三首が掲載されている。リカは愛知県豊橋市を拠点に活躍した歌人。「人間記録」は、白玉書房から昭和三十五年に名古屋の短歌同人誌「核」の叢書（そうしょ）の第一編として刊行されている。

プラカード担ぎ演説したること前科なししことわがバック・ボーン
ヘヤーピン落（おと）しゆきしかと拾ひたり悲しみはそれより拡がりゆけり

リカはまさにリアリズムの歌人。一首目は、デモに参加したことを伺わせる内容。翻って二首目は、内向的な恋の歌。青年期の屈折が率直に吐露された歌が並んでいる。

前衛短歌運動は、比喩の多様性や政治的モチーフまで、用いられた手法やテーマの幅が広いことに特徴があるが、「假説」の場合、招待作家を作風から限定しなかったことで、同人誌としての可能性を大いに高めたと言える。

第十一輯の「仮説後期」で成田敦は、「短歌的なあまりにも短歌的な精神に疲労と手馴れと素朴な作歌態度から生まれた短歌にあきあきしてどうにもならないのです」と近況を吐露した後、「各人が目指す新しい短歌の領域へはばたくために、充分に仮説をたて、くりかへし実験してゆくことが、明日のうたを創るにぼくたちの在るべき姿だと思ひ励んでゐる」と書いている。「假説」という誌名の真意を思い知らされることだ。

招待作品と新人の発掘

短歌を超える自負と決意

前回、「假說」第十一輯（昭和三十二年九月刊）の成田敦の後記から「假說」という誌名の真意について触れた。第九輯（昭和三十二年二月刊）の後記でも、百々登美子がこの点を述べているので、紹介してみたい。

わたくしたちは、一人一党でございますから、一人一人が仮説をたてて、実験を積みかさねていくことを主眼点にしております。短歌の広範な性格から考えまして、「仮説の会」という集團(だん)自体が、一定の方法論をもつことは不必要なことと思っております。しかし、同人のみんなが問題にしております共通点は、いわゆる短歌を超えることでございます。

なぜ会を結成し、何を目指すのかというマニフェストがここにはある。「短歌を超える」ことは、言うはやすく行うには難しいテーマである。この後、「どこの研究室、実験室にも、世人の認め得る特徴がありますように、わたくしたちの実験室にも特徴と呼ばるるものを醸成すべく、十全の仮説をたてて実証しなければと、はげんでいるのでございます」と結ばれるが、第九輯までを出し終えた自負と決意が伝わってくる。

二人目の後記は、平光善久で、「仮説の招待作品も、やうやく一つの特徴をもつて参りました」と書く。今号の招待者は、長崎の原幸雄である。原は、昭和三十年の「短歌研究」第三回五十首詠を受賞している。ちなみに第二回の受賞者は寺山修司である。前に紹介した第六十六回の塚本邦雄と言い、当時気鋭の歌人を招待しているところに大変な気概が感じられる。

第九輯には、岐阜県歌壇の重鎮である小林峯夫が、「鵜飼火」十首を発表している。「假説」の当時の状況を、小林氏から聞いたところ、昭和七年生まれの小林は当時まだ二十代半ばで、実家のある郡上郡和良村（当時）に在住、郡上高校和良分校で教員も務めていたそうだ。百々と親しかった三歳上の姉、中島千恵子の縁で、同人に誘われたという。しかし、同人だった期間は一年余りだと言う。

篝（かがり）燃え鵜舟がのぼる瀬のあたり河原の石があかあか浮かぶ
夜のいきれのこる草生（くさふ）を風わたり真近く君が黒きまつげあり
ポケットに深々右手入れて帰るこころよく冷たかりし君のてのひら

早稲田大学を卒業し酒店の家業を継ぐべく帰郷した氏は、旧制中学・高校時代を過ごした岐阜に時折遊びに出掛けたそうだ。鵜飼を背景にした相聞歌は青春の息吹を濃厚に発している。一方で、「夜を集ひ踊るコロブチカわれよりも村の乙女は固き掌（て）をもつ」のような、地元に材をとった歌も。コロブチカは戦後流行したフォークソング。村の若者向け行事で触れあった乙女の固い手のひらと都会の「君」の冷たい「てのひら」との間で揺れ動く作者の心を、読者は否応（いやおう）なく感じ取ることとなる。

さて、姉の中島の作品「風を掌に受けてゐる子のやさしさに浄められつつわが歩みゆく」も第六輯（昭和三十一年五月刊）に載る。第三句が、上二句と下二句の内容とを見事に結びつけ、子と母親との深いつながりが昇華されている。

「假説」の主要同人平光や赤座憲久とは、当時一切面識がなかったと小林は言う。戦後民主主義の精神を短歌で実践し続けた東京の短歌雑誌「まひる野」は現在もなお継続し、昭和三十年に「まひる野」会員となった小林はその後編集委員も務め、今なお存在感を示している。東京在住の歌人ともつながる小林を、「假説」同人諸氏が欲したとも言えるだろうか。

同人二歌集の批評特集号

一線の歌人ら厳しい感想

「假説」は三十首を超す大作も多く、各同人の作品は、すぐに歌集を出すほどに増えていったのであった。第二十五輯（昭和三十六年十一月二十日発行）の最終ページには、「近刊予告」の囲み記事が見える。村瀬秀夫歌集「畸形（きけい）の爪」、百々登美子歌集「盲目木馬」、田中和子歌集「黄色い夜の歌」、赤座憲久歌集「黙示の譜」が、近々不動工房から刊行される予告である。不動工房は平光善久が営んでいた印刷所で、「假説」の印刷所でもあった。この号の後記「たあみなる」には、「今号の巻頭作品は第一歌集をそれぞれ上梓する運びとなった百々登美子と村瀬秀夫の二人である。日常へアタックする二人の独自の詩法で一つの世界を構築するエネルギーとその結晶に批判を期待してやまない」という成田敦の記事が見える。

そして、第二十六輯（昭和三十七年八月十日発行）は、「盲目木馬」と「畸形の爪」の批評特集号となっており、歌集同人の作品は一切載せていない。これは「假説」の編集ポリシーから言うと極めて異例で、いかにこの二つの歌集に期待が大きかったかが分かる。

後記「たあみなる」には四月二十九日に開かれた両歌集の合同批評会の出席者が載る。「假説」の同人はもちろんのこと、小瀬洋喜、平井弘、黒田淑子、杉村昭代、細江仙子といったライバル誌「斧」のメンバーも多くが出席している。

特集号の目次を紹介すると、「盲目木馬」は、阿部正路、岩田正、大西民子、春日井建、山中智恵子とそうそうたる歌人が批評を寄せている。「假説」同人からは、成田敦、加藤敦子の二人が「〈盲目木馬〉ノート」を書いている。一方「畸形の爪」は、藤田武、穂積生萩、小瀬洋喜の三人が外部からで、これまた充実した執筆陣である。「〈畸形の爪〉ノート」は、同人の越沢洋と山田三紗子の担当である。

目次は独特の組み方で、上下に両歌集の批評の目次を書き、その真ん中に、「歌集二点抄」として、「図書新聞」（昭和三十七年四月二十八日）に掲載された二冊の歌集に対する文芸評論家久保田正文の記事を載せている。

『畸形の爪』は、ほぼ全巻農民生活をうたうことにテーマを集中していて、その点ではまとまりはあるが、泥くさい生活だからか、うたいぶりだけはハイカラにしようとしたところがある。『盲目木馬』の作品は正直に告白すれば私にも正確に理解しえたとは言えぬ。作者じしん、十年くらい経ってからよみかえして、はたしてどんな感想をもつだろう。

久保田は、戦後短歌雑誌「八雲」を編集するなど、短歌滅亡論に立ち向かう歌人の発掘に意を注いでいた人物である。久保田が引いた三首ずつの中から、村瀬、百々の作を順に紹介しよう。

夜の田に水を盗みぬ　静脈に絡まりて血を吸う蛭(ひる)と

涸(か)れている噴水のかたえすり剥げし木馬盲目に塗りかえらるる

実は、外部の批評者たちもなかなかに厳しく、大西は、「『盲目木馬』の随所にみられる即物主義のようなものを、全面的には支持できないような気持である」と言っているし、穂積は、「『畸形の爪』を改めて一気に読み通すと、何かひどく疲労してしまいました。その疲れ方は苦しくて、私の肩をこらせました」と率直に感想を述べている。大作を発表し、一冊にまとめ、一線の歌人に正面からぶつかっていく、そんな気概の結果としての特集号は、独特の存在感を放っていよう。

冨士田元彦の「假説」批評

「大荒れ、ガタガタの印象」

古今伝授の里フィールドミュージアム内の大和文庫（郡上市）が所蔵する「假説」は、第三十輯（昭和三十九年九月一日発行）までである。ただし、第一、五、十五、二十一輯は欠いている。第三十輯の後記「たあみなる」には、成田敦により「印刷のつごうで全く一ケ年に近い遅刊行となりました」「熱っぽい沈滞から静かなグループ作家活動への躍動が、まぶしく待たれるときである」とある。様々な短歌事典を見ても「假説」についての記述はなく、休刊と終刊の時期が判然としないが、大和文庫の蔵書は、ライバル誌「斧」のメンバー小瀬洋喜への寄贈が基になっているので、この号をもって、「假説」発行元からの寄贈がなくなったと見るのが自然だろう。

昭和三十八年六月一日発行の第二十九輯は、「特集・赤座憲久論」を組み、作家の小島信夫、医師で育児評論家の松田道雄、奈良吉野を拠点に活躍した歌人前登志夫、平井弘ら、著名なメンバーに批評を依頼している。そして、第三十輯では、九人もの同人が、五十首以上の大作を発表している。第三十一輯以降が発刊されなかったことは意外な感じもする。

岐阜県歌人クラブの会報「歌人クラブ」第一七六号（昭和三十九年十二月一日発行）は「年間・県歌壇回顧」を一面巻頭に載せている。そこで小瀬洋喜が、「昭和三十年前後に岐阜県歌壇は『仮説』と『斧』の二つの有力な同人歌誌を生み歌壇は前衛全盛期をもった。その前衛は綜合誌の前衛パージによって交代現象を示しつつ四十年代を迎えようとする」と書いている。パージとは粛清の意味でただ事ならぬ記述であるが、昭和二十年代末から前衛歌人を積極的に歌壇へ登場させてきた「短歌研究」「短歌」の編集方針が変わり、むしろ前衛歌人を排除するようになっていったことに言及しているものである。

「短歌研究」で寺山修司を見いだした中井英夫は、『黒衣の短歌史』の「おわりに」

で「三十五年に杉山正樹が『短歌研究』を去り、三十九年に冨士田元彦が『短歌』を離れて、歌壇は元の平穏さを取り戻した。月光を浴びて静まるこの沼に、もうどんな波紋もひろがるけはいはない」と、前衛短歌運動が何事もなかったかのように粛清された反動について皮肉をこめて言っている。

前回、第二十六輯（昭和三十七年八月十日発行）が、「盲目木馬」と「畸形(きけい)の爪」の批評特集号に専念していることに触れた。筆者としては、この号が、「假説」の一つのピークだと思っているのだが、前衛短歌をめぐる雰囲気が変わりつつある中で、筆者とは別の見方をしていた人物がいたことが、気になっている。その人物こそが、「短歌」誌上で「斧」や「假説」を応援してやまなかった短歌評論家の冨士田である。

綜合雑誌「短歌」編集部冨士田元彦の裏書きがある平井宛ての書状を平井本人に見せてもらったことがある。昭和三十七年消印のこの手紙で、冨士田は、「同人誌戦線は大荒れで、なにかもうガタガタしてしまっているような印象がつよくまことに残念なことです。『仮説』の最新二歌集批評号なども、さして愛情をもって書いたともおもわれぬ、短い久保田（筆者注・久保田正文）氏の文章を転載してトビラにケイで囲って飾ったり巻頭に八方美人的レトリックだけの阿部（筆者注・阿部正路）氏の文章をすえたり、そのほかの編集ぶり、まさに混迷以外の何ものでもないというところでしょう」と辛口のコメントを残しているのである。最前線に立つ者ゆえの、漠然たる不安がこのような手紙を書かせたのだと思っている。

同人誌の宿命

未完成を希求する青臭さ

前回述べたように、「假説」第三十輯（昭和三十九年九月一日発行）には、九人もの同人が、五十首以上の連作を発表している。その中でも成田敦の作品「さよならと言うために」は五十八首からなる大作である。この連作は、「黒き繭」「帆柱」「黒き紋章」「桃太る夜」「雲死す八月」「青酸」の小連作から構成されている。タイトルの「さよならと言うために」は、掉尾の作品、「波が波を追い流れゆけりさようならさようなら橋は夕暮れに沈み」からとったものだろう。この作品の前には、「＊」が入っており、連作の中でも独立をしている。この輯をもって「假説」が終わったことを考えると何やら暗示的でもある。そもそも小連作の中の最後に置かれた「青酸」は、当然青酸カリを想起させるので、自ら強引に幕を引くイメージがつきまとうのである。

　われをまどわし遂のあそびと知るときに毒のしずけさきわまりて見ゆ
　陶土版のうえ統べやまぬ青酸の結晶さびしく異質徹るも

「青酸」すなわちシアン化合物の結晶化が何を象徴するかは抽象的な作風ゆえ軽々とは結論づけられないが、どこか終末感を漂わせるムードがある。それは、ほかの一連も同様である。

　森もりあがり黒き繭月のひかりはまこと深みをたたえたり
　遠泳の若者との出会いわが漕いでゆくこと恥しくなきに
　わが内に無人村の景色まるく夕暮れいたりたれに手渡してやる
　あねと桃をちぎりにゆき桃籠のなかの桃太ることを予期せざる
　きりぎしに馬はたてがみひどく疲れいつつ垂れている軽さとも

小連作より一首ずつを引いてみたが、前衛短歌を読み慣れた者ならば、塚本邦雄、寺山修司、さらには平井弘の作品から受けるイメージの既視感を感じることだろう。その上で、韻律の上からは、全体的に冗長なものも感じられる。

成田は、一九九三年に中日詩賞を受賞するなど、「假説」の終刊以後は、詩人として頭角を現した人物である。それは平光善久と同様である。寺山修司も短歌、俳句からスタートし、詩作もし、劇作家として大成したことは誰もが知るところである。塚本邦雄もまた、俳句への深い造詣はもちろん、小説、評論でも闊達な作品を残したことがよく知られる。

成田に両天才に追随しようという思いがあったかどうかはさておき、創作者の器量として、短歌にとどまらぬ才覚があったことは間違いないであろう。五十首以上の作を載せる同人各氏はそれぞれの充実を感じさせる。例えば加藤敦子の「風の章」五十首から二首を引こう。

きみにかよう闇と思えば耳熱く蘇る仙人掌(サボテン)の花のたまゆら
それだけの世界繚乱(りょうらん)と金魚生きたれば鉢に当てているてのひらさびし

この二首を見ると、作者の成熟の境地を実感することができる。同人誌の宿命でいつまでも未完成を希求するような青臭さが、成田の作品全体からは発せられている。結局、後記「たあみなる」にみる「熱っぽい沈滞からしずかなグループ作活動への躍動が、まぶしく待たれるときである」という成田による「假説」最後の一文は、未完成で終わりがちな同人誌の宿命をよく物語っているように思われてならない。そういえば、当初は雑誌というよりは厚紙を使った本のような体裁で、「斧」とは一線を画していた「假説」が、次第に判型も体裁も「斧」とそっくりになっていったことも、同人誌の宿命をよく物語っているのかもしれない。

岐阜国体を詠む

当時の歓迎ぶり迫りくる

終刊号に当たる「假説」第三十輯は、昭和三十九年九月一日の発行であったが、翌月には、夏季東京オリンピックが開幕し、まさに高度経済成長の絶頂期にさしかかる時期であった。岐阜県はと言えば、翌年に初めて国民体育大会が開催されることが決まっており、否応なく県民の気分も高揚しがちであった。

岐阜県歌人クラブの会紙「歌人クラブ」の昭和四十年十月号は、「みんなで岐阜国体を詠おう」と題して、協賛の短歌作品を募集している。素材は、国体に関するもの（協賛行事も含む）とあり、一人三首までで、十一月十一日が締め切り日となっている。

この募集を受けて同年の十二月号は、巻頭に「心にしみる美の体験　応募作品三百余首におよぶ　短歌に再現された岐阜国体」と大きな見出しを掲げている。岐阜国体は九月と十月の夏季、秋季に分けて行われ、十二月号では、岐阜国体を詠おうという企画だけでなく、一般の作品欄にも多くの国体短歌が寄せられている。
特選が二十首、秀歌が三十八首選ばれている。特選から三首を紹介する。

ファンファーレひと際高く鳴り響き数千の鳩空に舞い舞う　佐久間まさ子

裏畑にテーマソングの聞こゆればしばし鍬（くわ）置き国体を観る　桂川槐

故里に明日はかえらん選手らのユニホーム木木に乾きゆく　勝野和歌

記事には「おそらく概念的な表現や、観念で作り上げたような作品が集まって始末の悪いことになるだろうことを、ひそかにおそれていたが、いざ集まってみるとなかなかに充溢（じゅういつ）した秀作が案外多かったのには感激した」とある。かなりの経済成長を遂げたとは言え、二首目のように、テーマソングが聞こえてきたら、慌てて鍬を置いて、テレビの前へと駆け付けていったり、三首目のように、試合が全て終了して、ユニホームを洗濯し、庭の木に引っ掛けて乾かしてある様子など、まだ豊かならざる部分があった当時の暮らしがほの見えて微笑ましい。

国体の選手も通わぬ僻地(へきち)にも花植えてまつ奥飛騨の里　橋本栄
沖縄の選手御前にかかるときひと際高く拍手どよめく　横田栄

秀歌に選ばれた二首を引いた。一首目は「吉城・国府」とあるので、高山市と合併した吉城郡に在住していた作者と分かる。まさに全県が固唾(かたず)をのむように見守っていた雰囲気が出ている。二首目は返還前の沖縄の選手を詠(うた)っている。返還前から特別枠として選手団が参加をしていたのだ。

岐阜県では平成二十四年に二度目となる「ぎふ清流国体」が、前年に発生した東日本大震災の復興支援とうたって行われた。二〇二〇年に開催予定だった「燃ゆる感動かごしま国体」が、新型コロナウイルスの影響で開催延期が決まったことなどを考えると、国体を行えることのありがたさが痛感させられる。短歌によってよみがえる当時の歓迎ぶりも、単なる懐かしさだけでなく迫りくるものがあろう。

萌木短歌会が重要な役割

戦後の岐阜県歌壇史に影響を与えた社会状況については、これまでも述べてきた。戦後民主主義が、岐阜県内の短歌雑誌に色濃く影響を与えたことは当然である。また短歌は国語科教育と深い関係があるので、戦後全国を席巻した生活綴方教育の影響も感じることが多かった。

今回は、戦後の岐阜県歌壇に影響を与えた要素として、女性歌人の進出について考えてみたい。

女性歌人は万葉歌人以来連綿と存在しているのであるが、いわゆる歌壇の中枢にいるのが男性であるという図式は、戦後まで一切崩れることはなかった。昭和二十六年一月に釈迢空（折口信夫）が発表した「女人の歌を閉塞したもの」は、男性主導の歌壇に大きな問題提起をしたことで知られる。「閉塞」という言葉が物語るように、戦後民主主義が盛んになったからといって、すぐに女性が既成の結社で中心になるということはなかった。しかし、戦後十年がたった昭和三十年代となると、女性歌人は次第にその数を増やしていく。戦後の民主化政策の下、各地に公民館が設置され、昭和二十九年には社会教育法の制定がなされ、公民館は地域における住民の学習権保障の場となっていくのであった。このような法的整備も、女性が広く文芸作品を発表する際には大きな力となったのである。

名古屋市中区にある名古屋市短歌会館は、地域における住民の学習権保障の場となるべき文化施設として、歌人青木穠子（じょうこ）が名古屋市に寄付した施設である。完成は昭和三十九年十月である。住居を建て替えることで会館を寄付したことにより、青木は亡くなるまで短歌会館に住むこととなった。戦後歌人たちが活動をする際に適当な施設がなく、やむなく自宅を提供していた経験から、短歌会館の建設を思い立ったのであった。立派な文化施設が各地に存在する現代では考えられないことであるが、これが当時の現実であった。

明治から昭和に至るまで、まさに名古屋の女性歌人を代表する存在であった青木は、その文学的教養を、母親である飛騨出身の漢詩人白川琴水(きんすい)から受け継いでいる。琴水は、名古屋の青木家に嫁ぎ、穠子を生んだのだが、父と母が次々に亡くなったことで、穠子は高山の祖父母に引き取られることとなる。そこで穠子は、母の残した蔵書にたっぷりと触れて育ったのである。

今もなお、東海地方在住の歌人にとって名古屋市短歌会館は、短歌行事の拠点的な存在であることを考えると、明治期の女性解放団体である青踏社にも関わったことのある穠子の先見の明が知れるだろう。

社会教育センターや公民館の建物ができたことで、成人教育の一環として短歌を学ぶ講座が設けられたことが、女性歌人を輩出する意味では大きな意味をもったのであった。

昭和六十三年九月一日に岐阜市で創刊された「萌木」は、萌木短歌会の発行である。この会は、岐阜市成人学校短歌講座を修了した有志が集まり、山本幸子を会長とした。短歌講座の講師小瀬洋喜は、創刊号で萌木短歌会が発足十年になることに触れた後、「成人学校修了生によってもたれたこの会では、往復通信の方法を重ねながら、十首が合格するまで改作を求めつづけてきた」と書いている。女性中心の会員の熱意は旺盛で、雑誌発刊までの十年で、四冊の合同歌集、五冊の叢書を発行するに至っていた。県内の各自治体ごとで規模の大小はあるにしても、初めて短歌を学ぶ場所として、成人学級などの短歌講座は重要な役割を果たしたのであろう。県内で活躍する主要な女性歌人を多く育てた萌木短歌会は、特筆すべきものがある。

「水曜会」の発展

成人学校ＯＢ会の草分け

前回、「萌木」を発行した萌木短歌会について触れた。その会長を平成五年から務めた岐阜県歌人クラブ後藤すみ子副会長に改めて取材をしたところ、岐阜市成人学校短歌講座ＯＢ会の先駆けにあたる「水曜会」に関する詳しいメモと水曜会が発行した五十周年記念歌集「水炎」（平成十三年十月印刷・発行）を送ってもらったので、今回はここから書き始めたい。記念歌集は巻末に「水曜短歌会の歩み」を載せる。

水曜短歌会の発足は、昭和二六年六月、第二回岐阜市成人学校の短歌講座が開かれた折、受講生のひとり水口真砂子氏が市の社会教育課を訪れ、受講者名簿を借り受け短歌会を作りませんかと呼びかけられた時にはじまる。これに応じた十余名がその時の短歌講座の講師川出宇人（かわいでうじん）先生にご指導をいただくことに発展し、以来、講座終了毎に会員も増え「あら草短歌会」と命名された。成人学校OB会草分けの存在である。

まさに戦後の社会教育の普及期に発足した会であることが分かる。会名については、「あら草短歌会」の後、毎月第二水曜日に歌会をもったことから、「水曜短歌会」となり、「水曜会」と改められたそうである。

水曜会の活動の特徴は、二年ごとに発刊された合同歌集「水炎」にあり、その集大成として五十周年記念歌集が発刊されている。指導者は、川出宇人、田口由美、小林峯夫と引き継がれた。

合同歌集が計十冊刊行されたことからも分かるように、会員の研鑽ぶりは著しく、やがて岐阜県歌人クラブの会員の中心を担うようになり、岐阜県歌壇の中核をなす歌人を輩出したのであった。

五十周年記念歌集の「序」は当時の指導者小林峯夫が記している。

国際化がすすみ、それぞれの国の文化が大切にされ、独自なるものの価値が認められる時代の中でわたしたちが「短歌を作る人」――「民衆詩」の担い手――でありつづけていることは思いのほかすばらしいことなのかもしれません。

小林は師である窪田空穂の提唱した「民衆詩」という考え方を、「少数の専門歌人だけではなくそれぞれの時代時代を誠実に懸命に生きて、その時代を担ってきた無名、無数の民衆なのだ」という表現で、この序文の中で会員に示している。「水曜会」の指導者たちが、自らのもてる力量を惜しみなく注いできたことは、このような小林のまさに本音で書かれた序文にも表れていよう。

さて、「水曜会」の初代代表として水口真砂子は、大いにリーダーシップを発揮した。水口の歌はこの合同歌集には収められていないので、ここでは『岐阜歌人第五集』(岐阜県歌人クラブ平成十一年刊)より二首を引く。

鳥に生れし鳥の倖せここの木に呼べばかしこの木にてこたうる

妻に逝かれし男窓辺にシャツを干すいちまいの孤を白くさらして

水口は別に「さんご樹」というグループも率い、岐阜市在住の戦後の女流歌人として存在感を示した。引用した二首は、共に単なる写実の歌ではない。一首目では、鳥という存在の根源を見詰め、二首目では、妻に先立たれた男が自分のワイシャツを干す光景を描きつつ、遺されたものの孤独をも見逃さず描いている。このような怜悧な洞察力は、もちろん短歌講座や「水曜会」で研鑽を積んだ成果であるのだろうが、両親が水口を日本に残したまま満蒙開拓団に参加し、戦後も帰ることがなかったという孤独な成育境遇に起因する部分もあるように思う。水口の歌碑は、郡上市高鷲町のたかす町民センターに建てられている。

水口真砂子の歌業

象徴的な歌風　意欲は旺盛

昨今、ＳＤＧｓという言葉をよく目にする。これは、「Sustainable Development Goals（持続可能な開発目標）」の略称である。ＳＤＧｓは二〇一五（平成二十七）年九月の国連サミットで採択され、国連加盟国が二〇一六年から十五年間で達成するために掲げた目標である。十七ある目標の四番目は、「質の高い教育をみんなに」。前回触れた戦後の社会教育に関する短歌講座は、まさにこの目標と一致する。五番目は、「ジェンダー平等を実現しよう」。戦後の女性の歌人の地位向上は、この目標の実現と関わっていよう。

前回に続いて今回は、水口真砂子の歌業をより詳しく振り返ることで、岐阜県歌壇における女性歌人の到達した水準を検証してみたい。

水口は、昭和四十六年十二月一日に第一歌集『落葉の勲章』（新星書房刊）を上梓している。岐阜県歌人クラブ叢書第13篇としての刊行で、川出宇人、田口由美、小瀬洋喜の三氏が、巻末に文章を寄せており、県歌人クラブとしての大きな期待が伝わってくる。歌集から四首を引く。

失いてゆくものばかり夕ぐれは樹々の仲間となりて佇(た)ちたし
傷心は底ひに夏の野菜かご日毎に茄子(なす)のむらさきを盛る
あざみ壺(つぼ)にながく保てば紫紺なす花のミイラのわれかもしれぬ
目ざめたるたちまちにして身に流るる泥ありわれのひと日始まる

一首目の「失いてゆくものばかり」は、夕暮れ時の寂しさを、独自の感覚で言語化している。そしてそんな喪失感を紛らすために「樹々の仲間」となりたいと言う。心の奥に激しい孤独感をもちながら、それを慰撫する術(すべ)を持っていた歌人なのだろう。二首目でも自分の「傷心」を扱い、「夏の野菜かご」に準(なぞら)えている。かごに盛られた茄子の濃い紫色は、物も言わずに自らを慰めてくれるのだ。「むらさきの茄子を盛る」とせず、「茄子のむらさき」とした点に、巧みな比喩の技法が見える。三首目は、アザミの文様のある壺の中に干からびた無惨な花を描く。そしてそのミイラのような姿が自らに重なると言うのだ。これは決して自虐ではない。誰もが経験する過ぎゆく時間の残酷さを、自らを例にとり描き切ったものであろう。そして、四首目は、朝の目覚めを詠む。目覚めるとすぐさま身の内を泥が流れるという感覚は特異だ。一日のスタートを、このようにネガティブに表現する感性は、これまでの女性の歌人には稀(まれ)なことであっただろう。

「あとがき」を見ると、「いまもやはりまだ私に私の虹はくぐれないし、夢もどんなに手をのばしても届かない」と述べ、「ながい来し方の大半それを追いつづけ、そして一度も届かずじまい」だと書く。一見するとペシミストのような書きぶりだが、これは尽きることのない表現意欲の表れではないかと思われる。

自分は結社「原型」に属しているが、一度も出詠はしていないとしつつも、最も影響を受けているのは、「原型」だとも言っている。「原型」主宰の斎藤史は、二・

二六事件に連座した父斎藤瀏(りゅう)の影響で重く暗いテーマを抱き込んでいたことで知られる。戦前から戦後にかけての激動の日本の歴史の中で、超現実的な作風を昇華させていったことで高い評価を受けた女流歌人である。表現者の理想として水口は、斎藤史を意識していたのであろう。そして、彼女の象徴的な技法を見事に自家薬籠中のものとしたのである。

岐阜県歌人クラブの男性歌人からの指導を受けつつも、「水曜会」を立ち上げることで、女性歌人の地位を確固たるものにし得たのは、巧みな技巧はもちろん、旺盛な表現意欲の賜物(たまもの)であったと思う。

評論にも注力した萌木

平井弘論、岐阜の意地示す

今回からは、短歌同人誌「萌木」全六冊について触れる。「県内女性歌人の活躍」の項でも述べたように、岐阜市成人学校短歌講座修了生による萌木短歌会は、既に合同歌集も四冊出しており、雑誌の創刊にエネルギーを蓄積していたと言える。前衛短歌運動の論客として知られた小瀬洋喜を発行人として企画された同人誌だけあり、一貫して作品だけでなく評論にも誌面を十分に取っていることが、「萌木」の特徴である。

昭和六十三年九月一日発行の創刊号の巻頭は、編集人である山本幸子による「再び　平井弘」。冒頭部分に「本年二月号の短歌研究に『往事の人気作家たち』『忘れられた作家たち』の特集が掲げられ、その中に岡井隆氏が平井弘をあげておられる。忘れられた平井弘の作品を見直してその問題点を探ってみたい」とある。「本年」とは、一九八八年。岐阜の歌人にとっては、平井が「忘れられた歌人」の範疇（はんちゅう）に入ることとは大変ショックであった。しかも、岐阜の前衛短歌運動にも加わった岡井の筆で書かれることはなおさらであり、筆者もこの記事から受けたショックが忘れられない。

左から山本幸子、小瀬洋喜、後藤すみ子（小瀬洋喜氏遺族提供）

山本は、平井の出自が「顔をあげる」の主題に深く結びついていること、一度中断した作歌を冨士田元彦の薦めで再開した経緯などを丁寧に整理した上で、もう一度平井が歌壇で評価される価値があることを提起している。山本はこの論文の最後で、「俵万智が開いた新しい歌境は、三十年前に、平井青年が試みた会話体を基盤にした、しかし平明で解り（わか）よい世界である。そして解りよいだけでなくそこに人間の本性を息づかせている。平井の再評価が求められているのは俵万智の解りよさから発展すべき次の世界を平井に見ようとしているからに他あるまい」と結んでいる。

俵万智の『サラダ記念日』の発刊が一九八七年である。この空前のベストセラーの文体を支えるものとして平井の文体を指摘した背景には、同じ岐阜出身の歌人としての意地のようなものすら感じられる。そして、この指摘は、現在では歌壇全体で認知されていると言ってよいであろう。

さて、この山本の平井弘論に応じるように発表されたのが、やはり編集人である後藤すみ子による第三号の巻頭評論「フィクショナルな自伝―平井弘論―」である。後藤は、岐阜県歌人クラブの会紙に平井が吐露した、「ありのままの自分を述べる受身ではなく、もう少し積極的に一つのテーマにこだわりたい決意」を紹介した後、平井の第一歌集『顔をあげる』から書き起こし、第二歌集『前線』についても詳しく分析を試みている。平井を同世代の作家大江健三郎と比較しつつ、平井が追究し続けた「他者」の正体に迫っているのだ。引用を続ける。

私は岐阜という地に住んでいて、平井弘を最も身近な歌人であると思うのだが、身近なのは単に地理的な条件であって、平井弘の短歌理念は、平井弘の意志そのものであり、ひとつの思想を見る思いさえする。

平易な口語文体でありながら、寓意的な主題を連作で描きだす平井弘の作品世界は、いまだに十分に解明されたとは言い難い。しかし、地元岐阜の歌人たちが、執拗なまでに、彼の追い求めた「他者」にこだわり続けたことは、短歌の実作と評論が車の両輪として機能することの大切さを生涯にわたって主張し続けた、小瀬洋喜の態度の賜物である。ゆえに、その門弟一人に評論を発表する場を保障した「萌木」は、長く記憶に留められるべきである。

「萌木」が添削資料を掲載

与謝野晶子の研究に寄与

短歌同人誌「萌木」の特徴は、評論や研究を大切にしたことである。研究に関しては、「古今伝授と東家文書」と題して、発行人の小瀬洋喜が五回にわたって執筆している。「東家文書」とは、郡上市がこの地と関わりの深い東(とう)氏の家から旧大和町に寄贈された古今伝授に関する古文書である。小瀬は、篠脇城跡周辺の史跡の整備の一環として、「東家文書」を核とした短歌図書館の開設に尽力し、寄付の協力も「萌木」で呼びかけている。

小瀬の原稿は、創刊号の昭和六十三年に開始し、第三回は第三号（平成二年刊）である。平成五年に大和文庫と命名された短歌図書館も含めた古今伝授の里フィールドミュージアムの開館に向けて、東家文庫の性格を明らかにする目的もあったようだ。

第三号には、「資料　與（与）謝野晶子の和歌添削」が宮田佳子により報告されており大変興味深い。冒頭を引く。

矢橋道子が與謝野晶子に大正十一年和歌の添削を受けた手紙四通が私の手元にあります。

最初の一通は、縦罫紙に書かれ、他の三通は障子紙を二つに折った折り紙の表と裏に筆で書かれています。道子は兄三雄のすすめにより、これらの手紙に三円のお金を添えて添削の依頼をしたと聞きました。

大正時代の三円は、今の三千円くらいだろうか。四回に分けて添削はされており、順に二十四首、三十首、十四首、十六首である。多分毎回お金を添えたのであろうが、著名な女流歌人の添削料としては、安い部類に入るのではないか。上下二段組で、上段には晶子から戻された二回目以降の手紙の写真が掲載されている。下段には翻刻が掲載されており、こちらは計八十四首全部が掲載されている。

添削は部分的なものが多く、時々、一首ごと削除されている場合もある。削除された歌は、一首にかぶせて縦線が一本入っている。添削の必要なしとされたのは四首。うち二首を引く。

ゆめの人かゞみの中にくろかみをけずるわれよりはかなかりけり
虹きえぬゆめぞと云へばゆめなりきすぎにし事は只ゆめのゆめ

晶子の歌は華麗かつ浪漫的な詩風で、明星調・星菫（せいきん）調と呼ばれたが、いかにもその模倣と見えるような題材を扱った歌は排除されていると言える。

添削例を見ると、「むねのうちに赤きともし火の一つつけ夜も日もまもるゆらぐきゆると」が「ともし火の赤きを内に一つつけ夜も日もまもる之を消さじと」といった具合である（写真の⑴の歌参照）。下句は原作だと動詞が三つ続き煩雑なので、一つを省略している。この作品には、〇が横に三つ並ぶ記号が、「ともし火」の語

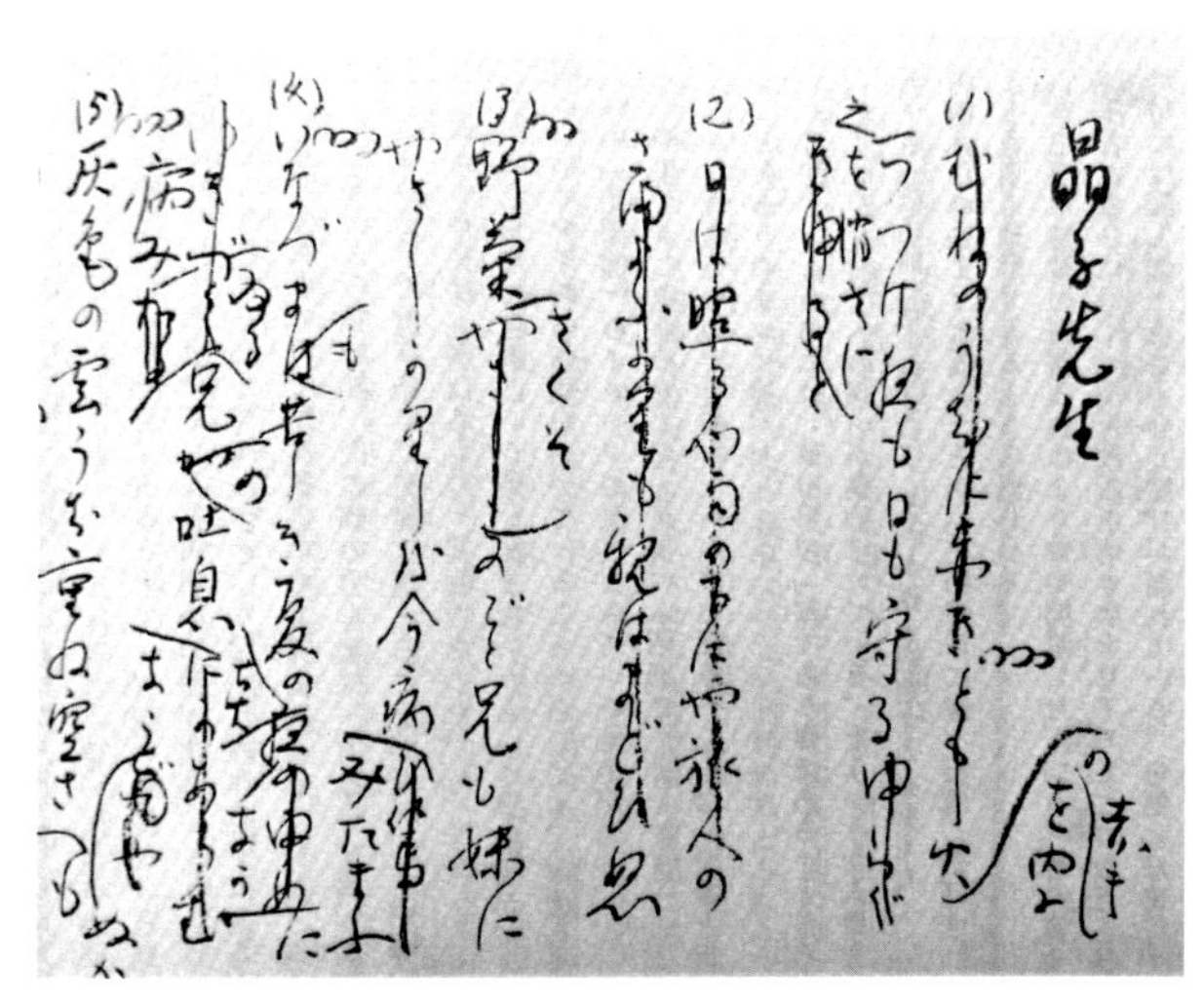
晶子先生

「萌木」第三号に掲載された「資料與謝野晶子の和歌添削」
（古今伝授の里フィールドミュージアム所蔵）

の先頭横に付されている。全体では、○三つが二十一首、○二つが二十九首、○一つが十九首である。○のついていない歌もあるので四段階評価と言えよう。
　後半には、今回の二十一首が、大正十一年の第二次「明星」に三回に分け掲載されたとあるが、この二十一首のうち一首は○の付かなかった歌、もう一首は今回の翻刻にはない歌で、後は全て○三つの歌である。掲載の段でさらに取捨選択があったと知れる。第二期「明星」は大正十年からであり、その発展のために、添削依頼者の作品も積極的に掲載したのだろう。晶子の添削の姿勢は、晶子研究にも重要であり、手間のかかるこうした郷土資料を掲載する姿勢は評価されるべきである。

小瀬の四回目の連載が「萌木」最終号（第六号）に載ったのは、平成十二年九月。第五号後、山本幸子が逝去し、小瀬が脳梗塞で入院したことが影響している。退院した小瀬は「終刊のことば」で「萌えてどの木も育った」と書く。六冊の「萌木」は、批評意識が強く、いかにも前衛短歌運動の拠点であった岐阜の同人誌らしいと言える。

歌集『すすぴいろ』輝き放つ

大口百子、繊細な感受性

水曜会、萌木短歌会の充実により、岐阜県内の女流歌人の活動が充実してきた経緯を前回までに述べた。中でも忘れ難い歌人に大口百子(おおぐちももこ)がいる。歌集に『すすぴいろ』(平成四年、雁書館刊)がある。「あとがき」に、「想えば育児の手が離れた時、私に短歌をと勧めてくれたのは母であった。それはもう十年あまり前のことになるが、新聞歌壇の選者をしておられた水口先生に教えを乞うことになった」とあるように、水口真砂子門下である。水口が作った「さんご樹」という会で研鑽を積み、歌集を上梓するまでになったのである。当時水口は、「朝日新聞」岐阜版の選者を担当していた。昭和五十四年十二月九日付の「岐阜歌壇」から引く。

日本列島に二、三置かれし雪だるま明日の天気図冬型になる

一席に採られた歌で、水口は選評で、「日本列島とは大きな出だしだな、と思いながら読み進み、下句に至って、ああ天気図のことか、なるほど、と思った」と書き始め、「このようなところをとらえた眼の凡ならざる」と結んでいる。

大口はその後、昭和六十二年には、第一回岐阜県歌人クラブ新人賞、平成四年には第三十二回岐阜県歌人クラブ賞を受賞。平成五年には第三十九回角川短歌賞次席に推されるなど、県内歌人として頭角を現してゆくのであった。

歌集の解説と帯文は平井弘が担当している。当時平井は、新作の発表を長く控えていた時期であり、その登場は読者を驚かせた。

枝離れ池の面(も)に浮く沙羅の花墜(お)ちつづけてはゆけぬしろたえ

平井はこの歌を引き、「歌稿のなかに、このたった一首を見出さなかったら、お

そらく、わたしはお断りしていたことだろう」とした上で、「墜ちつづけ、堕ちつづけていきたかったのに、水面という見えぬあわいに遮られて、それがかなわぬもどかしさを、作者の目は、静かに見据えている」と書く。続けて「わたしがたしかに見とどけている……、そういいたげな作者の目に、共感するのである」と言い切っているのは、大口の抒情質の確かさを見抜いての評言であろう。

歌集冒頭の一連「微風エリア」は、平成五年度の角川短歌賞次席に推された作品が基になっている。

ストロベリー・フィールズに月日滴してわれらビートルズ世代といえば
やさしきもの拒みし若き日の驕り挽歌といま聴くレット・イット・ビー

共にビートルズの楽曲のタイトルをそのまま含む歌。一九八八年に加藤治郎が第一歌集「サニー・サイド・アップ」を発刊し、短歌におけるニューウエーブの潮流を巻き起こしたが、そのような流れも視野に入れつつ、確かな表現力で一冊をまとめ上げた作歌技量は、誰もが諾うところであった。

出版記念会は、平成五年四月三十日に、岐阜市内のホテルで、六十六名が出席。岐阜歌壇の次世代を担う歌人の登場を皆で祝福したのだった。しかしその後、大口は体調を崩し、歌壇の表舞台に立つことはなくなっていく。

岐阜県歌人クラブの会紙「歌人クラブ」令和三年十二月号の「鑑賞の窓　すすぴいろ以後」で、後藤すみ子は、「私家版『すすぴいろ以後』は第一歌集出版後、病に倒れた大口を励まそうと平井弘が編んだ。おおむね歌人クラブ紙から抜粋された104首で、期間は1999年から2008年の約十年間の作品」と書く。後藤の取り上げている一首を引く。

朝ごとに蜜をたらして食むものが心底われを甘やかしいる

繊細な感受性は、日常生活を送る上の障害ともなったことが想像される。大口は早逝したが、岐阜県歌壇に輝く一冊の歌集を遺したことは間違いない。

新聞歌壇、社会を映す

読者投稿〝地域の声〟詠む

最近は少しずつその存在感が落ちてきているのかもしれないが、新聞の投稿欄は、歌人以外の読者に多く読まれるという点で、社会的な役割を担っていると言える。全国紙の投稿欄としては、朝日新聞の朝日歌壇が特に有名であるが、地方紙の短歌欄、全国紙が地方版ごとに設けている短歌欄は、とりわけ戦後において、社会詠の登場の場として活況を極めたと言ってよいだろう。本紙の「岐阜文芸」（以前は、「日日歌壇」、「日日文芸」）もその一つであるし、朝日新聞岐阜版の「岐阜歌壇」もまた、「岐阜文芸」に並ぶ位置を占めていた。最近は、二月以降のロシアのウクライナ侵攻を受けて、多くの戦争や平和を扱った秀作が出ている。筆者が選者を務める「岐阜文芸」でも二〇二二年四月二十五日付の欄では、次の二首が、特選となった。

国境を挟みて二人の兵ありき授業の「野ばら」憶(おも)う日続く　熊崎佐千子
理解できぬウクライナでの残虐とロシア民謡のやさしき調べ　加納義光

一首目の「野ばら」とは小川未明の童話。国境を定める石碑を、大きな国の老兵と小さな国の青年兵士が守っていて、次第に仲良くなったが、戦争が勃発し、二人は離ればなれになり、小さな国の兵士は皆殺されるといった筋で、ウクライナとロシアとの関係を彷彿(ほうふつ)とさせる。二首目も、今までのロシア観が百八十度変わってしまった現実についていけない読者の気持ちを代弁している。

岐阜県で起きたさまざまな事柄も、新聞歌壇に刻まれていると言ってよい。その点で、『朝日新聞岐阜版　岐阜歌壇の20年』（朝日新聞名古屋本社・編集センター、平成六年刊）は、選者を務めた、小瀬洋喜、水口真砂子、細江仙子が編者となり、昭和四十八年十月十四日付の短歌欄から特選歌三首ずつと選者詠を再録したもので、過去の作品を振り返るのに好都合な一冊である。「岐阜歌壇」は週一回で三週ごとの掲載だったので、一年にほぼ十七回の掲載があったこととなる。小瀬が、「まえがき」で書くように、「素材も技法も感覚も主張も多様な一千首近い作品のなかに、時代とひとを見ることができよう」という指摘は実に重い。短歌のもつこのような記録性は民衆の歌においてこそ力を発揮するのである。実は、筆者はこの欄の常連投稿者であった。同時代を生きたものとして一番印象に残っているのは、水害にまつわる作品である。

積み上げし畳に凭（もた）れ息落（おと）す足にひっそり水迫りきて　浅野志げ

補償なきをひとりごちつつ妻と磨く洪水の泥の沁（し）み込みし床　桐山五一

共に小瀬の選。一首目は、昭和五十一年十月十日付、二首目は、昭和五十二年二月二十日付。浅野の選評で小瀬が「今回は水害の作が多かった」と書くように、昭和五十一年九月十一日の豪雨による長良川決壊を詠んだ作品である。筆者も高校が臨時休業となり、二日ほどしてこわごわ長良川を覗きに行った記憶がある。忠節橋の路面よりも上に水位があったのが忘れられない。堤防が決壊した安八郡に在住の桐山は、水害の後の片付けを詠んでいる。その桐山も現在は岐阜県歌人クラブ会長の任にある。

岐阜日日新聞「日日文芸」（田口由美選）の昭和五十一年十月二十五日の選歌欄には、次の歌が見える。

一瞬に稲田埋めて渦まける濁流たたえ輪中暮れゆく　　大垣　永田まさき

稲田いっぱいに満ちた濁流の様子が、この一首により蘇る。一市民が長くその思いを残す上で、短歌は実に信頼できる表現の器なのである。

県歌壇まとめた田口由美

〝悲しい玩具〟弱さを詠む

前回の最後に、岐阜日日新聞「日日文芸」の田口由美選歌欄を取り上げた。田口は、昭和二十四年に川出宇人が岐阜県歌人クラブを結成した時のメンバーの一人である。昭和四十八年には、クラブ代表委員となり、二十一年間その職にあった。岐阜県の戦後歌壇史を語るのに欠かせない人物である。

田口の第一歌集『生きの証』は、岐阜県歌人クラブ叢書第5篇として昭和四十三年に刊行されている。

教師対校長が労資の考へに割り切らるる世をおそろしと思ふ
素直なる生徒犠牲にしてまでも戦はねばならぬを理解せよとや

ひややかに己れ包める灯のいろも悲しみとならず未来を持てば
病院にて注射しくれたる看護婦が制服の胸張りて本を読みゐる

最初の二首は、「勤務時間」、後の二首は、「夜の生徒」の一連から。「勤務時間」の一連は、戦後の教育委員会と組合との激しい対立が色濃く影を落としている。「労資」は、労働者と資本家の意味だが、最近ではあまり耳にしない。教育委員会と組合の間にあって、校長たる田口はさぞかし苦しんだことだろう。

二首目は、生徒の側に立った歌。組合の要求の仕方は、時に生徒が犠牲になっている部分があるのだろう。すぐには解決しない交渉案件の中で苦しむ田口の姿が目に浮かぶ。筆者は、夜間定時制高校で授業をしたこともあるし、校長として勤務したこともあるので、「夜の生徒」からは、特に感銘を受けた。当たり前だが夜間定時制は、原則常に照明なしではいられない。これは全日制の生徒が日頃意識しないことだが、学校生活のスタート時点で、何か暗い気分にさせる部分があるのである。

三首目の結句「未来を持てば」には、そこで働く教員の願いがこもっている。筆者は、定時制で授業をしていた時、突然停電になったことがある。漆黒の闇の中思ったことは、全日制との環境の違いの大きさであった。

四首目は、日中看護師として働く生徒に注射をしてもらった作者が、夜にはその生徒が読書する姿を見たという歌。温かく見守る視線が印象的だ。

田口は、「あとがき」の中で、「わたしの場合、短歌は、結局のところ〝悲しい玩具〟であった」という。これは石川啄木の第二歌集『悲しき玩具』になぞらえたものだろう。啄木が重く苦しい生活と思想を詠ったように、田口もまた、自らの生活の苦しさから逃れることなく、歌を詠んだということだろう。「こうした〝悲しい玩具〟としての歌をあえて集めて、弱い、わたしという人間の半面の生活の『証し』とし、短歌のもつ『私性（わたくしせい）』というものを、改めて考えてみる『反省』にしたいと思った」とあるのは、率直なところだろう。

岐阜県歌人クラブの機関紙「歌人クラブ」平成十一年九月一日号の一面は、小瀬洋喜の田口由美への弔辞を載せる。この年の七月二十五日に、田口は、九十三歳で逝去したのであった。その中で、小瀬は、「人間社会のつねとしてそれが本質以外の所での、抗争対立となる場合もなしとはしません。こうした芸術界の姿の中にあって岐阜県歌壇は各人の個性を尊重し、己が自由の道を行くことを互いに認め、それぞれの芸術を深める環境の中に育つことができ」たのは、田口の指導の賜物であると言う。田口の飾らない作風が、岐阜の歌人をまとめ上げた側面はあると思う。

弔辞の中で、小瀬は、田口には、「岐阜城音頭」の作詞があると言う。これは、今でも岐阜の盆踊りで流される曲だ。大衆的で素朴な人柄は、天性の教師であった田口だからこそそのものである。

大合併で失われたもの

「短歌紀行」99市町村の重み

本連載では、歌壇史は、後世から見て公正な視点で書かれるべきとの考えから、昭和の終わりあたりを現代編の下限にするつもりでいる。歌壇史の執筆には何と言っても初出資料が大切である。執筆にあたり、岐阜県内の図書館などの蔵書状況を何度も調べることとなったが、次第に、どうしてあるべき場所に資料がないのかと思うようになった。岐阜県歌人クラブの機関紙「歌人クラブ」のバックナンバーが手元にあるので、そこに載っている各地の歌誌を検索するのだが、発行されていた自治体にも残っていないことが多いのである。そもそも、自治体自体が消滅すると、当然図書館も新たな自治体の図書館に統合されていくわけだが、旧館が分館として残っても蔵書がそのまま残るわけではないようだ。

いわゆる平成の大合併は、平成十一年に始まり、平成十七年前後が最も多く行われ、平成二十二年三月末に終了している。この時期は、インターネットが普及し、図書館の蔵書検索が遠隔から可能になった時期でもある。全ての蔵書をオンライン化する作業と、自治体の統合による図書の整理とが同時に進み、地元歌誌類が、従来のカード目録ごと整理され消えていったということはあるのではないだろうか。そもそも、平成の大合併は、広域化による自治体のコストカットが目的であったのだから。

こういったことはさすがに国会図書館ではないのであろうが、自治体の規模が小さくなればなるほど、収蔵スペースや予算の問題もあり、致し方ない面もある。歌誌どころか、文化協会所属の短歌団体も統合されるわけで、地域文化にとっては、屋台骨が揺らぐ大変な事態であったわけだ。

ここに、後藤左右吉著『ぎふ99市町村　ふるさと短歌紀行』（六法出版刊）というアンソロジーがある。平成九年の発行なので、まさに平成の大合併の直前である。よって、この「99」という数字には実に大きな重みがある。岐阜県内の自治体数は、平成十八年に「42」となり現在に至っているからだ。半分以下の大減少であるが、後藤によって残された市町村ごとの歌人の作品は、今となっては実に貴重である。例えば、現在は瑞穂市となった旧巣南町のページを見てみよう。

美江寺宿のま中を占むる和田の館(やかた)中山道は此処(ここ)より曲(まが)る
み社の後ろのタブの大枝の雪に折れ落ちみ屋根をそれぬ

共に福富茂直の作。福富は、教職を経て、地元の天神神社の宮司となった歌人。歌誌「泉のほとり」を発行していたことで知られる。この月刊歌誌については、筆者も承知しているが、瑞穂市図書館の蔵書検索ページで検索をしても見つからない。福富の氏名で検索しても、歌集以外の著書が1冊出てくるだけである。これが岐阜県立図書館で調べてみると、「泉のほとり」昭和四十三年二月号だけが存在することが分かる。その他、福富の歌集七冊と、「泉のほとり」の年間歌集も確認できるので、巣南町における短歌史についてある程度は調べることが可能である。なおこのケースは、筆者の経験では、十分に手掛かりがあるほうである。

　序文を寄せている小瀬洋喜は、「岐阜県歌壇として言えば、この書は県下歌人の名簿と索引も兼ねている」とし「必見の書」と呼んでいる。歌壇研究では、初出の場を確認することが何より重要だが、その点で、平成の大合併によって失われたものは途方もなく大きい。当時岐阜市教育長としての激務の中このような一冊を残した後藤左右吉の原動力は、ひとえに岐阜県歌壇へのリスペクトであっただろう。くしくも、この一冊は、小瀬が指摘した以上に、二度とはもとに戻ることができぬ、往事の県歌壇史を振り返る際の「必見の書」となったのである。

後藤左右吉の歌作

「内部なる声」聞き続けた

前回取り上げた『ぎふ99市町村　ふるさと短歌紀行』の著者後藤左右吉は、岐阜県歌人クラブ会長を十年にわたり務めた。歌集は五冊あり、現在の岐阜県歌壇の中心的存在である。第一歌集『峡（かい）の風雪』（岐阜日日新聞社刊）は昭和四十八年五月の刊行である。この時、岐阜市立加納中学校に勤務していたと奥付にある。

偽らむ心なけれど校長に生徒の罪をかばひつつ報告す
なけなしの知識切り売りてゐるのみぞ教職を今日（けふ）ははげしくいとふ

「教壇」と題した六首より。この歌集は全五章から成り、制作順に作品が並んでいる。この一連は二十二歳から二十四歳の章に収められている。この二首が訴えかけるものは、教職の原点に関わるものだろう。労働の質と量を問う前に、自分は何ゆえに教壇に立つのかを問い続けて止まないのが、「教壇」の一連である。

若き教師少なきをせめてゐる答辞われも若さを失ひゆかむ
教科書になき防人の歌に触れて言へば生徒らの目は輝けり
吐血のごとき色して流れゆく川に対へば長きあこがれは消ゆ

この三首は、三十三歳から三十七歳の章中の作。一首目は、卒業式のシーン。答辞に、本校は若い教員が少ないという内容があったのだろう。中学生にとっては、若い教員ほど身近な存在なのだろう。歌の背後には、せめてそのような生徒の思いだけはしっかりと汲み取りたいという作者の願いもあるのではないか。二首目は、教科書には掲載されていない防人の歌を用意して、生徒に供したという歌。このような教材を投げ込み教材と言う。投げ込み教材が生徒の好奇心を刺激することは、教員にはよく知られているが、目を輝かす生徒を前にして、自らもまた目を輝かしていた後藤先生だっただろう。三首目の「長きあこがれ」は、青年教師として抱き続けてきた理想のようなものか。不惑の歳（とし）も近づき、理想通りに行かないことが分かってきた作者だろう。しかし、赤茶けた川の流れを見ていると、まるで自らが吐いた血のように感じられ、またそのことに気付いている自分に幻滅もしたのであろう。昭和四十年代は、公害問題が世を賑（にぎ）わせていた時代である。そんな社会状況も反映しているだろう。

歌集の帯で、木俣修門下の重鎮吉野鉦二が、「今後の生活、作歌の上の覚悟のようなものがでている」と後藤への期待を述べている。

歌集の冒頭には、木俣修の序歌五首を置く。この歌は、その後、木俣の『雪前雪後』に収められたものだ。

激動の時世（ときよ）に生きてなやみたるなれが内部（うち）なる声を聞くべし

序歌中三首目の作。木俣修は、滋賀県師範学校を経て、東京高等師範学校卒。北原白秋門下となり、昭和二十八年に結社誌「形成」を創刊した。後藤は、昭和三十一年に入会をしている。木俣は自らも師範学校の出身であり、教員と歌人を両立する後藤にかける期待がいかに大きかったかが、序歌からは伝わって来る。

筆者は、後藤と初めて出会った時の自己紹介を鮮明に覚えている。自らが木俣修の弟子であり、「形成」の所属だと名告（なの）られた。多分筆者が全国的な結社に入っていることを意識した上のことだろう。木俣は現実的かつ人間的で、端正な作風で知られる。「なれが内部なる声を聞くべし」は木俣自身も終生自らに問い掛けてきた言葉であり、愛弟子（まなでし）の第一歌集のためにこれらの歌を新たに作り揮毫したことを知る時、同様に長く教員生活を務めた筆者は、激動を乗り越える折に、内なる声を聞き続けたであろう後藤が羨ましくなる。後藤は七年間にわたり岐阜市教育長職を務め、教職に終止符を打っている。

水都の歌人・奥田庸子

「伊吹颪」にも負けない強さ

大垣市は水都と言われる。大垣は、地下水が豊富で、自噴井も多いのでまさに水の都であるし、水門川には遊歩道も整備されており、市民にも、水都大垣の自覚は十分にあると思われる。大垣は、松尾芭蕉の「奥の細道」結びの地。芭蕉は大垣滞在の後、大垣船町から水門川を船で下り、桑名宿へ向かっている。俳句とのゆかりでなら、大垣は「俳都」とも言える。全国的には、俳都と言えば愛媛県松山市のようである。正岡子規の出身地であり、近代以降の存在感は実に大きいからだ。とはいえ、俳聖松尾芭蕉ゆかりの地として、大垣市が俳句の聖地であることに間違いはないだろう。

このことは、短歌にとっては、普及に関して支障となることは想像に難くない。

実際、この連載でも大垣を中心とした西濃地区を扱うことは他地区と比べて少なくなっている。

今回は、まさに水都の名を会名とする水都短歌会について、触れてみたい。今、手元にあるのは、昭和四十六年に刊行された水都短歌会合同歌集『水紋』である。発行責任者の益井三郎は、序の「顧り見て」で、「今回は当地方の歌境範囲は思いきり拡げて、各自夫々の方向に自由にはねを伸ばして見た」と書く。

そもそも合同歌集のタイトル自体が水都大垣を意識したものである。同集掲載の川瀬寿子による「水都会と私」によると、水都会が創立してから十五年が経過したとある。この第二合同歌集には、二十四人が出詠をしている。その中の一人、奥田庸子について今回は取り上げてみたい。奥田は、計四冊の歌集を上梓しているが、その第一歌集は、『木犀の家』（昭和六十一年四月短歌新聞社刊）である。

追々に忘れゆくなかひとつふたつ日毎に深む悲しみのあり
ある日急に地球の重力なくなりて宇宙へ落ちゆくことなどなきや

この頃の奥田は、六十代に入る頃だろうか。自分の思いを知的に処理する能力の高さに特徴がある。第二歌集『伊吹颪（おろし）』は、その十年後の発刊である。

独り残る覚悟次第にかたまりぬ伊吹颪に面をさらす
病院のエレベーターにただ一人このまま上へ上へとのぼろう

「伊吹颪」十首より。夫が逝去する直前のスケッチである。伊吹颪の厳しさはこの地に住む者ならば誰もがよく知るところである。弱りゆく夫と対しながら、しっかりと看取（みと）ろうとする覚悟の伝わってくる一連である。その覚悟は、伊吹颪にも決して負けない強さを持っているということなのだろう。

『伊吹颪』の跋文（ばつぶん）の中で小瀬洋喜は、「西美濃の人々は、伊吹颪に身をさらし、伊吹颪の厳しさに堪え、白銀の伊吹山を仰ぐ。しかし、冬から春、そして夏、秋への山容の変化は厳しい伊吹颪があるが故に、西美濃の人々のあたたかい心のふるさとなのである」と書く。伊吹颪は、西濃人の気質をも表すものなのだろう。

大垣は俳句の勢力が強いと先に記したが、それは短歌にとって負の要素ばかりでなく、文化活動全般に理解のある土地柄との見方もできるのかもしれない。そのような環境だからこそ、水都短歌会は昭和三十年代から現在に至るまで長く継続しているのだろう。

俳諧の興隆の前には、菅原孝標の女、阿仏尼をはじめ、多くの文人が西濃地区を通り都と東国とを往還したのであった。そのようなことも、結びの地を大垣の地に選んだ芭蕉の脳裏にはあったのかもしれない。長く大垣に腰を据えて歌を作り続けた奥田の腰の据わり方こそが、西濃の文芸に対する土壌の豊かさを象徴しているだろう。

本巣郡の「貫水の短歌部」

「美濃西部」の風土を詠む

今回も岐阜県の西部について、戦後の歌壇史をたどってみたい。岐阜県歌人クラブの機関紙「歌人クラブ」の創刊号は昭和二十五年四月に出ているが、その一面の「歌誌展望」で紹介されている団体に本巣郡で戦後誕生した「貫水の短歌部」がある。

貫水は元来俳句の結社で、それを終戦直後僅か七、八名の同志に依って結ばれ、月一回句会を開いてきた中に東京からの疎開者が一人いて、貫水に短歌部を設けたらどうかと言い出したのが臼井歳次氏である。

この後、臼井は「空穂老師の高弟であった」とあるが、空穂は早稲田大学教授であった窪田空穂のこと。同大国文学会が発行する「国文学研究」を見ると、昭和三十年ごろに土佐日記や、和歌発生論の論文を臼井は発表している。臼井は空穂門下で、論作共に行っていた。

短歌部は「最も会員の多かつたのは二十三年の三十二名で、その後は、追々（おいおい）減つて、現在では二十名内外の小さな結社」であるというが、臼井の疎開が契機で、空穂系の短歌グループが本巣の地に生まれたことは、同じく空穂系につながる筆者には感慨深いことだ。

「貫水」はその後も続き、昭和三十七年十一月号の「歌人クラブ」には、「貫水」発行者として、青木主月が「旅」二十首を寄せている。

天然林の蝦夷（えぞ）松の膚は男々しくて女々しく見ゆる白樺（しらかば）の膚
山葡萄（やまぶどう）黒ずみくれば香を放ち熊を呼ぶとよアナウンスの声

北海道方面への旅行詠。人間的で、飾らない文体は空穂系ならではだ。職業は富有柿を主にした果樹栽培業とある。本巣は近くの丘陵から溶け出す雪解け水が豊富な栄養を運び、おいしい柿を育む土地。そのような風土に根付いた歌人であることは間違いない。

さて、揖斐郡旧川合村（現在の大野町南部、一部は安八郡神戸町）に在住していた杉原明雄は、「歌人クラブ」でいくつもの明晰(めいせき)な論を発表しており、岐阜県歌人クラブ創生期の短歌評論の屋台骨を支えた歌人である。

昭和三十五年の同紙二十首詠「冬に傾き」から引く。

過去は霧あわく流れ、対立のはげしいイデオロギイが泡ぶく古沼
不安定の焦燥夜の虫断続して、過去にこだわる因習を捨てきらない

所属に「新短歌」とある。「新短歌」は昭和二十五年に、戦前、戦中からの自由律歌人を集めて創刊されている。杉原の歌も典型的な自由律の作品である。職業は中学校校長とある。作品はちょうど六十年安保闘争のさなかであり、さまざまな苦労があった

のだろう。「泡ぶく古沼」「因習を捨てきらない」といった表現に苦悩が滲(にじ)む。

思い出を埋むる色に適(かな)はねば濁りしままの水をかなしむ

「水等見てもしょうがあるまい」等と言ひ去りゆく人の眼にある涙

この二首は「横山ダム」と題した、大野町在住の岸孝子の作品。「歌人クラブ」の昭和三十九年九月号に掲載された十首からの引用である。揖斐川は古来より氾濫を繰り返す河川で、流域の住民は根本的な治水対策を早くから岐阜県に要望していた。県の調査後、当時の建設省が河口より約八十キロ地点で昭和三十四年に工事を開始した。しかし水没地の住民は反対運動を行い、紆余(うよ)曲折の末に、昭和三十九年六月にダムは完成を見ている。この歌は、そうした状況を踏まえて作られている。このような反対運動が、同じ揖斐川水系の徳山ダムでも発生したことは、記憶に新しい。

大垣が水都である背景には、このような治水の問題があることも忘れてはなるまい。そのような風土を、短歌はさまざまな角度から描いてきたのだ。

川出宇人と服部銀月

戦前戦後、県歌壇を導いた

振り返ってみると、県庁所在地である岐阜市に岐阜県歌人クラブの事務局が置かれ、戦後絶え間なく「歌人クラブ」紙が刊行されてきたことが、岐阜県歌壇の発展に実に大きな意味をもっていたと分かる。岐阜県歌人クラブ発足時に川出宇人が貢献したことは、既に触れた。川出の第一歌集『水底の石』（昭和三十五年新星書房刊）所収の、三田澪人（れいじん）の「序」、歯科医師としても著名だった高津弌（はじめ）の「跋」、本人の「あとがき」には、大正から昭和にかけての東海歌壇史とも言える内容が記されており興味深い。

「あとがき」によると、川出は、大正十年に岐阜にあった濃飛日報社の記者となったという。「当時第二面を中央紙の切り抜き記事で埋めていたので勿体（もったい）ない」とし、

「濃飛文芸欄」を新たに設けて、文学青年に発表の場を提供したそうだから、まさに筋金入りの文芸担当記者である。その後、名古屋新聞社に入り、若くして大垣支局長となっている。関東大震災後は、名古屋の本社詰めに。しかし多忙に加え、戦争も始まることで、短歌と遠ざかったのだという。戦後は、昭和二十年に本紙の前身である岐阜タイムスへの入社により、岐阜県歌人クラブの運営に関わることとなったのであった。

集題となった「水底の石」九首から二首を引く。

朝かげのわずかに及ぶ水底（みなそこ）に白き石ひとつ揺れつつ動かず
昼の雨はげしききわに霽（は）れゆきて一樹一樹の息づくが見ゆ

写実の歌だが、どこか心象詠の雰囲気をもつ。川底に動かぬ石、雨上がりに息づく一樹に、自分を重ねる感覚である。「跋」で高津が書くように、まさに「岐阜県歌人クラブのリーダーとして、日本の歌人として、かくれもない存在」であった川出は戦後の岐阜県歌壇の方向性を決めたのであるが、戦前における名古屋の歌人たちとの交流が、その力量を養ったと言っても間違いないだろう。

もう一人、戦前から戦後にかけての橋渡しを務めた歌人がいる。本紙の前身である岐阜日日新聞の短歌欄選者を務めた服部銀月である。川出より二年年下の明治三十五年生まれである。服部の第一歌集『朝影』（昭和五十五年短歌新聞社刊）は、戦後の作品のみを収めるという点で、川出の歌集と共通している。「あとがき」によると、十八歳の時にすでに短歌誌を発行したとある。大正七年に発足し、昭和十五、六年まで続いたという、岐阜の有力歌人が流派を超えて参加した岐阜歌壇会にも顔を出していたようである。

大正十年に「国民文学」に入会以降、「水甕」、「多摩」などの有力誌に所属したほか、地方誌にもほとんど参加したとある。また、昭和十二年秋には「岐阜歌人百人一首」を編んだともあるので、なかなかのアイデアマンであったのだろう。戦後は「岐阜短歌」を昭和三十九年に創刊している。また、川出も入会していた「暦象」の同人ともなっている。「あは雪」の一連十五首より引く。

言ふなればたはやすきことと片づけて淡々とふる雪を見るべし
見はてぬ夢ひとつありて身ぐるみに吹くにまかせゐる秋の風かな

「あとがき」に「人生に何を残すかということに気づいたのは六十代のこと、そこで何をと、結論となる一つの短歌を選んだ」とあるように、人生を客観的に俯瞰(ふかん)するような姿勢の歌が多い。

川出にしろ服部にしろ、戦前の歌を歌集に収めなかったのは、それだけ、戦争によって社会の価値観が大きく変わり、実人生上でそこを乗り越えることが精いっぱいであったからなのだろう。だからこそ、戦後の岐阜歌壇への大きな期待を共に抱いたのである。

科学者・小瀬洋喜の作歌

環境破壊、怜悧な目で詠む

本連載「現代編」において、最も登場した歌人は小瀬洋喜であるが、振り返ると、岐阜県歌壇の在り方を常に意識しコーディネートしてきたのが小瀬だったのだと思う。小瀬は、全国的に見ても評論家としてその存在を語られることが多いが、作歌も旺盛で、第一歌集『木斧』（短歌新聞社刊）から始まり、『地球遺跡』（短歌新聞社刊）『地神』『小瀬洋喜歌集・水』（芸風書院刊）『秋天』（六法出版刊）と五冊の歌集を遺している。岐阜薬科大学で環境衛生学を専攻した小瀬は、短歌の世界でも長く環境問題を扱ってきた。

亡（ほろ）ぶ日本を論じ合いて戻る実験台にフラスコは黒き泡たぎらせており

放射性降下物（フォールアウト）増加するを冷静に講じ来て向（むか）いたる昼餉（ひるげ）に不意におののく

『木斧』巻頭に置かれた「薬科大学」の一連より。「あとがき」を見ると昭和三十年から昭和四十一年までの作品を収めたとあるから、早期から、日本の環境問題について関心をもっていたことが分かる。二首目の「フォールアウト」とは、核兵器や原子力事故などで生じた放射性物質を含んだ塵のことを言う。広域な放射能汚染を引き起こす原因は、この放射性降下物による。日本では、昭和二十九年三月一日、南太平洋ビキニ環礁で米国が行った水爆実験のため、近くの水域で操業中の漁船第五福竜丸が放射性物質を含む灰をかぶった事件が有名であり、二首目は、歌が作られた時期からすると、この事件に関した内容ではないかと思われる。

長良川に死にし鮎、その死確かめて帰れば鵜飼の炎（ひ）がくだり来ぬ
ごみに埋もれ死ぬべしと心定めおり環境学を歩み来し果て
亡びたる生物ら博物館に冷えおりて人類の死を記すものなし

平成七年に出た『東海萬葉集　第一巻』（六法出版刊）所収の、「地球遺跡」二十首から引いた。歌集『地球遺跡』の歌に新たな歌も交えつつ一連としたのは、公害に学者として立ち向かった軌跡を、戦後五十年企画のこのアンソロジーに遺しておきたかったからだろう。『東海萬葉集』は、全四巻で、八百名近くが歌を寄せた一大企画であった。

実際『地神』「あとがき」で小瀬は、「環境衛生学を専攻する私は『地球遺跡』の時代に公害問題で激しくもまれたが、環境浄化対策に幾らかの知見を得て地域に貢献し得た」と振り返っている。

二首目における学者としての絶望、人類の死は誰も記録できないという一種のニヒリズムを前にすると、当時いかばかりの苦悩と葛藤があったかは想像に難くない。

地球史の或(あ)る一ページ冷えてゆく地球に生命(いのち)芽生え瑠璃色
冷えし地球と何ゆえ人は安住すノアの方舟(はこぶね)我は捜さな

この二首は『秋天』より。一九九二年の刊行であるから、もう公害問題に取り組んだ折の苦悩を冷静に振り返られる境地にあるはずだが、小瀬の心には常に終末感があり、文明の発展と環境破壊との鬩ぎ合いのようなものを科学者としての怜悧な目で意識していたことが分かる。

『東海萬葉集』の企画監修委員を共に務めた岡井隆は、『秋天』の解説で、世代も同じで、共に「自然科学それも医学系の学問をした」身で、かつて論争をしたことを懐かしく回顧している。小瀬の逝去は二〇〇七年。東日本大震災における福島第一原子力発電所事故を、小瀬ならどう歌ったかと、筆者は時々思うことがある。思いどおりにゆかなかった部分はもちろんあるだろうが、小瀬は、戦後の岐阜歌壇の青写真を、科学者の目で類いまれな熱意をもって描いたのである。

中濃
東濃

「きたみの」創刊

郡上の端緒「氾濫」の志継ぐ

中央歌壇と岐阜歌壇との交渉史を考える上で、郡上の短歌文化が、戦前に急速に発展した時期がある。小瀬洋喜は、一九二三（大正十二）年に、武田全が鹿児島高等農林学校を卒業し、郡上農林学校の教諭として赴任し、「氾濫」という短歌雑誌を創刊したことが、まさにその端緒だと指摘し、郡上歌壇という言葉さえ使っているほどだ。（『明治百年　岐阜文化スケッチ』（昭和四十三年九月刊）

「氾濫」という雑誌についてはまたいずれ戦前編でしっかり取り上げることになろうが、筆者はなぜこのような誌名が選ばれたかに長く想像が及ばなかったのだが、郡上市の青木修副市長と同じ車に乗った時、たまたま大雨の後だったこともあり、郡上は昔から氾濫の多いところであると聞き、はたと膝を打ったことがある。青木副市長とは、氏が前職の教育長時代に、さまざまな短歌関係の行事で、意見を交換し事業を共に行ってきたので、自ずと自然災害と誌名とが一致したのである。

近代の代表的な誌名を思い浮かべると「明星」「アララギ」「心の花」など、天体や植物、理念などを用いることが多い。「氾濫」というマイナスのイメージを持つ語のもとに、郡上の歌人が集ったことは、教養としての短歌ではなく、生きることの証しとして、歌を詠もうという気概に満ちていたことが想像される。「氾濫」の後には、「人間像」「くろ土」といった雑誌が郡上で発刊された記録があるが、戦争の開始によりその活動は衰えていったという。

そして戦争が終わると再び、若い人を中心に短歌の創作が始まることとなる。その拠点が雑誌「きたみの」である。今、手元にはそのコピーがあるのだが状態は悪い。奥付を見ると昭和二十一年四月一日発行で、郡上郡八幡町の金子貞二と記されている。金子は、旧明方小学校の木造校舎をそのまま利用した明宝歴史民俗資料館の創立に関わり、玄関横には胸像も立つ。巻頭の作品も金子である。「生活断片」の一首目を引く。

頑(かたく)なにあげつらひしが傾ける椅子に拱(こまぬ)けば涙湧きくる

「拱け」とは腕組みをすることである。戦争が終わり、自由に創作ができる喜びに満ちているはずが、実に苦悩に満ちた作品から始まるのは印象的である。残念だが、全体に判読が難しいので、第二号を見ると、こちらは昭和二十一年六月一日の発行、発行所は郡上農林内とあり、発行者はやはり金子である。二カ月後に第二号が出たことは、紙など物資不足の当時においては極めて順調であろう。

日置廣雄の「上求抄(二)」より引く

つばくろのしきりになげく声きけばまだきにあはれ卵うむらし
さはやかにつばくろ鳴けり真昼間を雌はしづかに巣にこもりつつ

「つばくろ」は、燕(つばめ)のこと。その生態に取材したオーソドックスな作風である。

日置も郡上では夙に知られた歌人で郡上農林学校の出身である。郡上農林学校はその後合併などを経て郡上高校となったが、日置はここで長く教鞭をとっている。「きたみの」の発行所が、郡上農林に置かれたことでも分かるように、「氾濫」の志を継ぐべく創刊されたことが知れる。

戦後の「きたみの」

郡上歌壇復興に向け貢献

初期の「きたみの」については、手元に十分にないので、分かる限りでその内容を紹介していく。

第十六号所収の作品欄の（二）から引く。

コスモスの一輪摘みて一輪をくるくる廻しゐまひたる人
くるくると廻るコスモスの花透きて白き歯並みのうつくしきかな　河合陽子

空高く黒点となり鳶（とび）舞へり雪ぐも東へ誘ひゆく風
仄暗き星影に人送りけり屋根の雪の凍れる一夜　鈴木和夫

河合の作は、「秋の千草集」のタイトルがある十三首からなる連作より。引用したのは最初の二首である。「ゑまひたる」は、笑っているの意味。野辺に咲くコスモスを一輪、手で摘み取り、両手でくるくると笑いながら回しているのである。二首目は、その回転する花の花弁を、歯並びに喩えている。この二首だけを見ても豊かな構成力が見て取れる。一連、秋の千草を並べつつ、巧みな連作構成である。

鈴木の一首目は、空高く舞う鳶の歌。郡上の空の冬の様子を、土地の人間ならではの感覚で描いている。「山峡」とタイトルのついた五首の最初の歌。二首目は、その三番目の作。夜遅く、人を送っていく場面だろう。この歌でも、「屋根の雪」が凍るという描写から、郡上の寒い夜の風景がリアルに伝わってくる。

奥付を見ると昭和二十六年一月二十日発行とある。「あとがき」に、「五周年。きたみのも六つになりました。感慨無量です。やくたいもない二十五年の足どり、全く言語に絶する次第」とある。最後に「T」とあるので、これは発行者金子貞二の名前のイニシャルだろう。「やくたいもない」は、現代では老人語の趣があるが、つまらない、くらいの意味。金子は自分の歌歴に重ねて、この「きたみの」の発展を見ている。五周年の雑誌でありながら、水準が高いのはそのような編集態度も寄与していよう。

この十六号は、表紙も含めて、謄写版刷りの十頁ほどの小冊子である。ガリ版切りもいかにも手作り感がある。しかし、終戦の翌年にスタートして、十六号まで漕ぎつけたのは、大変な意義があるだろう。ちなみに、第十六号には〈たどたどしき鉄筆の文章のならびたり記念文集のうつくしかな〉という村井多美子の歌も見える。この号の鉄筆も学校の教員が担っていたのかもしれない。

郡上では昭和二十七年八月十日に、郡上の歌人二十六名が集まり郡上郡総合短歌会が八幡町慈恩寺で行われている。岐阜県歌人クラブの機関紙「歌人クラブ」（昭和二十七年九月号）の記録を見ると、金子貞二、日置広雄のほか、河合陽子の名前も見える。戦後の郡上歌壇の復興に、「きたみの」が尽力してきたことが想像されよう。なお、「歌人クラブ」の昭和二十八年新年号には、「県歌壇現勢総覧」が特集されており、県内の歌誌として、「歌人クラブ」「飛騨短歌」「山那美（やまなみ）」「貫水」「田園」「きたみの」「舟橋」の計七誌が紹介されている。「貫水」は、旧本巣村で、「田園」は旧佐見村（現在の加茂郡白川町）で出されていたと記述がある。それ以外の雑誌については、本連載でも紹介してきたように、戦後の岐阜県歌壇史を支えてきた主要短歌雑誌である。本記事から「きたみの」もそうした岐阜県を代表する雑誌と肩を並べていたことが知れるだろう。

また、「きたみの歌会」も県内で行われている歌会として記述があり、先の郡上郡総合短歌会も「きたみの短歌会」と「岐阜県歌人クラブ郡上支部」とが主催であったと記されている。

郡上独自の持ち味

「粗野で放ラッ」だが堂々

「きたみの」第十八号は、昭和三十一年七月二十五日発行。発行者は、責任者として、土松新逸となっている。編集委員としては、金子貞二、鈴木義秋、土松新逸、日置広雄、横関信雄、和田耕正の六人の名前が掲載してある。計二十八ページでまだ謄写版印刷である。

土松は、昭和三十三年二月二十一日の岐阜日日新聞(現岐阜新聞)朝刊の企画「わたしは編集者⑨」で、「きたみの」について以下のように書いている。

何ものにも拘泥することなく自由な気持で私たちの魂の憩いの場、魂の接触の場をという趣旨のもとに、終戦の翌春、郡上に在住する短歌愛好者が寄り合ってこの〝きたみの〟が生まれたのであった。それは当時敗戦後のやるせない空虚な私たちにほのぼのとしたものをあたえてくれたのであった。

「きたみの」の編集は日置広雄氏をはじめ、和田耕正氏、金子貞二氏によって着々歩を進めて来たのであった。

その後編集者の病気等のために一時休刊状態となっていたが郡上唯一の短歌誌であるこの「きたみの」をもう一度世に出したいものと、三十一年三月再刊し今日に至っている。

「歌人クラブ」紙の昭和二十七年十二月二十五日発行の第三十三号に、「新きたみの短歌会」の紹介記事があるのだが、「新」とつく訳がこの記述から分かる。「きたみの」は、一時中断をしていた時期があったのである。「わたしは編集者」はさらにこう続く。

〝きたみの〟は今のところ発刊回数も少いし、誠に粗野で放ラツなものであるが、またそれだけになかなかの持味があり捨てがたいものがあることを自賛するものである。

郡上を代表する短歌誌としての持ち味があることを、編集者として堂々と岐阜県全体にアピールしていることに注目される。

第十八号の奥付のページには、横関記として五首の歌が載る。

久し振りに耕正氏の元気な顔も見えいよいよはずむ今日の編集

三本のビールに快くなりし五人の声は世界を支配す

歌というやくざ女に憑かれたる中年五人昂ぶり語る

一、二、四首目を引いた。横関は、横関信雄、耕正氏は和田耕正である。このような歌を挨拶歌と言う。読者に対して編集委員が短歌を作って、編集の雰囲気を伝えているのである。二首目には、「(注)きたみの会費では呑みません」の注も付けられている。このような豊かで楽しい編集の雰囲気は、当然「きたみの」の誌風にも影響を与えずにはおかない。

二十二〜二十四ページは、「不採録作品私見」の欄が載る。「本号に載らなかった作品の中にも佳作はあるかもしれないが、概ね欠陥の露呈を指摘しうるものが多い」という前書きはなかなかに厳しい。しかし、欄のタイトル「不採録作品私見」には、「おとしたうたについて」のルビが付してある。かわいらしい手書きのカタツムリのカットも添えて。

グループ誌的な雑誌でありながら、結社誌がもつ教育的な機能も兼ね備えていると言えよう。この欄は、計六ページからなる作品合評に続くものであるが、会員の力量アップへの細やかな配慮が感じられるのである。

盛況の和良に若き才能

前回紹介した昭和三十一年七月発行の「きたみの」第十八号には、「新入会員紹介」の欄がある。十名の紹介があるが、その中に、第八十六回で紹介した、小林峯夫の名前がある。「和良定時制高校教諭、中島さんの令弟」と紹介されており、その名前の前には小林と合わせて紹介した中島千恵子の名前があり、「八幡町柳町（旧姓小林）歌歴は古い」とある。小林の作品は「父の歌」十一首が掲載されている。

涙ひかる父のまなこは何うつすわれを視(み)つつも父うつつなし
うつつなく父の身病めど魂(たま)は行きかの放埓(ほうらつ)の日のごと遊ぶか
さらさらと靴にふまれて雪散りぬ危篤の父を置きて去る朝

ラジオのみ慰みとして病める父このごろマンボのリズムを覚えぬ

病床にある父を詠んだ連作のうちの四首である。一首目の結句「うつつなし」は、意識がないの意。涙目の父がこちらを見ているが、意識して見ていることはないと言っている。二首目は、意識がない現在の父親の姿から、一気に元気な頃の放埓な父親の姿へと飛躍している。若い頃好き勝手に過ごしたわが父親だから、魂は自在に往時のように遊び回っているだろうと言うのである。三首目は、父が危篤になろうともその日に学校に出勤せねばならない青年教師の苦悩がにじむ。四首目は病臥の父にとっていかにラジオが慰めとなったかが伝わってくる。

どの歌も抑制されたリアリズムによって、病む父と子の生活の断面が鮮明に切り取られている。連作を通して、病む父親に対する作者の心情は、過不足なく、それでいて、心の襞(ひだ)まで見えるがごとく読者に提供されていると言えるだろう。

「後記」を見ると、「和良方面の盛況はうれしい。美並、大和、北濃方面はともに古くから歌の宿根のあるところ。この方面から新しい仲間の参加を望みたい」とある。郡上郡全体で歌人が育つことを願う雰囲気が、雑誌全体に満ち溢れているのである。

「新入会員紹介」の記事の前には、「八幡町教職員短歌会詠草」の記事があり、八幡町の教員の歌が載せられているし、新入会員も、五名が小・中学校の教員である。現在も郡上市は短歌の創作を小中学校で奨励し、市独自の生徒向け短歌大会を実施しているほか、全国大会などで入賞する成果を上げているが、「きたみの」の初期からこのように、教員がこぞって短歌を作ろうとしてきた歴史があることは、特筆すべきことである。八幡町の教職員の短歌会のグループは金子貞二の指導を受けているとの記録もあり、金子のリーダーシップにより、新たな会員を得、さらに作品の水準を向上させるというサイクルが成立していたことも窺（うかが）われる。

さて、先ほど和良方面が盛況との後記に触れたが、小林峯夫も同地区の出身。さらに同地区で長く活躍した池戸愛子の作品も第十八号には見えるので、紹介しておきたい。

ちぎりたるパンを浸せば寂し寂しミルクは喜々と吸われゆくなり
机の上に自らの影を泳がせて透きとおる鉢に金魚は遊ぶ
こぼしたる水が畳にしづかなる眼のごとありき吸わるる刹那

「陽と土と」一連十七首より。一読して鋭い感性とその感性をしっかりと描出しうるだけの表現力をもつ歌人だと分かる。当時まだ二十代の歌人は、まさに原石のごとく郡上郡和良地区に存在したのである。その原石の輝きが、奥美濃で出されていたこの薄い短歌雑誌に見えることには、驚愕を覚えずにはおられない。

中野重治の「歌」引用

ぎりぎりの文学的「宣言」

「きたみの」第二十号は、昭和三十二年二月一日の発行。発行所は郡上県事務所内きたみの短歌会とある。新春号と表紙に書いてあるが、特に二十号を記念する編集ではない。巻頭に三ページにわたる、金子貞二の「赤ままの花と腹の足し」という文章が置かれている。

この文章は、中野重治の「歌」という詩について書かれている。「歌」の冒頭は、「おまえは歌うな／おまえは赤ままの花やとんぼの羽根を歌うな／風のささやきや女の髪の毛の匂いを歌うな」の三行で始まる。

中野は、東京帝国大学入学後にマルクス主義に傾倒し、プロレタリア文学運動に参加。この「歌」は中野がマルクス主義に傾倒し始めた頃の作品である。この詩に出てくる「おまえ」は中野自身であると考えられることが多いが、金子は自分もまた、中野のように、この詩の「おまえ」に自分を当て嵌めようとしているようにも感じられる。

ぼくは、十年この方、子供たちと一緒に詩を作る仕事を楽しんでいる。一貫して考えることは、〝赤ままも歌え、そして腹の足しになることは大いに歌え〟ということだ。これは、単に子供の詩に対する態度についてだけの主張ではなくて、ぼくの画く人間像そのものについての重点でもある。

中野の詩は、先の引用の後、「腹の足しになるところを／胸先を突き上げてくるぎりぎりのところを歌え」と読者を煽ってくる。金子は、中野の煽動に素直には従えずにいる。「責任ある子供たちの前にものを言わなければならぬ立場」にあることを意識し、「赤ままの歌も人間の心の琴線に共鳴を与える。しかし、腹の足しになる歌も感動の振幅はより広く現代人の胸底を強く、甚しくゆさぶるからである」

と自己の心境を吐露している。「社会性短歌」の可能性を、婉曲かつ慎重に述べる、この文章における金子の姿勢は、結語の「ぼくという人間が、だめな奴だと評価された時、ぼくはすべての社会的立ち場を失う時だと考えている」という表現にも滲んでいる。

この号に載る金子の歌を見ると、「くさぐさの生きねばならぬたゆたひに避けて言ひつげば司会の疲れ」「プラスマイナスゼロに等しきメモが残り終に議論は掲げられしまま」など、職場での苦悩を扱ったと思われるものが並ぶ。中野は戦前に共産党に入党するも治安維持法違反で検挙され転向、戦後また同党に入党している。当時小学校の校長職にあった金子は、手放しでは中野の立場に共鳴できない側面もあっただろう。

その一方で歌人でもあった中野には、「川ばたのクローバはよし六月の光にいねて肌をふるれば」のような抒情的な歌もある。初夏に川辺のクローバー畑に寝そべって歌った抒情歌である。中野のもつ抒情質への共鳴がこのような文章を書かせたのであろう。二十号の節目に、自分にとって「ぎりぎりの」文学的マニフェストを表明しようという態度に、「きたみの」というリトルマガジンの性格が表れているように、筆者は考える。

二十号までは、謄写版印刷であったのが、第二十一号（昭和三十二年十二月二十日発行）からは、タイプ印刷に変わる。「編集後記」には、「謄写印刷よりは経費もよけいに要します」と、会費のお願いも載っているが、県内の多くの雑誌が活版印刷化する中で、県内の短歌雑誌の水準に並ぶという点でも、よい変化であっただろう。

「きたみの」順調に発展

にぎやかさの中心にあった

さて、その後「きたみの」は活版印刷の短歌雑誌として順調に発展を遂げる。第三十二号（昭和三十七年七月発行）の「あとがき」には以下のようにある。

エネルギッシュな水野隆氏に引っ張られ、追い立てられ、きたみの三十二号もようやく発行の運びとなりました。

表紙のお世話から、下の欄の原稿の調達と毎号隆氏におぶさりどおしでの歩みです。どう考えてみても、はんぶはんちゃく隆氏によって支えられてきました。

水野と言えば、詩人で連句作家として郡上八幡で夙に知られた文筆家である。「きたみの」では、会員の作品に軽快な批評を次々と繰り出している。「きたみの」第七十号（昭和五十一年十月刊）は三十周年記念号だが、ここに水野はこの頃のことを「それから」という文章で回想している。

私が最初に「きたみの」の歌会へ出たのは、昭和三十二年ごろであったと思う。その時分東京の文化学院へ行っていた妹が帰ってきたので、郡上のウタヨミが一堂に会するところへ連れて行ってやろうかと言ひつつ、二人で出かけた。（中略）会場は職人町の教育会館で、その折の歌は一つも記憶にないが、鈴木義秋さんが例の白眼をむいての皮肉な批評振りや、金子貞二さんは対鈴木さんの掛合い（かけあい）の面白さ、それにつれて女流諸氏がキャッキャッと声高らかに笑い転げられるさまなど、昨日のことのようにはっきり蘇るのである。

この後、「きたみの」の一時休刊に触れ、再開した頃から、「編集に口を出したり、手伝ったりするようになった」のだと言う。そして、第三十二号の後記に触れ、冒頭に引いた「エネルギッシュな水野隆氏」の件を引き、「さぞかし私がうるさく騒ぐので、金子さんが閉口されたのであろうと思い、何となく可笑しい」と書いている。「きたみの」第三十二号には、「きたみの三十一号抄」として、前号の作品に対する水野と鈴木義秋の評が載っているのだが、これがまた実に息が合っており、読み応えがある。

きよらけく凍りし雪に映りいる白樺の桿の何も干さざり
帰りゆくふるさとの道に逢う人ら離りいし月日しかと老いいぬ　　福手きぬ

この二首に対して、鈴木が、「あとの歌が良い」と言ったのを受けて、水野は、「福手さんの歌は、いわば凡婦のうたである。そこが魅力である。蛭ケ野の地方色、風土性などはむしろ付けたりであって、そういうものは意外に生かされていない」と言ってのける。文芸家としての天性の才能は、蛭ケ野を活躍の舞台とする福手の本質を見抜いているのである。「福手さんほど自分を率直に歌える人も少ないのではなかろうか」という結語がそのことをよく物語っている。

「それから」は、当時の郡上の短歌会の様子をして、「この頃は横関さんが『群鳥』をガリ刷り、月刊で出され、また歌会も毎月開かれ、これが刺激となって郡上のウタヨミたちのあいだには一種の活気があふれていた」と書く。横関は、横関信雄のことである。さらに水野自身が編集していた文芸雑誌「土偶」についても短歌の特集をしたことに触れた上で、「そうして『きたみの』はそのにぎやかさの、いつも中心であった」としている。文章の結びは、「郡上に『きたみの』があってよかった、それとかかわりを持てたことのしあわせを思うのである」である。詩と短歌の根が土の中で絡み合うような一体感を、きっと水野は感じていたのだと思う。

「きたみの」への批評

文芸誌「土偶」からエール

今回は前回の最後に触れた文芸誌「土偶」について紹介する。手元に今あるのは、第三号から第七号、そして、「土偶　会報」と題したリーフレットが一部である。岐阜県図書館の蔵書にも見当たらないので、貴重な郷土文芸誌といえる。

第三号は一九六〇年十月発行、編集制作者は水野隆三（ペンネームは隆）、発行所は土偶の会となっている。雑誌の中に囲みで「土偶の会」の広告記事があり、「文芸誌『土偶』刊行を目的とする会」「提出作品は、詩、短歌俳句、小説、戯曲、評論、随筆等何でもよし」とある。巻末に「ＭＥＭＯ」という欄があり、郡上市内で出ている雑誌への評が載っている。「きたみの」第二十四号に対する批評はなかなか辛辣（しんらつ）である。

丸一年振りで「きたみの」が出た。編集は土松氏から金子貞二氏に替わったが、前号と同じパンフレット・スタイルなのは少々がっかりである。歌もぎっしり詰めてあって読みにくい。「きたみの」は郡上の誇りだ。もっとチャンとした本にして欲しいと思う。

実は、この連載で、「飛騨短歌」「山那美」などの戦後に出た短歌雑誌を多く見てきた筆者も、内容に比して雑誌の装本や表紙の意匠にもう少し工夫があったらと思っていたので、この批評には頷(うなず)かされた。この後、「作品は一応そろっているが、あまり活気があるとは云(い)えない」とした上で、「とくに『きたみの』随一の抒情詩人・池戸愛子さんの不振はさびしい。以前のような音楽的な緊張が感じられず、きびしさを欠くのは、どうしたわけであろうか」と続く。無記名なので、おそらく発行者の水野の評であろう。

第四号は、前号から半年後の一九六一年四月の発行。「編集後記」は水野によるものだろうが、「今号は巻頭に病歌人池戸さんの三十六首を載せた。こういう他の誌ではできない試みを今後もやってゆきたいと思っている」と書く。前号の批評が単なる酷評であれば、三十六首もの大作を巻頭に載せたりはしないだろう。「病床雑詠」と題した池戸の連作は、Ⅰ～Ⅲの三章からなる。各章より一首ずつを引く。

わがもろ手何か虚(むな)しく胸の上に組めば無限の重さとなりぬ
泪(なみだ)ぐむごとおぼおぼと空ひかり風荒るる午後は疲れて眠る
天井の電球にちひさく映りゐるわが影に手を振りなどしてひとり

一首目は、所在なく胸の上に組んだ手の重さが「無限の重さ」だと言う。この身体感覚は病者である作者独自のものだが、読者にリアリティーをもって迫ってくる。二首目は、空を擬人的に詠んだ歌。しかし一首全体で言えば、「疲れて眠る」自分を「涙ぐむ」ような荒天に喩えているのだろう。その逆転がやはり読者の琴線に強く触れる。三首目の電球は、現代では姿を消した裸電球だろう。その球面に映る、病(やまい)に臥した小さな自分に作者は手を振ってみるのである。そのような自己確認の後にくる「ひとり」の感覚は冴え冴えとして、誰もがもつ孤独感と重なってこよう。半年前の第三号の批判を跳ね返すような渾身の連作である。

第三号まではB５判だった「土偶」はこの号から約18センチ四方の変形判となる。印刷もタイプ印刷から活版となり、表紙も垢（あか）抜けたデザインに刷新されている。「きたみの」の装本を批判したからの改変でもなかろうが、「土偶」という総合文芸誌ができたことで、歌誌「きたみの」が相対化されたことは間違いない。文芸誌冒頭に短歌作品を据えるという「他の誌ではできない試み」は、「きたみの」の歌人たちへの大きなエールでもあっただろう。

「土偶」第４号（古今伝授の里フィールドミュージアム所蔵）

「女流六歌人」鋭い表現力

「土偶」第六号は、一九六二年五月二十日発行。「女流六人集」が特集されている。ここで言う女流とは、池戸愛子、石丸正子、福手恭子、福手きぬ、永田利子、水野進子の六人で、皆歌人である。

「新・岐阜県歌壇史」を書き継いできた者としては、この発行日は気にかかる。岐阜市で行われた青年歌人合同研究会・初夏岐阜の会の実施が、同年の五月二十六、二十七日であったことを想起するからだ。塚本邦雄、岡井隆ら前衛歌人たちが一堂に岐阜に集まることは、郡上の歌人たちの間にも知れ渡っており、岐阜を起点に大きく歌壇が動く予感が郡上の歌人にもあったと思われる時期だからである。

すでに、池戸愛子、福手きぬについては触れたので、ここでは、それ以外の四人の作品を紹介する。

我をめぐる声々信じ難きなか果皮耀(かがや)かす冬のレモンは　石丸正子
一面の鯖雲(さばぐも)の下を背(せな)みせて孤影するどく人去りゆきし　福手恭子
それとなき角度にも出でむ虚(むな)しさかジャーの中わが顔変形す　永田利子
ガラス戸の曇りぬぐえば予期せざる景色がそこにあるごとき今日　水野進子

前衛とまでは言わないが、ここに引いた四首には、近代的な自我意識、象徴主義的な表現態度が滲み出ている。「きたみの」第三十二号（一九六二年七月刊）には、この「女流六人集」の紹介記事が一首ずつを引きながら巻末に載っている。全員が「きたみの」の会員なのである。「土偶」第六号は、「現代詩歌は理解されるか」という座談会を掲載しているが、その中でも、岸上大作、春日井建、塚本邦雄の短歌が「TEXT」として取り上げられている。司会を務めた水野隆によると、座談会のメンバーは「八幡町青年団」の委員だそうである。実は、「土偶」第六号に掲載されている住所録によると、作品を引いた四名は全員が郡上八幡町の在住である。座談会は短歌だけでなく、詩人の飯島耕一、吉岡実、俳人の金子兜太、加藤郁乎ら、当時の詩壇、俳壇の最先端の作家も扱っている。当時の郡上八幡の文学水準の高さが知れよう。それゆえに、レベルの高い「女流六人集」のような作品特集を企画できたのであろう。

石丸正子は、「土偶」第四号（一九六一年四月十五日刊）にも「冬の翳（かげ）」十一首を出詠している。

グラス器に残す指紋もかなしかり君ならぬ人とながく対（む）きゐて
いろ褪（あ）せし朱のストールに身をくるむわが裡（うち）に来てあたらしき冬
去り給ふ数歩の距離に見る背後すでに異邦の人のごとかり

一首目は、喫茶店でのシーンだろうか。「君ならぬ人」は抽象的だが、表に出せぬ相手への思慕のようなものが、抑制されつつひりひりと伝わってくる。二首目の下句に見る、自分の身ぐるみと冬の訪れとの鋭い対比、三首目における、人との別れを数歩にして異邦人と表す直喩の切れ、シャープな表現力には目を瞠らされるものがある。その後石丸は、『光ほのか』（一九九〇年刊）、『残照』（二〇〇四年刊）の二冊の歌集を上梓している。まさに郡上歌壇の女流歌人を代表する一人と言える歌業であろう。

この一連には、「MEMO」として「好きな作家」が記されている。それによると、ジイド、カロッサ、芥川、立原道造、白秋とある。ジイドはフランスの作家アンドレ・ジッド、カロッサは、ドイツの自伝的作家のこと。短い短歌の背後に、このような幅広い教養があることが分かる。

小林峯夫の「宝暦挽歌」

「郡上一揆」実験的連作に

「土偶」第七号は、一九六二年十二月一日の発行。小林峯夫の「宝暦挽歌　その一」十七首が目を引く。江戸時代宝暦年間に郡上藩で起こった百姓一揆、いわゆる郡上一揆を取材した作品である。

さらされて白き畑土いつの代も貧しかる手が掘り返し来つ
わが祖(おや)の深き眼窩(がんか)の顔々が土に顚(た)ちくる畑打ちゆけば

小林の生まれた旧郡上郡和良村は、室町時代になると郡上地域を治めた遠藤一族により統治された土地。遠藤家から金森家へと藩主が変わる中で、郡上の人民の不満が高まって発生した郡上一揆への思いは強く、史実を取材した一連について実験的な意味でも連作として発表したのであろう。

引用したのは冒頭の二首だが、父祖代々に連なる自分というものが、強く意識されている。

この後、「宝暦四年七月、美濃国郡上藩主金森頼錦(よりかね)は従来の定免租法を改め検見(けみ)取りを断行した。それはきびしい誅求(ちゅうきゅう)のための毛見(けみ)であった。」の詞書(ことばがき)の後、次の歌が載る。

この空のいずくく見つめて耐えていし稗(ひえ)を刈りつつ宝暦の祖
篠洞に隠す田あれば胸凍る毛見役人のきたると聞けば

検見（毛見）法とは年貢の徴収方法のこと。田畑の収穫高に応じて税を徴収することで、豊かではない小藩の財政を立て直そうという目論見であり、当然厳しい取り立てとなる。「篠洞に隠す田」とはいわゆる隠し田で、ひそかに耕作して租税を納めない田のこと。竹が茂った山あいに田畑を作るようになったのだ。この後、さらにまた次のような詞書が見える。「その八月十日、濃北の農民代表七十二名は那留ケ野に集い、筆頭者のない笠連判状を作って一揆のための一味同心を誓い合った。」ここで言う「一味同心」とは、心を一つにして力を合わせること。「傘（笠）連判状」とは、多数の者が一致団結して約束を誓うとき、円を書き、その周囲に放射状に署名して花押を書いたもので、傘を開いたように見えるのでこう呼ばれる。一揆の主導者を分からなくする目的ももつ。

急使来し報せに父の出でゆきてにわかに背なの冷ゆるいろり辺
寝返らずわれは死ぬべし冷ややかにわれを見つめているかれのため

父祖への共鳴、ドキュメンタリー的な詞書に始まる歴史的考察、と続いた後、いつのまにか作者は一揆を起こした農民のひとりとなっている。このような構成力は、近代以降の連作の技法としても目を瞠るものだ。

小林が所属する歌誌「まひる野」で岩田正が風土を媒介としたテーマを提唱した一連の動きは、土俗論として現代短歌史の中で位置づけられているが、その始まりは一九七三年である。その十年以上前にこのような郷土史を扱った意欲的な作品が発表されていることに注視をしたい。

岐阜を拠点として活躍した劇作家こばやしひろしが、郡上一揆について取材した「郡上の立百姓」を自ら主宰する劇団「はぐるま」に書き下ろしたのは、一九六四年のことである。この戯曲は評判となり、翌年には第二回訪中日本新劇団の合同公演として上演され、その後は劇団民藝にて全国巡演されている。こばやしひろしも小林峯夫と同様に、元々岐阜県の高校の教員であったが、この「宝暦挽歌」をこばやしが読んでいたかどうかは分からない。

岐阜市出身の神山征二郎監督による平成十二年公開の映画「郡上一揆」が、こばやしの戯曲を原作とし、神山自身も少年の頃から郡上一揆に興味をもっていたことも想起すると、岐阜県の芸術文化のテーマとして郡上一揆という史実は大変大きな意味をもっていると言えるだろう。

「きたみの」に桑田靖之作品

夜の貨車、旅愁を詠み込む

短歌雑誌「きたみの」はその後順調に発刊を続け、昭和五十二年七月には、第七十三号を発刊している。作品を見ると桑田靖之が「貨物列車」八首を発表している。

長き長き貨車地吹雪(ちふぶき)をふきあげてとどろと駅のま夜を過ぎゆく
煙草(たばこ)喫(の)む車掌を一瞬見たりしが響(とよ)みてま夜の貨車通過せり
車掌室の灯(ひ)暗く貨車は過ぎゆけり尾燈たちまち雪にまみれて

郡上にはかつて国鉄越美南線が縦貫していた。昭和六十一年からは第三セクターの長良川鉄道に移管されている。越美南線は、美濃太田駅と北濃駅の間を結び、人だけでなく、物流においても重要な役割を果たしていた。ゆえに最初この歌は、越美南線を扱った歌かと思ったが、念のため桑田本人に取材をしてみると、東海道線の岐阜駅で目にした光景だという。

確かに、最初の歌に出てくる「長き長き」貨車は、単線の越美南線では見られない光景だろう。「とどろ」は音が大きく鳴り響く様子。真夜中、吹雪の中を貨車の車列が轟音を立てて通過する様子を詠んでいる。二首目、三首目は、車列の最後の車掌車を扱っている。真夜中の貨物列車の中で人間的な雰囲気を醸し出すのがこの車掌車だ。車掌車は今ではもう廃止されたので、昭和の時代を偲ばせる光景でもある。

雪にまぎれ尾燈ま赤く離りゆく貨車には貨車の旅愁ある如

貨物列車過ぎてひそけき夜のホーム陰負ふ者のごとく佇ちたり

北の涯へ頻降る雪を衝いてゆく貨物列車の灯は思ひみよ

残りの五首の内の三首。北へ向かうというのは、北陸方面だろうか。貨車に付けられている行き先表示から分かるのだろう。筆者などは、寺山修司の「北へはしる鉄路に立てば胸いづるトロイカもすぐわれを捨てゆく」の歌をすぐに想起した。寺山は東京にあって故郷青森へ続く鉄路の上で、郷愁を募らせたが、桑田もまた、北を目指す貨物列車に置いていかれ、その尾灯を見ながら、旅愁を感じ取っているのである。

桑田は当時三十代半ば。硬質の文体が、かえって読者の旅情を駆り立ててやまない。この歌の当時桑田は故郷にある郡上高校に勤務していて、岐阜に出て来た時に、この歌を詠んだという。

桑田は現在中津川市在住で、主宰していた短歌雑誌「草笛」は既に終刊したが、地元の歌人に啓蒙的な役割を発揮したことで知られる。

桑田は岐阜新聞岐阜文芸のコラムを担当し、三月二十九日の「お菊二十四」という文章では、郡上高校に勤務していた頃の同僚が最近作った作品を紹介している。

斑鳩（いかる）の名知りしは郡上　昼休みの桑田先生の校内放送　河村恵

「斑鳩」とは鳥の名。「中庭へイカルが舞い降りてきて実を漁（あさ）りながらしきりにないていた」のを見て、その様子を実況放送したのが桑田先生だというのである。「きたみの」七十三号には、桑田静子の名前で「石南花」十首が「貨物列車」の前に載る。静子は桑田の母である。

明けの星ほのめく露（つゆ）の野路ゆけばほととぎすなく宮の森かげ

母子並んでの掲載というのもいかにも「きたみの」らしい、ほのぼのとした編集である。「貨物列車」発表の翌年に桑田は郡上高校から岩村高校へと転勤をし、いったん歌との別れを経験したのだと、今回筆者は聞いた。歌人会などでそのエネルギッシュな講演や批評に接してきただけに、若き日の抒情質に触れたことで、桑田の歌の底の深さに気づかされたことである。

「きたみの」同人・横関信雄

内なる世界光る「心象詠」

「岐阜県歌人クラブ」昭和三十一年三月号一面には横関信雄が、三十首詠として「雪さまざま」を発表している。経歴には、郡上郡八幡町桜町、きたみの短歌会同人、県教委郡上地方事務局勤務、四十二歳とある。

二重の目で見ねばならぬ世の中に雪の純白はうつくしかりき
おうよその沈潜はすてん雪原に目をほそめてもてり来る光
川づらに雪は音なくきえて行く消滅とは常にかかるむなしさか
雑踏の街に土塊の如く積まれいて雪の生命のなげき切なる　（岐阜）

雪国郡上の諸相を描きつつ、自然と人間とを対置し、清らかな雪と清らかばかりではいかない人事との対照を、知的かつ静謐(せいひつ)な筆致で描いている。特に二首目、三首目の「沈潜」「消滅」の語は、雪原の眩しい光に立ち向かい、川面に消えていく雪に虚無を諾(うべな)う日々を描くことで、多忙な壮年期を送る作者の心の緊張を象徴するようで印象的だ。

横関は、同年十二月号では、「郡上歌壇のうごき　きたみののことども」という記事も執筆している。「終戦翌年の混乱期に出されこの地方唯一の歌誌」であったことに触れ、今年になって、自分が新たに編集に加わって再刊をし、年内に復刊第四号を出すことを告知した後、「歌の傾向は様々だが素朴で自由な『きたみの』の持ち味を失わないよう会員相互で励まし合つている」と書く。最後は「敦厚(とんこう)で着実な奥美濃の人の常として、歌壇にも目を驚かすような動きはないが、心から歌を愛し浸々として進みつつある若い層の今後には大いに期待すべきものがある」と結んでいる。編集委員として、奥美濃の歌人を育てようとする気概が伝わってくる文章である。

横関の旺盛な意欲もあり、その後、順調に「きたみの」は発刊されていくわけであるが、昭和五十六年三月には、「群鳥短歌会」代表として、歌誌「群鳥」を創刊している。横関の「未完の胴」六首より引く。

橋ありて人影のなき陽の下を昼のかなしみ揺れ渡るなり
琴つくる店あり旅の行きずりに未完の胴の並べるを見る
われに来て去りし心のいくつかは如何(いか)なる数詞もちて数へむ

短歌には「心象詠」という語がある。心に浮かんだ風景を短歌にしたのが「心象詠」である。一首目は、陽(ひ)の当たる橋の上を「昼のかなしみ」が揺れつつ歩いていると詠む。自らの姿をこのような比喩として表現したのだろう。二首目は、連作のタイトルにもなっているが、まだ弦の張られていない、未完成の琴が並べて置かれている光景である。そのようなぶっきら棒な光景は、「旅の行きずり」という語とうまく呼応しているようだ。未完成のものに目が留まるのは、自分の中にも未完成の部分を内包しているからだろう。三首目は、まさに、心象そのものを扱っている。自身の心を経巡る（へめぐる）ものを命名できずにいるゆえに、それを数える数詞が見当たらないのである。ここにはリアリズムとは違うサンボリズム（象徴主義）がある。しかもそれは、作者の生活に直結している。この技法を郡上にあってどう獲得したかに、筆者は強く興味を覚える。

「群鳥」の創刊メンバーは計二十三名、この二月に逝去された古今伝授の里フィールドミュージアムの発展に尽力した木島泉の名前もある。また、「小林峯夫の『宝暦挽歌』」の項で紹介し、先の「岐阜県歌人クラブ」の記事で、横関が紹介している和良歌人会のメンバーの小林峯夫も、令和三年四月十四日に亡くなられた。郡上短歌史を本格的に振り返るさなかの大きな存在の損失に、言葉を失うばかりである。

起伏豊かに抜群の構成力

前回取り上げた短歌雑誌「群鳥」は、平成三年三月二十日に、第三十号を発刊している。「巻頭十首」は木島泉の「桜匂ひぬ」である。

何の花匂ひてゐるや夕ぐれの辻にふりむく本持ちかへて
何をどう話し出そうかコーヒーの湯気が重たくくちびる当てる
わがおもひ告げざれば未だ人知らず冬の真闇に鳥眠らせて

冒頭の三首を引いた。一連のタイトルを見た読者は、桜の花が匂い立つ歌の出現を予想するが、さにあらず、夕暮れの道辻で作者が花の匂いに気づき、何の花かと振り返り見るシーンである。二首目は一首目と同じ「何」の語を冒頭に用いることで、茶房で向き合う人物に、どう切り出そうか思い悩む場面を歌い、三首目では、これから話すであろう内容の重要性を暗示している。下句の「冬の真闇に鳥眠らせて」という表現は、もしも思いを告げたならば、大きな声で鳥が鳴きたてるような、底知れぬ恐ろしささえも暗示している。

土手に咲く冬のたんぽぽ小さくてそれが言ひたき人をふりむく
いくたびも幾度も煮て染めあげしスカーフにかすか桜匂ひぬ

七首目、十首目の作品。先の歌は、「それが言ひたき人」が、読む者の想像力を駆り立てる。「それ」は作者にしか分からないことなのだろう。土手に張り付くようにして、冬に咲く「たんぽぽ」から作者は強い生命力のようなものを感じ取っているようだ。そして、自分が関わらざるを得ない人の方を振り向き対峙（たいじ）するのであろう。

「いくたびも」の歌は、桜を草木染の染料として使った歌。スカーフからかすかではあるが桜の香りがするのである。染色家でもあった木島の作品への満足感が伝わってくる。

「匂ひ」で始まり「匂ひ」で終わる一連は、起伏も豊かで、優れた構成力を持っている。

「『群鳥』も多くの紆余を経ながら三〇号を迎えた。一〇年の歳月が流れたのである。歌誌が一〇年も続いて発行されたのは、郡上としては稀有の事である」と、群鳥短歌会代表の横関信雄は書く。ここで言う「歌誌」とは、短歌結社誌的な意味ももつのであろう。結社誌・同人誌が育つ中で、歌人が育つことは、近代以降の短歌史上で明白な事実である。

郡上市は、平成五年に古今伝授の里フィールドミュージアムを建設し、和歌を核とした文化・教育行政を行ってきた。フィールドミュージアム建設予定地の近くに住む木島は、「群鳥」の創刊時から短歌に集中し、自らの作歌力を養うと共に、ミュージアムの建設の始まった旧大和町在住の若者たちを自らの染色工房に集わせ、文学的素地を養いつつ、ミュージアムのソフト面の充実に自治体と共に精力的に尽力したのである。

二〇二一（令和三）年は、鎌倉時代初期に下総国東庄（現在の千葉県香取郡東庄町）一帯を領していた東氏が承久の乱の戦功で郡上郡山田庄を与えられてから八百年、東氏九代目東常縁が連歌師宗祇に古今伝授を行ってから五五〇年に当たる記念すべき年である。代々和歌に優れた家である東氏が約三二〇年にわたって治めた郡上の地で、短歌が興隆するのは理に叶っていると言うのはたやすいが、「きたみの」「群鳥」などの短歌雑誌が地に根を張るように育ってきたことが、横関、木島らを輩出し、現在の発展につながっていることは間違いがないことである。

平成十九年十二月十日に「群鳥」は、第六十七号を発刊し終刊している。

なお、平成二十四年には、木島の歌碑がミュージアムの入り口近くに建立され、来訪者を見守っている。

昭和萬葉集に日置廣雄作品

朴葉寿司詠み岐阜を発信

二〇一六年一月十四日から三月二十七日まで、郡上市の古今伝授の里フィールドミュージアムで「郷土郡上の歌人―日置廣雄―」展が開催された。日置は明治三十七年、現在の郡上市大和町に生まれた。岐阜県郡上農林高校を卒業後、母校の教壇に立ちながら歌人としても研鑽（けんさん）した。歌誌「きたみの」の創刊時からのメンバーでもある。昭和三十年の歌会始（お題「泉」）で、「すし圧（お）すと朴の若葉を濯（すす）ぐなり澄みてゆたけき背戸の泉に」が入選している。

昭和五十四年から翌年にかけて講談社が刊行した一大アンソロジーに『昭和萬葉集』（全二十巻、別巻一）がある。昭和元年から結社所属の歌人だけでなく、広く一般の歌人の短歌をも含めた約八万二千首を収録したもので、昭和五十年間の日本人の生活感情が短歌を通じて記録されている。実は、この『昭和萬葉集』巻四に日置の作品が一首掲載されているので紹介したい。

蚕のそだち良きをいはふと朴の若葉とりきて母は鮨圧し在す

先の歌会始の歌が朴葉寿司のための朴葉を洗い清める内容であったのが、こちらは朴葉にすし飯をよそう寿司作りの歌となっている。

朴葉寿司は六月下旬ごろからの朴葉の葉で包むと、一番香りが高いと言われる。この時期は田植えの最盛期で、手伝いに来た人への振る舞いに用いたりするようだ。郡上は、江戸時代以降、養蚕・生糸業が盛んで京都への供給地として栄えたことで知られる。先の歌は、そのような事情に即した歌である。養蚕がうまくいっていることを祝う晴れの場の朴葉寿司作りなのだ。日置は、歌会始や、『昭和萬葉集』の選に入ることで、岐阜の山間の暮らしを全国に発信した歌人という評価も可能であろう。

日置廣雄展でも公開されたが、日置は詳細な短歌の手控えを残している。それを見ると、この歌は、昭和十三年二月二日の作品で、発表は昭和十三年四月一日に「日本文化時報」第四十一号とある。日置が三十代の頃の作品であるから、母親も高齢ではなく、まだまだ元気で、たくさんの朴葉寿司を作ったことだろう。残された推敲(すいこう)では、用語、表記に細心の注意が払われている。

その他、日本歌人クラブが毎年発刊している『年間歌集　一九六七年版』にも「四季」五首を発表しているので、その内の二首を記す。

向ふ尾根風立ちぬらし冴えざえと朴の喬木(きょうぼく)の葉うらを返す

柿の落ち葉二ひら三ひら舞ひ立ちて地にをさまりぬ光しづけく

朴の高木を詠んだ一首目。向こう側の尾根に風が起こる様子を朴の木の葉の揺れ動きで描写している。二首目は柿が落葉する初冬の頃の歌か。冬の陽射(ひざ)しと柿の葉による風の描写が冬の訪れを見事に表現している。全国規模で刊行されるアンソロジーにも地元郡上の四季の移ろいを表現していたことが知れる。

　装ひの成りたる館がさえざえと冬のあしたの光をあつむ

昭和三十四年に発行された『郡高四十年史』（岐阜県郡上農林高校を前身校の一つにもつ岐阜県立郡上高校の創立四十年史）に掲載された「式典」五首の最初の歌。「郡上高等学校新体育館」の詞書がある。冬の早朝の光を「さえざえと」と表現する。郡上の「さえざえと」した風と光をこよなく愛した日置だからこそ、この語が好まれたのであろう。

郡上の〝赤き夕陽〟

「きたみの」半世紀で終幕

このところ郡上の戦後短歌史を、短歌雑誌「きたみの」の歩みに沿って振り返ってきた。「きたみの」はしだいに軌道に乗り、昭和五十九年七月には百号記念号が出されている。目次を見ると、三十九名が作品を出している。会員名簿には四十一名が名を連ねているので、ほとんどの会員が作品を寄せていることが分かる。作品の他には、金子貞二による「前号作品鑑賞」と、土松新逸による「〈きたみの〉百号に寄せて」が掲載されている。

金子の前号評は、語り掛けるような口調で、会員を励ましてやまない。

寄りて来し孫たちにはずむお年玉今年も一つ袋増えたり

老いの火の燃ゆる夕べは戸をしめてひそかに酒をあたたむるなり

土松新逸のこの二首については、「第一首、なんとまあ楽しいこと。〈今年も袋一つ（原文ママ）増えたり〉に、百万両の笑顔が浮ぶ。第二首、まだまだ、老いの火などとおっしゃらないでください。とんとんと戸を叩いてのぞきたくなりますよ」と書く。まるで、目の前で金子が語っているかのようだ。

その土松は、百号に寄せて、次のように書き始める。

創刊号は、今は亡き日置広雄先生の手による謄写版刷りのものでした。（中略）、その後日置、和田両先生の健康を害されたのと、金子先生方のご不幸などで十七号が出された後休刊状態になっていたのでした。昭和三十年十周年を迎えるに当って、横関先生と私とで編集を引受けして、十周年記念号の後しばらくお手伝いをしておりましたが、二十四号からまた金子先生の手をわずらわすようになりました。

昭和二十一年四月の創刊号から三十八年をかけて辿り着いた百号である。一貫して飾り気のない素朴なデザインを通したが、会員の団結心の強さや、指導者の面倒見の良さもあり、長く続いたのであろう。一年に三度に満たない刊行のペースも負担にならなかったのかもしれない。ともかく、金子と土松との強い絆が、この雑誌の屋台骨であったことは間違いない。

そして、さらに十二年後の平成八年十二月に「きたみの」は第百五十号を刊行している。作品を発表しているのは、十二名。「あとがき」を見ると、「発刊以来五十一年がたちました。第百五十号が生まれました。ただ、ただ六十余名の同志とお別れをし続けながら歩いた半世紀でした。たった、それだけのことです。さあどうしましょうか。やっぱり元気を出して、いっしょに歩いていこうではありませんか」とある。発行は、百号に引き続き金子貞二宅なので、これは金子の筆によるのであろう。当時金子は八十代半ばである。「きたみの」は郡上市図書館はちまん分館で閲覧が可能だが、この百五十号までが全てである。百五十号はわずか六ページの薄い雑誌である。巻末に、次号締め切りは二月末日の募集記事が見えるが、百五十一号以降は図書館でも確認ができない。

土松新逸には、『しのわき』（昭和六十年刊）という歌集があるが、「きたみの」などに発表した短歌が収められている。歌集には、金子貞二が「ことほぎ」という文章を寄せている。曰く「その間柄は、蜜のように濃いとも、酒のように甘いとも申しませんが、水のように澄んでいて、変わらないことだけは確かです」と。最後に金子が文章に引く土松の歌を一首紹介する。

金欲しとしきりに思いて歩みつつ子と見上げたる夕日の赤き

「きたみの」の歌人たちの素朴で穏健な伝統を、この歌の赤き夕陽に見る思いがする。

王朝和歌の「様式美」貫く

半世紀にわたって発行された「きたみの」の特徴として、創刊当初から女性の歌人が多いことが挙げられよう。小学校の教員が会員に多かったことも理由の一つだろうが、郡上のもつ土地柄も影響しているのかもしれない。

郡上の女性歌人といえば、平成二十七年に郡上市にある古今伝授の里フィールドミュージアムで行われた第三回現代短歌フォーラムの講演会「郡上ゆかりの４歌人と戦いの影」で、講師の後藤左右吉（当時岐阜県歌人クラブ会長）が、三人の女性歌人を取り上げていたことを思い出す。ひるがの開拓を詠んだ福手きぬ、故郷の旧高鷲村から満州に開拓で渡った犠牲者への鎮魂歌を作り続けた水口真砂子、終戦直前に戦死した夫山川弘至の遺作集を発行し、自身も歌人として活躍した山川京子である。

後藤の演題にある四人のうち一人は山川弘至であるから、郡上の戦後を語り部のように語り続けたのはまさに女性歌人であったということになる。開拓といえば、通常男性が中心であり、男性による回想詠が多いものだが、後藤が取り上げた福手、水口が郡上における第一人者で間違いないことは、大勢の参加があった会場の雰囲気からも明らかであった。

さて、横関信雄が昭和五十六年に創刊した歌誌「群鳥」については既に紹介したが、この創刊号も女性が多く、木島泉や藤川五百子（いおこ）ら、歌集を成した歌人もいる。その一人、筒井紅舟（こうしゅう）は、歌誌「寒紅（かんべに）」を主宰したことでも知られる。

第一歌集『花幻（かげん）』は昭和五十九年七月十六日、角川書店の発行。解説を書いているのは、文芸評論家の久保田正文である。久保田は解説の最後に、「前田透氏の序文ができる直前に、あの不幸な事件がおきた」と書く。前田とは、筒井の師の前田透。近代歌人前田夕暮の長男である。不幸な事件とは、前田透が、昭和五十九年一月十一日に交通事故に遭い逝去したことをいう。筒井は、前田の急逝後、久保田に「じぶんも一文を草するが、久保田正文にもなにか書かせろ」と、前田から言われていた旨を伝えたそうである。事故の日、前田は宮中歌会始へ選者として参内する日だったという。跋文を書く前田の妻雪子によれば、この『花幻』をもって、前田透が主宰していた雑誌「詩歌」の叢書は閉じたのだとも。歌集より、「歌合せ」の二首を引いておこう。

王朝の歌のこころはよみがへり郡上の初春はここにはじまる
詠み上ぐる歌の調べは徹りゆき左方右方つひに持となる

一首目には「毎年新春歌合せが八幡町の民芸館『おもだかや』で催される。かつてわが家にて催した年もあり、今年で合せて十回を数える。判者水野隆、横関信雄、石神堯生氏他、講師筒井紅舟がつとめる。」とある。講師とは、歌を読み上げる役割。二首目に見るように、歌合せは、左右に分かれて歌の優劣を競う文芸的競技で、「持」は引き分けのことを言う。久保田は、「『花幻』一巻が王朝和歌様式につらぬかれているのは、ゆえなきことでない」と書くが、郡上に生まれ郡上で暮らすことが、その一つの「ゆえ」なのだろう。

第四歌集『おぼろ夜』（平成三年、六法出版刊）は、解説を間もなく没後一年を迎える岡井隆が書く。曰く「自分の生活圏であるものを虚実取り混ぜながら歌にしていく。まことに羨むべき様式美の世界である」と。様式美を打破するべく前衛短歌運動を牽引した岡井は、この歌集刊行の二年後に宮中歌会始の選者となり、一時批判を浴びたのであった。

筒井の短歌における美学は、首尾一貫性にあるように思う。郡上の生んだ女性歌人の優れた個性と呼べるだろう。

第一回歌壇賞の白瀧まゆみ

若い感性で郡上から飛翔

戦後長く総合短歌雑誌は、「短歌研究」と「短歌」の二誌であった。昭和五十二年に「短歌現代」が創刊され、鼎立(ていりつ)状態がしばらく続いたのだが、昭和六十二年には第四の雑誌として「歌壇」が本阿弥書店より創刊された。その「歌壇」が満を持して、第一回歌壇賞を発表したのが、平成二年二月号である。

受賞は、当時の郡上郡八幡町在住の白瀧(しらたき)まゆみ。受賞作品名は、「ＢＩＲＤ　ＬＩＶＥＳ―鳥は生きている」三十首であった。まずは冒頭の歌を引く。

後ろから抱きしめるとき数一〇〇〇(かずいっせん)の君のまわりの鳥が飛び立つ

恋人どうしの抱擁を機に、一千もの鳥が飛び立つという、目の覚めるような歌である。ここから何かが始まるという予感を読者に与えてやまないだろう。選考委員は、雨宮雅子、伊藤一彦、河野裕子、田井安曇、中西進と当時の歌壇の権威が担っているが、選考会は第一回にふさわしい作品を選ぶべく、激しい議論がなされている。議論の対象となった歌をさらに引こう。

この国のこと少しだけ考えて非常口から屋上に出る
ヘイ・バード僕ら翔べない鳥だから彼は誰れどきの夢を見るのさ

一首目を引いて河野は、「パッと思いだしたのは、寺山修司の『マッチ擦るつかのま海に霧ふかし身捨つるほどの祖国はありや』ですけれども、寺山の場合は大上段に切実に歌っているのに対しこの人の場合はちょっとだけ考えて、いかにも軽やかに歌うところに、かえってリアリティがあるというのが特徴だと思うんです」と指摘している。

二首目で河野は、「『翔べない』鳥と自分達を言うんですね。他の作者の歌にも何首か鳥の歌がありますが、〈鳥志向〉のようなものが全体的に感じられます」と評価をしているが、中西は、「『夢を見るのさ』の『さ』という言い方など野放図さを感じ」るとして、批判的である。

若い作者を認めるか否かの選者間の葛藤が、座談会の記録を見ると感じられる。結局受賞に決まったのは、それだけ白瀧の受賞作が、当時の若者の気持ちを代弁しうる作品であったということだろう。

受賞のことば、「刻（とき）に目覚めて」で、白瀧は「このスタンスを手に入れたとき、初めて、世界との対話がはじまった。世界に伝うべき言葉が、私の中で生まれ始めたのだ」と書く。そして、その翌年の平成三年に、受賞作を収録した第一歌集『自然体流行』を邑書林（ゆうしょりん）より刊行する。師である岡井隆は、歌集の栞（しおり）の中で、「辺境ずまいのうっとうしさ。短歌の世界のひどい閉鎖性。個人として誰でもが持つ負性。いろいろな要素が、この人を駆り立てる」と書く。名古屋出身の岡井は、さほど郡上を「辺境」とも思っていなかっただろうが、地方にあって最先端の歌の営みを行うことの苦労をもっとも知っていた人物だけに、自らを省みた上での叱咤激励とも思われるのである。爾来三十年余りが過ぎ、白瀧の第二歌集はまだ出ていない。受賞後上京し、短歌同人誌「桜狩」を作品発表の場とし歌人としての活動を続けてきた白瀧だが、「桜狩」も終刊となり、現在は、郡上にまた戻ってきている。

この連載でも何度も登場した岐阜における前衛短歌運動の牽引者小瀬洋喜は、岐阜から総合短歌誌の新人賞に入賞することを待望し、候補作も含めずっと記録をしていた。晴れある第一回の受賞は岐阜の存在感を全国に示す上でも、岐阜県歌壇にとってもまさに快挙であったと言えるのだ。

白瀧の第二歌集に向けてのますますの充実と、それに続く郡上からの若き歌人の登場を願うものである。

県歌人クラブ八幡大会

郡上、堅実に短歌文化育む

戦後の郡上における短歌の実情については、「『きたみの』創刊」の項から書き継いできた。郡上が岐阜県の文化の重要な発信地であることは従来から意識されてきたことであるが、そのような見地から、短歌において集中して論じられたのは初めてだろう。今回で、郡上に関する論考は終えるが、最後に岐阜県歌人クラブの機関紙「歌人クラブ」昭和三十七年八月号の一面記事を紹介して終わりにしたいと思う。

見出しに「素材（何を見つける）か表現（どう扱う）か　郡上八幡短歌大会での論争点」とある。ルビを用いた見出しがやや強引だが、どんな素材を見つけるか、どう表現を扱うか、ということを会員にアピールしたものであろう。この年の七月十五日に旧郡上郡八幡町にある慈恩寺で岐阜県歌人クラブの夏季短歌大会が実施された。「群鳥」「きたみの」の後援とある。「群鳥」の活版印刷での創刊は昭和五十六年だが、それ以前はガリ版刷りでグループ誌として出されていたのである。

　当日は地元の横関信雄が開会あいさつをし、岐阜県歌人クラブからは川出宇人が本部を代表してあいさつをしている。田口由美による報告は、「当日の批評の中で問題にされたことはⒶ歌にすべきもの、歌の素材とならぬものⒷ日常生活詠の歌における価値などで、Ⓐについては例えば②の如き歌は歌にするほどのものではないという論と、こういうものに歌本来の本質があるとするものとに分れ」たとある。②の歌とは、水口真砂子の「一日の終りに得たる平安と子の体温にふれつつ眠る」で、当日二番目の高得点歌である。当日出た批評の要点も載っており、「平凡だが愛情がある。類型的だ。歌にする境地ではない。こういうところこそ本質をもつ」とある。分かれた意見のどちらが正しいかの結論はおくとして、得点が入ったからといって評価を鵜呑みにしない姿勢が、会全体で共有されていたことは間違いないだろう。

　この連載の読者には気付いた方もあるだろうが、短歌大会の行われた昭和三十七年は、塚本邦雄、岡井隆、春日井建らが岐阜市に集まった「青年歌人合同研究会・

（1）　昭和37年8月1日発行（毎月一回1日発行）　岐阜県歌人クラ

八幡大会記念写真（前列向って左より）戸田真紀・黒川つね・佐藤きみ子・松原君子・本田幸恵・中森とみ・中村壬弥子・細川美子（二列目同）益井三郎・植村千秋・辻定雄・水口真砂子・細江仙子・遠藤洋（三列目同）橋関信雄・水野隆三・田口由美・松井とし子・柴田れい子・本田久枝・正者三之助・大口孝二（四列目同）乾涼月・小林峯夫・小瀬洋喜・森下政彦・花東光陽・福手恭子・中島千恵子（二人おいて）名畑すみ子・服部銀月（五列目同）石丸正子・金子貞二・鈴木義秋・一柳妙子・水田利子・遠藤ふで・日下部允子・中村茂子・今井せい（最後列同）土松新逸・池戸きく子

＝宇人撮す

岐阜県歌人クラブ（1962年８月号）に掲載された郡上八幡短歌大会の記念写真

初夏岐阜の会」が行われた年である。五月の二十六、二十七日に実施されたので、それから二カ月がたたないうちの郡上での大会である。「歌人クラブ」に掲載された写真には、郡上の歌人たちをはじめ、岐阜の会の開催地側のリーダーであった小瀬洋喜をはじめ、細江仙子（のりこ）、小林峯夫、服部銀月、乾涼月ら岐阜県内各地の俊英が並んでいる。岐阜を起点に当時の現代歌壇に発信するのだという気概のようなものが、写真からは伝わってくる。

本連載に関しては、郡上関係の記事を含め第一回から、郡上市大和町にある古今伝授の里フィールドミュージアム内の大和文庫の資料とスタッフに助けられている。小瀬がこの地に短歌研究の拠点を選んだ慧眼(けいがん)に改めて驚かされる。同館には、岐阜県歌壇の発展のために、さらなる文学館機能の充実を期待したい。

美濃を区分で分けた場合、郡上は中濃に入るのだろう。岐阜新聞も郡上支局は中濃総局の管轄に入っている。あるいは北濃という言い方もあるかもしれないが、美濃の一番奥に位置することで、短歌文化発信上は、決して有利なわけではなかった。しかしそれが逆に利点に働いた点もあったのではないか。「きたみの」のような堅実な雑誌をベースにして、地域独自の腰の据わった作歌活動が続くことで、戦後の郡上歌壇は力を蓄えていったのである。次回からは、郡上近隣の短歌雑誌などについて筆を進めたい。

市井の教養向上を宣言

関の歌人 月刊「砂丘」に集う

今回からは、関市の短歌史について触れる。関市西日吉町には弁慶庵（惟然記念館）が立つ。関出身の俳人広瀬惟然（一六四八？〜一七一一年）は、松尾芭蕉の門人で、弁慶庵は、惟然の関における居所であった。師の没後は、諸国を放浪し、「きりぎりすさあとらまへたはやとんだ」のような、軽妙な口語調の作を作り、小林一茶らの先駆とされる。大垣が奥の細道結びの地であるために、俳句の聖地として全国に知られるように、岐阜県の中で関は、俳句の伝統が根付いた町と言えるだろう。

俳句の伝統があるということは文芸の基盤が成立しているということでもある。

岐阜県歌人クラブの機関紙「歌人クラブ」は、創刊号（昭和二十五年三月刊）の一面に「歌誌展望」の欄を設け、昭和二十四年十一月に吉田青路が主宰し創刊した月刊誌「砂丘」を紹介している。本連載でも紹介した、「飛騨短歌」「岐阜歌人」と並んで紹介されていることからも、戦後まもない時点で関が岐阜県における短歌の一つの拠点であったことは明らかであろう。

紹介記事は、創刊号巻頭の「私達は文学を通じて、日本的なもの、美しさ、正しさ、明るさを求め、現代人としての高雅な趣味と教養とを深めたい。従つて『砂丘』は華々しい思想家や、学者や、芸術家を作り上げようと志すものではない。むしろつつましやかに自らを省み、己をむちうつてゆかうと庶う人々の前に、捧げられるべきものである」という宣言を紹介している。戦後の市井にあって、教養を高めようという意欲が迸り出るようなマニフェストである。

社友として十六名。吉田をはじめ、服部銀月、田口由美、乾涼月、大塚青史らの名前が上がっている。服部は、戦前に「岐阜歌人百人一首」を発表するなど、県内歌人の交流に尽力してきた人物であり、中濃地区の基幹誌としての発足だったことが想像される。発行所は関町西町にある。

今回この「砂丘」誌を県内、全国の図書館などで調査したのだが、見つけることはできなかった。「歌人クラブ」昭和二十九年一月号に、「まず中濃歌壇の振興を望む」という記事を西部暁村（にしぶぎょうそん）が寄稿しているが、「数年に亙（わた）つて吉田青路君が出していた『砂丘』もいつしか休刊となつて、中濃を代表する機関紙の絶無になつたことも何か物足りない感じである」と指摘している。とすると、二、三年しか刊行されなかったということだろう。

「歌人クラブ」昭和三十三年四月号は、吉田が三十首詠として「母の死」の一連を発表している。経歴には「歴象」同人とあるので、やはり「砂丘」は休刊となったのであろう。

されどされど死ぬは寂しもときにふとなげきをもらす母のいとしも
さもあらんこれかぎりなる命ぞと思へばおもふほどさにさびしき
死後のことをくれぐれ言へる母なりきみとりてわれの一人居るとき

母の臨終に立ち会い、看取（みと）るまでの一連である。最後まで母と向き合う作者は、さびしさを直截に表現している一方で、一貫して冷静でもある。「されど」「さも」「さに」といった指示語の使用が、乱れがちな自分の精神を何とかもちこたえさせているようでもある。近代短歌は、全五十九首からなる斎藤茂吉の「死にたまふ母」という母に対する挽歌の最高傑作をもつが、吉田の挽歌もその系譜に続きうるだけの連作としての緊張感を保っていると言えよう。もちろん、茂吉の作を意識した上のことであると思われる。

「関短歌会」の長い歴史

乾涼月宅で才能競い合う

今回は関市の中心的短歌団体である関短歌会について触れてみたいと思う。岐阜県歌人クラブの機関紙「歌人クラブ」の「県下歌会めぐり」というシリーズでかつて三回にわたり大塚青史が書いた記録を参考に述べてみたい。

先回昭和二十四年に発刊された「砂丘」について触れたが、実は戦前にも「砂丘」という同名の雑誌があり、気になっていたのだが、大塚は、大正六年に西垣静芳（筆者注・岐阜市在住）によって創刊されたこの「砂丘」に吉田青路を中心とする青年たちが参画したと記している。また吉田をリーダーとして次第に関短歌会の組織的な活動へと収束していったとも言っている。大塚の記録によれば、大正の初めには二十五名の会員がいたというから、現在に至るまでの長い系譜が知れる。

戦後は、昭和二十五年に関市制施行にあたり記念祝賀短歌会を開催している。大塚が関短歌会中興の祖とするのは、乾涼月である。乾は明治三十五年生まれ。国学院大学を卒業後、福井県立農学校の教員を経て、岐阜に帰り、長く高等学校の教員を務めている。

昭和四十五年に出た、乾の第一歌集『木苺』（短歌新聞社刊）は、乾が戦前北陸、近畿地方で出していた同名の短歌雑誌にちなむ。三百余りの同人を擁し、よく知られた雑誌だったという。残念ながら戦時中の歌誌統合によって消滅したが、記憶のよすがに集題としたのであろう。

渡辺於兎男（おとお）が担当する序文より歌を紹介する。

無意識と思はば救はれむ満員電車の中に会はすくるぶし
胸乳の揺れ羞（はじ）らはず少女来て遅刻理由を克明にいふ
沿線に墓あればあるそれだけの理由にて老いのかなしみ育つ
喪（うしな）ひしものは美しとは口癖にいふ妻ともにわれと老いゆく

渡辺は、「ここには人間臭として艶と諦念が交錯した複雑な感情の生なましさが」あるとする。どの歌も単なる叙景歌ではなく、自分の思想や意志が込められているのが分かる。それは教職者としての素養に基づくものであろうし、渡辺の表現を借りれば、教員としての「人間臭」であろう。

三首目を例にとれば、毎日見る沿線にある墓園の光景が、「老いのかなしみ」を育てるのだという。自分もいつかそこに入るのだろうという思いを、毎日潜在的に積み重ねていることを歌っているのだが、悲観的ではなく、むしろ宿命を噛み締めているような力強さが感じられる。そのような姿勢は四首目の「妻ともにわれと老いゆく」という表現からも感じられる。「喪ひしもの」を決して嘆かず、「美し」とするポジティブな態度があるからである。

渡辺は「砂金」という結社誌を昭和三十三年に東京で創刊した。乾をはじめ、関短歌会のメンバーの多くが入会し、同誌の一大勢力となっていった。

現在関短歌会の代表を務める近松壮一は、「砂金」平成十七年二月号に寄せた「関短歌会の思い出」の中で入会した頃の思い出を次のように書く。

月に一度会社の帰りに乾先生のお宅へ寄せていただき、あの先生のお宅の奥の部屋のいかにも文芸の匂いが漂う雰囲気のなかに幾分小さくなって座っていた。（中略）そうそうたるメンバーが出席されて、その才能を競い合うように発表されていた。若い私はいつかこの人達のようになりたいと内心思っていた。

この時期を近松は、「関短歌会の最盛期であったのかもしれない」と書く。昭和四十年代に入った頃であろうか。短歌という文芸の可能性が社会で信じられていた時代の、地方都市における興隆であったとも言えよう。

関短歌会の大塚青史

あふれる人間味哀歓詠む

前回、関善光寺内に立つ乾涼月の歌碑を紹介したが、同寺には、大塚青史の歌碑もある。関短歌会を代表する歌人として、今回は大塚の歌業を振り返りたい。

第一歌集『流木』は、昭和五十四年六月の発行。奥付の歌歴によれば、大正二年生まれ、昭和六年短歌雑誌「青虹」に入会。同誌は、「砂丘」会員であった大脇月甫(げっぽ)が岐阜県師範学校卒業後に国学院大学に進み発刊した雑誌である。先の歌歴にも、「吉田青路編集『砂丘』等の支社活動、或(あ)るいは同人として協力」とあるので、「砂丘」で知り合った同郷の大脇を慕っての入会であろう。発行所は砂金短歌会、印刷は大塚印刷とある。大塚印刷は自らが営む印刷所。さすが、本業だけあって、歌集にはカラーの口絵が入るなど、凝ったつくりとなっている。跋文は渡辺於兎男と乾涼月とが寄せている。乾に導かれ、大塚も昭和四十年に渡辺が主宰する「砂金」の会員となっている。

古雛を流したりけり川水のいまだ寒くしてくらき月光
意識かへりたるとき一瞬に恐き息子の顔見さだめつ
千村（ちむら）下屋敷春秋園の古文書に四囲かためられ熱き茶する

これらは、巻末に寄せられた中居耿之（こうし）による跋文「『流木』の行方」より引いた。中居は、若い時からの仲間で、「青虹」の関支社を結成し共に切磋琢磨（せっさたくま）をした仲である。跋文の中で中居は、「これらの作品と同じく写実の本質を踏まえた佳品は、集中にちりばめられている」と評している。

一首目は、「古雛」と題する四首より。歌集の巻頭歌である。二首目は、「輪禍」と題する四十三首からなる連作より。昭和四十八年に単車に乗っていて交通事故にあった時の作という。意識を回復した時に見た息子の顔が「恐く」見えたというのは、まさにリアリズムであろう。三首目は、昭和五十年に可児市の久々利の里を訪れた折の作。「千村下屋敷春秋園」とは、木曽義仲の末孫と言われる千村良重が関ケ原の功により久々利に上屋敷を置き、その西側に下屋敷として造られた庭園のこと。「木曾古文書歴史館」が園内にある。漢字を多用した表現が文庫内の雰囲気をよく表している。

中居は跋文末尾近くで次のように書く。

思うに歌集「流木」は、健全なるヒューマニティーと、良識に加えて、生来の親切心と温かい人間味を基盤とする生きの証し（原文ママ）であり、人生の哀歓を、いみじく美わしく詠いあげている。

大塚は、関の歌人を振り返る上で、関市出身の小森美恵子を忘れてならないことを主張していた。既に二度にわたり触れた歌人である。小森の父は旧関町の助役を務めていたのだという。その後、名古屋に移住したが、戦争中は関の生家に疎開していたという。小森美恵子は、愛知県立第一高等女学校在学中に突然失明をするのだが、「水甕」に所属し、優れた作品を昭和四十三年に逝去するまで発表し続けたのであった。関の歌人会とは直接関係がないにもかかわらず、小森のことを地元の雑誌で顕彰をした態度にも、大塚のヒューマニズムはよく表れているのではないだろうか。

あらそひて花の奥がにまぎれゆく人語ももはや聴きとめがたし
還暦をすぎし男のさびしさのうすきてのひら詩のひとかけら

『砂金貳拾周年記念歌集』(昭和五十三年八月刊)より。一首目の「奥が」は「奥処」と書き、奥の方の意味。二首ともに、センチメンタルな詩情の漂う歌だ。幅の広い歌風は、関の歌人たちの指導においても全幅の信頼を得たことが想像される。

「芙蓉詩社」「蘇畔短歌会」も

中濃の風土を短歌に刻む

関短歌会の歌人たちは、東京で発行されていた「砂金」に多く所属していた。乾涼月が入会したことに始まり、大塚青史ら関短歌会の中心メンバーが入会することで、「砂金」岐阜支社は発展をしていった。「砂金」昭和三十九年一月号には、「岐阜支社歌の集い」の記事が見える。

長い念願であった岐阜支社の、創立歌会というよりは顔合せの会を十一月八日（日）午後一時から喫茶室〝田園〟で開いた。（中略）集まった四人、同じ血につながるだけに話が尽きず、歌話も賑（にぎ）やかに出て、コーヒー一杯でねばること三時間余は、一面大きな収穫でもあった。

ほのぼのとした報告記だが、当時の関の歌人たちと「砂金」との関係がよく分かる記事である。この後、「関文化祭短歌大会」の記事も見える。十一月三日に約三十名が集まったとの記録がある。ここでも懇親会では、「酒は豊富にあり、朗詠・踊と賑やか。とに角年に一回のお祭が大変盛大だったことを喜びとしたい」とあり、当時の関の歌人たちの充実ぶりが伝わってくる。最後には「尚、岐阜ラジオ放送に涼月、智恵子両氏出席され、宇佐美さんの高点歌が朗詠された」とある。

短歌大会の高得点歌二首がラジオで放送されたということである。その作品二首を紹介したい。

充たざれど平安に似る月日にてみどりこまかき抜菜を洗ふ　宇佐美重子

ふと見仰ぐ紙凧の白光りゐて動きにならぬか高き青空　加藤智恵子

宇佐美の歌は、日常生活の中の、軽い不満や欠落感が「抜菜」という語から暗示的に伝わってくる。加藤の歌は、天高く上がった白い凧と空の青とのコントラストが、空の透明感を遺憾なく伝えている。共に作歌の視点や構図に優れた秀歌である。それにしても短歌大会の秀歌がラジオで朗詠されるとは、歌人にとっては何とも贅沢な扱いである。

乾は歌だけでなく、「新万葉雑記」と題して、万葉集に関する一頁分の論考を長く連載していた。「砂金」が短歌研究誌としての水準を保つ上でも乾は一つの柱であったと言えよう。

「砂金」の二〇二一年の七月・八月号は、巻頭が大塚青史の長男大塚雅之による「生きもののの世界のことです」十五首。巻末の編集後記は、近松壮一が一番に書いている。現在「砂金」の発行所は埼玉県に移っているが、かくも長き期間にわたり、中央歌壇と地方歌壇とが、相当な人数規模で関わり続けた歩みは、高く評価されるべきであろう。

岐阜タイムス社が昭和三十年に発行した「年刊　岐阜文芸」によると、中濃では、「北美濃短歌会」「関短歌会」の他に、美濃の歌人西部暁村を中心として土に親しむグループ「芙蓉詩社」が活動していたとある。西部は歌集『大地の愛』を一九七八年に刊行している。また可児郡御嵩町には蘇畔短歌会があったとの記録もある。岐阜県歌人クラブの機関紙「歌人クラブ」昭和三十一年十二月号には、「今年の中濃」という記事を中居耿之が書いており、「近来益々手堅い作風を示して芙蓉詩社を率いる西部暁村氏、蘇畔短歌には的確な描写に冴えを見せる洞谷晏氏」という紹介ぶりである。翌月の一月号には西部の作が載る。

　畑作の多毛作の及ぼす慌ただしさがこの村の人間を性急にする

農業改良の副作用を歌っており、まさに土の歌人の面目躍如である。現在に残された短歌を読むと中濃の風土が見事に蘇る。この地区では多くの短歌が地元の歌人たちによって残されていることに、深い敬意を改めて払いたい。

「筋ジス」の宿命　波うつ抒情

可児市を拠点に病と闘いながら短歌を作り続けてきた歌人冬道麻子は、九歳の頃から身体に不調を感じ、二十一歳の時、進行性筋ジストロフィーと診断されている。第一歌集『遠きはばたき』（短歌新聞社刊）は、昭和五十九年五月の発行。「序」は高安国世が書いている。

短歌が生き甲斐であるとか救いであるとかはよく聞く言葉であるが、それを文字通りの意味に受取っていい人がここにいる。この歌集の著者冬道麻子さんである。この人の歌ほど命のすべてがこもり、熱い思いのこもった歌を現在私はほとんど知らない。

第一歌集の時、冬道は三十三歳。まだ病状の軽い頃の作品も見えるが、症状は段々に悪化をしていく。三首を引く。

嫌われて楽になりたし親と子とわれらの愛の今も悲しも
おのが死期さとりて群れより去りゆきし象のこころを幾年も追う
花嫁のごとくに兄は抱きあげて重しとやはり笑いてくれる

一首目は、自分の介護を懸命に続けてくれる両親を歌っている。懸命に向き合ってくれる両親が、むろん愛おしくてならないのだが、同時に負担をかけているという思いにも苛まれる作者である。

両親が、娘から嫌われたいわけもない。しかし、快方の兆しが見えない病にある中、いたたまれない気持ちが湧いてくるのだ。結句の「悲しも」は、「哀しも」であり、「愛しも」でもあるのだろう。

二首目は、象が死期を悟ると言われることが背景にある歌。死期を悟った象は、仲間の群れからそれと悟られぬように脱落をしてゆく。その折の象の心境を、作者は何年も追いかけているのだという。自分をその象に完全に重ねているわけではないが、その時の象の心境が気になってしかたがないのである。それはもちろん難病に罹患しているがゆえの心境なのだが、対象を象としたために、誰もが直面する死に対する思いが、逆に象徴的に浮かび上がったのではないだろうか。

三首目は、離れ住む兄が自宅に帰ってきて、自分を抱き上げてくれる歌。当然、新郎が花嫁を抱き上げる光景が、読む者の脳裏に浮かぶが、それは、この歌に登場する、兄も作者にも同様だろう。将来のことをもちろん思いつつ、まずは最愛の妹を満面の笑みで包む兄の深い愛情は、両親からと同様、無垢で涸れることのないものだ。

冬道は第四歌集『五官の束』（青磁社刊）を平成十五年に発刊しているが、このときの帯を詩人大岡信が書いている。

的確な比喩を駆使する沈着な歌人がここにいる。歩くことさえできない人が、身近かな人たちへの深く熱い思いを、抑制された表現で歌う時、短歌形式でしか表わせない種類の、生活の中に波うつ抒情がほとばしる。

当時現代詩のまさに最高峰であった大岡から見て、短歌は、やはり「生活の中に波うつ抒情」の器というのが第一印象であったのだろう。冬道にとっては、毎日の生活は、表面上は単調なはずである。しかし、心の奥底で波うつものを凝視し、豊かな表現力で結晶化させていることを、大岡はこう讃えたのであった。

第五歌集は、令和三年の『梅花藻』（ながらみ書房刊）。「父の死」の一連が、心を打つ。

そろそろとわが部屋に来て「長生きするんだよ」今となりては父の遺言

父はただ肉体という服をぬぐ死とはそういうものかもしれぬ

肉親の愛は無尽蔵でも、肉体には限りがある。それを身をもって娘に教えた父。それを受け取る娘の宿命は悲しいが、現実をしっかり受け止め記録するだけの技量を備えた冬道の歌業は、これからもまだ冴え渡るであろう。

歌誌紹介、批評総合誌の趣

岐阜県図書館所蔵のプランゲ文庫には、「山那美」という一九四五（昭和二十）年に東濃で発刊された雑誌のマイクロフィルムが含まれている。プランゲ文庫とは、戦後連合軍が検閲した図書・雑誌と見ることのできる資料である。

一九四七年三月号から一九四九年六月号、巻数で言えば、二巻三号から四巻六号までである。しかし、マイクロフィルムの状態があまりよくなく、一九四七年の三月号の前半のみ状態がよく読むことができる。出詠欄を見ると八十五人。堂々たる短歌雑誌と言えよう。印刷は謄写版である。巻頭は清水芹畝。この名前には少々驚かされた。清水は、一九〇八（明治四十一）年に創刊された「八少女（やをとめ）」にも出詠していたし、現在も続く「短歌」誌（中部短歌会発行）の前身である名古屋短歌会発行の「短歌」の創刊同人でもあるからだ。一九二三（大正十二）年創刊の「短歌」に清水は、「歌壇の諸君に送る書」という評論と、「消息にかへて」の一連を寄せている。歌を引こう。

木曽路なる中津の町のをな子等を爐をうちかこみうまし酒くむ
この町にいく年住まむこの町の女子らみな愛しつくすまで

今でも名古屋と中津川は決して近い距離ではないが、大正期に、中津の町にあって、名古屋短歌会に参加しようとする強い意志があったことに驚かされる。名古屋でも一目置かれた存在だからこそ巻頭を飾っているのであろう。また東濃歌壇も古くから名古屋歌壇とつながっていたと知れよう。その他気になる名前としては、その後岐阜の歌壇の重鎮となる乾涼月が見える。

文章もエッセー的なものから歌誌紹介、作品批評までいくつも載せており、総合雑誌としての趣を呈している。

「歌誌展望」は黒内桃月が担当。取り上げられている雑誌がまた興味深い。まずは、「国民文学」の三月号。松村英一によるこの結社誌は、当時屈指の有力誌である。「復刊以来表紙なしのバラック製のものでありながら、絶対に休刊をせず今日まで努力したのが□い、とかくの遅刊がちを一・二月の合併号でとり戻し、三月号は遂に二月中に発刊、形態も整ひ、上品な表紙に包まれた三十四頁の内容は、いまのものとしては堂々としてゐる」とある（□は判読不可）。「印刷は名古屋であるが仲仲奇麗である。藤居教恵氏が骨を折つて居るらしい」とも指摘するが、これは事実である。松村英一は、自らの門弟である藤居に頼んで、名古屋で印刷することで、「国民文学」の発刊を続けたのである。この他にも「如意輪」「うしほ」「双魚」「女性短歌」など、愛知県の動向を詳細に報告している。「女性短歌」は第三号について触れているが、戦後すぐにこのような女性を主体とした雑誌が出ていたことは実に興味深い。既に見られなくなった雑誌について、このような形で知ることができることは実に有益なことである。

「後記」は勝野正男という人物。一頁にわたる後記は残念ながらほとんど読めない。

会費の不足を嘆き、原稿の書き方が非常に汚い人があるという、編集子の恨み辛み（つら）が何とか読めるくらいである。発行所も中津町中津川と辛うじて読める程度である。勝野の住所も中津町中津川とあるから、この雑誌が現在の中津川市で発刊されていたことは間違いないようだ。

「山那美」の裏話

電力不足で刊行が遅れる

前回、今のところ「山那美」の一九四七年の三月号しか、プランゲ文庫のマイクロフィルムでは判読ができないということを書いたが、何とかして他の号を見たいと思い、全国の図書館の所蔵状況を調べたところ、岩手県北上市にある日本現代詩歌文学館に一冊だけ所蔵されていることが分かった。正式に複写を依頼し一九四八年の一月号の複写を入手したので、それに沿って現在の中津川市で発行されたこの短歌雑誌の全貌を改めて紹介したい。

この資料は極めて状態がよく、全誌面を読了することが可能であった。

奥付を見ると、編集兼発行人は、一九四七年と同様勝野正男であり、印刷所は名古屋市内で、ガリ版刷りから活版印刷へと変わり、奇麗な印字である。「後記」を見ると、勝野が、「前号は、制電のため印刷所の仕事がはかどらず発行が遅れたが、本号も亦諸子の手元に届くのは恐らく十日前後とならう。誤植も校正係必死の努力によつて、少なくなつてきたことはうれしい」と書いている。「制電」は電力を抑制することだろう。

「制電」という言い方が当時あったのかは調べてもよく分からないが、長野県松本市にある「日本ラジオ博物館」のホームページに戦後の電力事情についての詳しい記述があるので紹介したい。

終戦直後、生産活動が一時的に停止したために、電力需要が戦時中に対して半減し、電力に余裕がある状態がしばらく続いた。(中略)しかし、終戦直前には16万kWhまで低下していた電力需要は戦後復興が進むとたんに回復し、電力が不足するようになった。

水力発電が当時は主流であり、火力発電がそれを補っていたのだが、肝心の石炭の不足から十分に稼働できていなかったらしい。また、水力発電は渇水で稼働率が低下するので、夏季に電力が不足する傾向があったようだ。

なぜラジオ博物館のホームページにこのような記述があるかと言えば、電力不足で電圧が下がるとラジオが聞こえなくなる事情があったのである。

後記は「師走の十二日」に書かれているが、この時点で月の初めの刊行は諦めているのである。このような状況の中、雑誌刊行を続けようという意欲は、物資に溢れる現代の歌人の想像を超えるものであろう。

なお、この号には、「謹賀新年」の挨拶状がガリ版刷りで入れられている。賀詞に違いないが、「今回労働基準法による賃金改正に伴ひ、印刷費が一倍半に値上がりとなりました為（ため）、止（や）むを得ず新年号より普通会員の会費を十五円とする」という告知が主たる目的である。名古屋市西区の印刷所から東濃地方への発送の経費など会計のやり繰（く）りも大変なことだったろう。

表紙絵は、尾関重之介による「恵那文楽人形図」。しかしこれも、「後記」では、手持ちがなくなり、外観が悪くなったと呟いている。尾関は、「山那美」の同人。

次のような歌を寄せている。

青龍社の誇張はげしき絵を見れば吾に意欲のまだ衰へず

「青龍社」は中央の美術団体。自らの画家としての意欲の目覚めを扱った作品である。尾関の作品の中からもっとよいものを選びたかったというのが勝野の本意であっただろう。

東濃での振興に意欲旺盛

「山那美」の編集兼発行人は、勝野正男であり、後記を書いていることは前回までに述べた。勝野がいかなる歌人であったかは、自身が編者の一人でもあった『中部短歌会五十年史』（昭和四十七年八月発行）に詳しいので、後編の「地区の歩み」の「東濃地区」の項より引いてみたい。

勝野正男はつとに昭和八年第一歌集「花甕（はながめ）」を出版した少壮歌人である。正男は昭和二十一年十一月歌誌「山那美」を創刊発行した。歌誌「山那美」は旧菊版活字印刷表紙単色刷（ずり）、毎月二十頁の小美本だった。（中略）また勝野正男は市内同志を糾合して、牧水歌碑建設委員会をつくり、昭和二十五年十月牧水縁故の地である夜烏高原に、その歌碑を建て、若山喜志子、長谷川銀作を招聘して除幕式をあげ、県内多数の同好者を集めて、記念短歌祭を催すなど、東濃歌壇の振興に寄与すること甚大であった。

ここで出てくる歌碑は、現在中津川市駒場の旅館「長多喜」の敷地内に建つ「恵那ぐもり寒けき朝を網はりて待てば囮のさやか音に啼く」のことである。建立日は昭和二十五年十月二十二日である。

この歌は牧水の第十四歌集『山桜の歌』所収で、「美濃の国中津町在永滝の鳥舎といふに小鳥網を見る。『小笠置晴れて恵那曇』と日和を占ふ土地の言葉の通りの寒き朝なりき、小笠置は北に恵那は南にそびゆ」の詞書をもつ四首からなる「恵那曇」の一連。「囮」の語の使ってある「小松原寒けきかげにかくされて囮のひはの啼きしく聞ゆ」の歌と並んでいる。

今も恵那地方に伝わる「笠置は晴れて恵那曇り」という天候に関わる言い習わしが詞書に入っているのが洒落ている。西の笠置山から東の恵那山へ天気がよくなるという意味だろう。ヒワを囮に使って捕まえようという歌である。かつての東濃地方の食文化に関わる歌である。

「五十年史」に戻るが、「山那美」は昭和二十六年十月をもって廃刊とある。廃刊後も勝野は、中津川坂下地区で短歌講座を開き、多くの歌人を育成したことが知られている。

昭和二十三年一月号で何といっても目を引くのは、「前川佐美雄氏を囲んで」と題する「山那美」同人四人との座談会である。「短歌縦横談」の副題がある。前川と言えば、昭和九年歌誌「日本歌人」を創刊した昭和初期のモダニズム短歌の推進者である。昭和の後期まで活躍し芸術院会員も務めた。そのような大物を担ぎ出している。前川の発言の大部分は、土屋文明を代表とするアララギ派と自分との違和感を少々ちゃかしつつ表明しているが、終盤に勝野が「近頃やかましい第二芸術論について」尋ねると、自分は「日本の文学はあくまで日本的であるところに日本文学の世界性がある」と信じるので、「彼らは日本文学を世界文学の水準にまで高めよ、といふのだけれども日本文学から短歌性や俳句性を抜いてしまつたら何が残るといふのでせふか?」と、真正面から糾弾している。総合短歌誌が行うべき座談会を地方雑誌に持ち込む同人たちの旺盛な意欲に驚かされる。

念願の短歌誌「創作」を創刊

「山那美」については二号分しか見ることができなかったのだが、このたび、勝野正男のご子息正彦氏のご協力でバックナンバーを拝見することができた。今回からは、創刊号から終刊号までの内容に沿って筆を進めることにする。

既に手元にあった昭和二十二（一九四七）年一月号の中で、筆者には大変気になる文章があった。それは、勝野正男による「創作返り初号と牧水を囲る人々」という連載である。一月号が三回目の文章である。このたび前年の十一月号、十二月号掲載の文章も入手したので、書かれていることの趣旨が明らかになった。第一回の冒頭部分を引こう。

いま、私の机上には、極粗末な、古色を帯びた三冊の和紙仮綴ぢの雑誌がおいてある。即ち、大正五年七月二十三日発行の「創作」返り初号、同年九月二十三日発行の「創作」第一巻第二号及び同年十月一日発行の第一巻第三号のいづれも肉筆書きの珍しいものばかりである。

「創作」とは、牧水が興した短歌雑誌の名称。一九一〇（明治四十三）年三月、東雲堂書店から創刊された。牧水念願の雑誌創刊であったがなかなか順調にいかず、牧水が編集を務めたが、九月には早稲田大学以来の盟友佐藤緑葉に譲っている。しかし、その後明治四十四年には創作社を興し「創作」の編集を再度行うようになるが、版元の東雲堂と意見が合わず、十月に創作社を解散し雑誌を廃刊している。その二年後の大正二年八月には太田水穂の後援のもと復刊するが、翌年の十二月号でもって休刊をした。その後さらに大正六年に復刊、それ以後は、牧水の死後も続き現在まで継続をしている。

ここで勝野が言うところの「創作返り初号」とは、大正六年八月にいわゆる第三期「創作」が復刊する前に出された回覧誌のことを指している。「返り」とは、もう一度第一号から始めるという意味である。歌壇的には、この「返り初号」は、ほとんど認識されておらず、幻の第三期「創作」と言えるだろう。勝野は、この手作りの雑誌が、当時の『牧水全集』の年譜に書かれてないことに触れている。宮崎県にある若山牧水記念文学館のホームページの年譜でもこの雑誌の存在は言及されていない。ただ、「創作」誌が平成二十五年に出した百巻記念号には、大正五年の項に、「七月から旧創作同人十人ほどと回覧雑誌『創作』を出す。第五号までで終わる」とある。

肉筆だからといって一部のみとは限らないが、なぜこのような貴重な雑誌が、勝野の書斎にあるのかは、気になるところである。

勝野は、回覧の手順についても言及する。

　この三冊、いづれも粗末な回覧雑誌であるのを見ても、当時牧水が如何(いか)に財政的に苦しんでゐたかがわかる。扉の次の頁(ページ)には、同人の住所氏名が、回覧順に載つてをり、一人留置三日以内と、特に○印を付して念を押してあるのも面白い。

回覧順を記すと、東京が三人続いた後、下野国（しもつけのくに）、盛岡市、青森、若狭国二人、長野県、相州、東京の順である。ちなみに、相州は牧水である。東京の越前翠村に始まり、翠村に戻るから十一カ所である。翠村が発行所だから翠村に終わることにも勝野は触れている。ともかく、「山那美」と牧水の関係は相当に深い。

文化再興の気概に満ちる

「山那美」の全貌を見ることができるようになったことは前回触れた。リトルマガジンは実物に触れることが大切だが、何と言っても創刊号を見られることは、大きな意義がある。同人雑誌は三号雑誌などという揶揄(やゆ)があるように、得てして長続きしないものだが、やはり創刊号にはとりわけ大きなエネルギーが振り分けられるからである。「山那美」は分類をするならば結社誌なのであろうが、地域の文学的意欲を集約するような同人誌的な意欲も感じられる。今回は創刊号の内容について触れておきたい。

まずは勝野正男による「創刊の言葉」を紹介したい。冒頭、「山那美」は、「東濃に於(お)ける全歌人の、所謂(いわゆる)封建的な結社意識を排除して、短歌の責任研鑽(けんさん)を行ひ、常に会員の交流親睦をはかる目的のために企画されたものである」とし、付知裏木曽文化聯盟(れんめい)、苗木国民学校赤城短歌会などが、この趣旨に共鳴して参加したことを言い、次のように続く。

　現在の歌壇は、戦争前と聊(いささ)かも異ることなく、その作品の内容的価値の乏しさに加へ、吾々地方の無名歌人が作つたとしたならば、一顧だにも与へられないであらう如き、高度性の希薄な作品が、堂々と高名歌人によつて歌ひあげられ、月々の雑誌に発表されてゐて、吾々短歌に関心を持つものをして限りなき寂しさを覚えせしめる。

　中央歌壇を相当に意識した筆致である。作歌態度としては、「常に自己のいのちを清明にし、生活思想を厳明にして、歌壇に諂(へつ)らはず、実質的な価値に富める作品を月々発表してゆきたいと切願する」とし、「短歌窮極の道は、何(いず)れの派を問はず同じである」と宣言している。戦後の開放的な機運の中で、地方の歌人が一致団結して新しい文化を再興しようという気概に満ちていよう。
作品欄は計三つ。一欄の大島登良夫「電車の響」八首より。

午後五時の臨時列車に至りゐて富みたる人のごとき心地す
峡をゆく臨時列車に坐(すわ)りゐて心ゆたけし二十分の間は

大島登良夫は、二〇一六(平成二十八)年迢空(ちょうくう)賞を受賞した大島史洋の父で、土屋文明系のアララギ会員であった。「山那美」の創刊メンバーであったことが分かる。現代人には想像しにくいが、戦後すぐは、電車に乗れることが貴くも豊かであったことが知れる。
三欄掉尾(とうび)の勝野正男の作品も一首だけ引く。

あしたよりもの読みこもり疲るれば陽の射すかたへゆきて休らふ

「身辺即事」十首より。朝からの読書に疲れたから暫くは日向ぼっこという歌は、いかにも実直だが、これがこの雑誌の作品の目指すスタイルのようにも思われる。奥付上段には、創刊記念短歌会の予告が見えるが、最後に、「出席者は、『山那美』創刊号並びに弁当・間食用として生甘藷一人に付百匁見当持参のこと」とある。生のサツマイモ三七五グラムはまとめておやつ用に蒸かされるのだろう。文芸と食とが一体化していた時代なのであった。

西行伝説に文芸上の由緒

月刊で発行されていた「山那美」の第二号は、一九四六（昭和二十一）年の十二月号である。表紙は、尾関重之介で、恵那文楽人形図である。なんとカラー印刷が施されている。印刷所は名古屋大気堂の中津川代理店とある。おそらく名古屋で印刷はなされているのだろう。戦後すぐにカラーで短歌雑誌を発行しようという旺盛な意欲に驚かされる。

目次を見てまず目を引くのは、名古屋在住の尾崎久弥が「中津及び附近（ふきん）」という文章を寄せていることである。尾崎と言えば国文学者として、名古屋では夙に有名である。戦後は名古屋商科大学教授も務め、近世文学、浮世絵について深い造詣をもっていた。一九七二年の逝去後、江戸文学関係書など、約一万点の蔵書が名古屋市の蓬左文庫に寄贈されたことで知られる。
発行人の勝野正男は、尾崎の原稿に関して、「後記」で次のように書く。

尾崎久弥氏から原稿を頂いた。氏は人も知る浮世絵の研究家であり、現名古屋東邦商業学校長である。最近は西行の研究者をもしてをられ、本号の随筆にもその一端をうかがひ知ることができると思ふ。厚く御礼を申上げたい。

尾崎の文章は、「西行のことなど」の副題がある。中ほどから引こう。

西行の遺跡なるものも、あれはあれで、存在価値があってよいと思ふ。それはそれで伝承として、さうした西行にかかはる伝承があるといふ事は、何かの長島又は大井と、西行との繋(つな)がりがあることを示す。

長島、大井は地名である。恵那市観光協会「え～な恵那」のホームページを見ると、平安時代の歌人西行に関して、恵那の地に多くの伝説やゆかりの地が残るとし、「梅露庵や松林庵、竹林庵などゆかりの史跡が点在し、大井町の長国寺と長島町の長栄寺には西行の位牌が残されている。長国寺縁起によれば、『西行の死後は遺言通り村人が旧中山道中野坂の傍らに埋葬し、五輪塔を建てた』とあり、これが古くから西行塚といわれ、県の史跡に指定されている」とある。

人格の高い人をあおぎ慕うことを「景仰」というが、尾崎は、「西行庵址も、真否は徹底的なところは判らぬ、庵址も位牌も、塚も、すべて其徒、割引して西行景仰者の為したわざかも知れない」とした後、「それにしても、今の長島、大井、延長して中津の歌を愛好する人々には、広く文芸人には、意味ありと思ふ」と言う。立派な表紙に負けないだけの、恵那・中津という土地の文芸上の由緒が尾関の筆を借りてさりげなく語られているようにも見えよう。

尾崎は、国学院大学高等師範部時代に、若山牧水と密接な関係があった。ここにも、牧水と「山那美」をつなぐ水脈を発見するのである。

表紙の裸像

名古屋のライバル誌意識

「山那美」の昭和二十四（一九四九）年四月号の表紙を見てまさに息をのんだ。モノクロの女性の裸像が表紙を飾っているのである。立て膝を崩し気味に床に腰掛ける姿は、クロッキーのヌードモデルのようにも見える。どのような事情でこのようなデザインになったかは書かれていないが、編集者の冒険心が感じられる。芸術的な写真なので厭らしさはないが、それでも当時の出版倫理からすれば批判もあったろう。明治時代の短歌雑誌「明星」第八号（明治三十三年発行）の表紙は、百合の花を右手にもつ半裸の少女像で有名だが、そのような絵画の意匠も編集者の頭の隅にはあったかもしれない。

内容はシンプルで、作品欄が三つと、「歌壇ダイジェスト」「『暦象』創刊号を批評す」

からなる。先の文章は、黒内良吉が担当。藤居教恵（ふじいきょうえ）の歌集『椎の木』について触れている。藤居は「国民文学」の編集人だった松村英一の高弟。松村の意を受けて、名古屋で全国向けの総合短歌誌「短歌雑誌」を発行していたことでも知られる。黒内は、藤居が短歌雑誌社の経営者ゆえに、「今どきこの様な豪華な歌集を出し得たことは羨（うらや）ましき限りである」と述べている。

「『暦象』創刊号を批評す」は加藤武司による。四頁にわたり、この後名古屋を代表する結社となる「暦象」の創刊号を紹介している。加藤は、「歌壇ダイジェスト」を執筆した黒内に誘われて、創刊前にこの「暦象」の同人になったのだという。そして「お祝ひのしるしに批評の一つも書かう」と言うのだ。

二本の歌論に触れた後は、最主要同人である三田澪人（れいじん）の作品を引いてい

「山那美」の昭和 24 年 4 月号の表紙
（勝野正彦氏所蔵）

る。「グルカ兵の手よりタバコを恵まるる些事(さじ)をも誌すこの古日記」の歌については、「捨てきれないペソスがある」と評価しているが、他の歌については類型的で自己陶酔があるなどとし、かなりの酷評ぶりである。名古屋の主要な歌人が同人となっているが、その「編集序列」についてもこだわっている。

要するに、名古屋で出された短歌雑誌をジャーナリスティックに見ているのである。この点は、勝野正男の「後記」も同様で、「各地に新らしく歌誌が復刊、創刊される」「『暦象』などもその現れの一つである。わが山那美も既に一家の風格は備えた。これらの歌誌に勝るとも劣らぬ気慨は持つてゐる。諸君大いに頑張らうではないか」と同人に檄(げき)を飛ばしているほどで、名古屋で次々発行され始めた雑誌をライバル視しているのである。

この文章の前には、本号を三、四月合併号としたため、「五月号からは捲土(けんど)重来、いよいよ山那美の本領を発揮する積り」とも言っている。

この合併号は内容的には不十分なので、度肝を抜くような表紙にして、名古屋のライバル誌に送りつけたのではないか。

中津川に2度訪問、上機嫌

中津川市駒場の旅館「長多喜」の敷地内には、「恵那ぐもり寒けき朝を網はりて待てば囮(おとり)のさやか音に啼(な)く」の歌碑がある。建立日は昭和二十五(一九五〇)年十月二十二日である。

この歌碑については、昭和二十五年十一月号「山那美五周年牧水歌碑建設記念号」で勝野正男が後記に「牧水のことその他」と題して記している。

本誌もこの十一月号を以(もっ)て、五周年を迎えることになる。普通なれば、何か記念行事を行ひ、祝意を表すべき筈(はず)であるが、今度牧水の歌碑が建築され、この廿(にじゅう)二日を期して行はれる除幕式や、記念短歌会には、本誌も合流することになつてゐるので、一切単独の行為を見合わせることにした。
随つて本号を、山那美五周年記念並に若山牧水歌碑建設記念号と呼ぶことにする。

牧水は、大正十（一九二一）年秋と十五年の春の二回にわたり当地を訪れている。歌碑の歌は、牧水の第十四歌集『山桜の歌』所収の「恵那曇」と題する歌四首の一つで、牧水の直筆だ。この歌を作ったのは最初の訪問の折だと言う。勝野は、次の来遊は「創作社」経営資金獲得のための半折行脚旅行であり「半折行脚日記」を牧水全集から転載した旨を書いている。「半折」とは画仙紙を半分に切ったもののこと。牧水は、用紙を買いため半折紙に揮毫をし頒布することで資金を蓄える旅をしていたのである。

この特集号では他に、「牧水の思ひ出」が、清水省三と田中緑夜の二人によって寄せられている。

それぞれが、A、Bの文章を寄せているが、Bの田中の冒頭を引く。

中津郊外夜烏山に牧水歌碑が建ち、その除幕式の日もいよいよ近づくにつけ、旅と酒の有名なる歌人若山牧水といふよりも、私にとつては青年期より壮年期にかけて、親しく指導をうけた歌の師の在りし日の面影を回想することは一入感慨ふかいものがあるが、何しろ「いと古へに属する傾向」（これは一杯機嫌のときによく出た牧水語）となつてしまつて、日時等一々覚えてはゐないが思ひ出すままにその頃のことを少し書いてみやう。

「牧水語」という言い方が面白い。牧水は、酔っ払うと、「これは大変古い傾向だ」と言ったのであろう。進取の精神に富んだ牧水らしい口癖だ。

中津への二回の訪問の様子も詳しく記述されており、貴重である。

歌碑となった歌は、旅館「長多喜」の鳥舎で詠まれたと記されている。また二度目の来遊時には、喜志子夫人も同伴で、恵那峡を船で下ったともある。牧水の旅好きは、地方の門弟から慕われていたからこそなのであろう。

「八少女」と牧水

雑誌「創作」の源流の一つ

牧水と「山那美」との関係は、これまでも歌碑や「創作返り初号」について触れた。牧水は、十代の頃から雑誌発行に強い意欲をもっており、延岡中学時代には、「校友会雑誌」の部長を務めたり、回覧雑誌を発行したりしている。早稲田大学時代もさまざまな雑誌に関わり、卒業後は「新文学」という雑誌を計画するが資金難で頓挫している。そのような牧水が精魂を傾けて準備したのが、明治四十三年三月に発行した「創作」であった。その点で、第三次「創作」にむけての「返り初号」への情熱は青年期の折の情熱を彷彿(ほうふつ)とさせるものがある。

第一次「創作」創刊に際し、名古屋との関わりにおいて、筆者はかねてから気になっていることがある。牧水は、名古屋で発行されていた短歌雑誌「八少女」のメンバーと懇意であり、とりわけ尾崎久弥と親しかったことは、「尾崎久弥と『山那美』」の項で触れた。その「八少女」の明治四十二年五月発刊の第二巻第三号は一周年記念号であるが、「創作」という大特集を行っている。

通常の編集後記の後に「創作」と書いた深紅の紙を挟み込み、大特集は始まる。巻頭から佐々（ママ）木信綱、尾上柴舟、金子薫園、窪田空穂、若山牧水の作品が続き、前田夕暮、吉井勇、北原白秋、土岐哀果の名前も見える。明治歌壇のビッグネームの作品が並ぶのだ。その後は客分二十三人の作品の後、落梅集、同人歌稿と続くのである。通常の作品は、特集の最後に置いた格好だ。

牧水は「白昼の歌」三十首を発表している。「創作」創刊号の後記「記者通信」は牧水の手によるが、「最初会員組織で創作会といふものを組み立てやうと思つたけれど、それではまた色々不都合なことの出来て来ぬとも限らぬので、会員組織を全廃して唯だ単に雑誌『創作』とし」たとある。第一号には、尾崎の名前も見えるし、その後、第一期の「創作」に「八少女」の同人が多く出詠している点に注目すると、「創作」の源流の一つに「八少女」があるように思うのである。明治四十二年に新雑誌を「創作」とすることを牧水自身が提案するのだが、この時「八少女」のこの特集を参考にしたのではないだろうか。

明治四十三年一月一日に八少女会より牧水の第二歌集『独り歌へる』は刊行される。部数が少数であったことで、牧水は落胆するのだが、「八少女」の一周年記念号から、「創作」の創刊にかけては、牧水が「八少女」の同人たちからもっとも刺激を受けていた時期であったことは間違いないことである。名古屋の地方歌誌が、中央の雑誌に影響を与えた過程は、明治歌壇の研究においても注目すべき事実であろう。

増進会出版社版の全集で確認すると明治四十二年には、「八少女」の同人鷲野芳雄（飛燕（ひえん））との活発なやりとりが窺えるが、今回の新たな推論の傍証となるだろう。

鹿を背負う少女

表紙絵、山里出身者らしく

色とりどりで、図案も意匠を凝らす「山那美」の表紙だが、筆者が気に入っているのは、黄色の背景に裸の少女が鹿を背負っているデザインの号である。いくら子鹿としても十キロはあるだろう。表紙の担当は水谷清。水谷は現在の郡上市に生まれ、大正九（一九二〇）年早稲田大学商科に入学するが同年に退学し、洋画家小杉放庵に師事し画家を志している。大正十五年第四回春陽会展に「裸女群浴」他一点が初入選したのを皮切りに、国内に限らず海外でも精力的に活躍をした。「山那美」を発行する勝野正男もまた早稲田大学商科のＯＢであるが、今回勝野氏の長女松原槇子氏に確認したところ、水谷とは早稲田の同窓の縁があったようである。

最近はジビエ料理が注目されており、郡上などでもよく食されるようになっているが、鹿を背負う少女は、岐阜の山里出身の水谷らしい図案である。おそらくは「山那美」の誌名に相応しくするべく、気合を入れて装画を描いたと想像されるのである。

この号は第二巻十二月号だが、一周年を迎えたことで、新たな試みとして、「山那美一周年記念短歌会」を十一月に行い、入選作品を掲載している。一等となった

「山那美」第2巻12月号
（昭和22年　勝野正彦氏所蔵）

近藤邦夫の作品を紹介する。

濁りつつ水位高まれる養魚池は又しぶく雨の中にけぶれる

興味深いのは賞金二百円とあることだ。二等が百円、三等が五十円で全て一人ずつ。佳作は一人三十円で五人分である。賞金総額は五百円である。これは現在の貨幣価値だとどれくらいだろう。少なく見積もっても五万円は超えると思われる。大変な会員へのサービスだ。

発足一周年の事業としては、添削部も設置している。初心者向けに一人十首以内で添削料金十円を設けて添削への参加を呼び掛けている。歌会と添削制度を整えるということは、結社誌としての条件整備とも言えるが、勝野としては会員へのサービスという気持ちが強かったただろう。お金の出入りを管理する能力は、勝野が戦前会社経営を行っていたことによるものと想像される。

それにしても、短歌雑誌を含めて文学雑誌にとって表紙は顔である。「山那美作

品　その1」を見ていたら、黒内桃月の作品に次のような作品があった。

　　鈴木信太郎が描く絵によく似し子供ゐて電車の中にて八雲を展く

「八雲」は戦後を代表する総合短歌雑誌。昭和二十一年十二月久保田正文を編集人とし八雲書店から発行され、昭和二十三年三月まで計十四冊を刊行した。全国の歌人の注目の的であった。この雑誌を電車の中で開く時、表紙絵担当の鈴木信太郎の描く絵と似た子どもがいるという歌である。鈴木は洋画家だが独自の子どもの絵は人気があり、さまざまな包装紙に使われている。「八雲」への競争意識が、このような斬新なデザインへとつながったのだろう。

牧水歌碑除幕で記念歌会

牧水の歌碑が夜烏山上に建ったことが「山那美」五周年の何よりの記念となったのであるが、「山那美」を発行する勝野正男には相当の負担があったのではないかと想像される。昭和二十五（一九五〇）年十月二十三日には歌碑の除幕式に加えて記念の歌会が持たれているが、何と九十二人もの参加者がある。牧水夫人の若山喜志子に加え、門弟の長谷川銀作、柴山武矩を迎えている。昭和二十五年十二月号の後記には、勝野の思いが滲み出ている。

この日、恵那の空からは、まぶしいばかりに秋の光が夜烏の丘に降りそそいで、各地より馳(は)せ参じた百名に近い歌人群は、老いも若きも、除幕式より歌会へと、時の移るに随って次第に頬を紅潮さして始終和やかに楽しくほとほと幸福感に酔へるが如くであった。生を享けてこの方、この様にさかんなる集りに巡り会ふたことはなく、又再び会へるものではないとの感を深くした。真に恵那文化史の一頁を永劫に飾るべき意義ある輝かしい盛事であった。因みに若山喜志子、長谷川銀作、柴山武矩の三氏は、十月二十一日夜来津二十四日朝帰京された。

「恵那文化史の一頁を永劫に飾る」という文言は、決して大袈裟なものではなく、むしろそれくらいの覚悟で勝野が「山那美」刊行に当たっていたことの証左であろう。

都合三泊の世話をしたことが分かり、相当な気遣いがあったと思われる。記念写真を見ても、この記念歌会の華々しさが分かるであろう。

この時点で印刷所は、長野県西筑摩郡読書村の読書印刷株式会社となっている。読書村は、現在の長野県木曽郡南木曽町大字読書にあたる。創刊以来の名古屋市内の印刷所に比べ、格段に物流上便利になったことであろう。また地方でも印刷業が回復してきたことを意味しているだろう。

「山那美」についての記事は今回で終えるが、何と言ってもご子息勝野正彦氏所蔵のバックナンバーによって、戦後の東濃歌壇の状況を確認できたことの意義は大きい。勝野家には昭和二十六年十月号（後記を確認したが最終号との記述はない）までの計四十四冊の「山那美」が保存されている。

そもそも「山那美」については、岐阜県図書館所蔵のプランゲ文庫のマイクロ資料によってその実態を知ろうとしていたのだが、状態が悪く内容が判然としないためにに、勝野家にお願いをする経緯があった。表紙を見ると「ＰＯＳＴ　ＣＥＮＳＯＲ」「ＳＰＯＴ　ＣＥＮＳＯＲＤ」といったスタンプが押されているのが分かる。これは「飛騨短歌」と比べてみると、大きな修正意見が見当たらず、勝野が相当検閲に神経を使って雑誌を編集していたと知れる。

同時期の他誌に群を抜く印刷品質で出された「山那美」は、全国的にも再評価を受けるべきであろう。

陶都の歌人たち

ものづくりの誇りを詠む

陶都という言葉がある。日本各地の陶磁器の産地でこう呼ばれる都市はいくつかある。岐阜県では、この呼称は多治見市について用いられることが多い。多治見市立陶都中学校と学校名にもなっているぐらいで、市民にとっても馴染(なじ)みのある呼び名と言えるだろう。

美濃焼は、多治見市、土岐市、瑞浪市など、東濃西部一帯で焼かれている陶磁器のこと。東濃は、陶磁器生産における日本最大の拠点である。陶都の語には、多治見市民のプライドも籠(こ)もっているだろう。

岐阜県歌人クラブの機関紙「歌人クラブ」昭和二十八年三月号の一面には、「陶都陶(すえ)町に集う　県下親睦短歌」の見出しが躍る。「二月十五日、東濃陶町公民館に於(おい)て、県下親睦短歌会が開催された」とある。陶町はかつて恵那郡にあった町で、昭和二十九年に瑞浪市と合併し瑞浪市の一部となっている。まさに町名に「陶」の文字が入っている陶町もまた、陶都と呼ぶにふさわしい地区である。当日は、助役を含め二十三人が出席。田中緑夜、服部銀月、田口由美といった県内の有力歌人の名が見られる。

この歌会に参加していた林重夫は、岐阜県歌人クラブが五十号発行記念企画として実施した、県下産業観光短歌において瑞浪市長賞を受賞している。この企画は、県下の景勝、風俗、郷土産業などの部門から、題材を選んで応募することになっており、林は「窯業」を題材として選んでいる。

赫々(かっかく)と梅雨の夜空に今し陶の焼き上がらむ炎の映ゆる

「赫々」は、窯の中で盛んに燃え上がる炎の様子を言っている。梅雨のどんよりとした夜空と、窯の中の炎との対比が、陶都の勢い、賑(にぎ)わいを象徴するような歌だ。

この林の多治見市内の自宅を発行所として、昭和五十三年四月に出版されたのが合同歌集『陶炎』である。陶都短歌会が発足し満五年を迎えた記念の出版で、二十八人が出詠している。

寂照の肌に一刷毛（ひとはけ）緋の色は乙女の息吹きに通わせ志野の　林重夫

一片の古陶も然（しか）り亡き舅（しゅうと）よ雛（ひな）焼く末期は遂に語らず　可児さつき

一首目は志野焼の歌。「寂照」は、造語的だが、志野焼の白い地肌を形容したものか。そこに真っ赤な文様が一刷毛入った様子を、「乙女の息吹き」に準（なぞら）えている。初々しさをもつ器なのだろう。

二首目は、「一片の古陶」は何も語らずとも、残された陶器の雛の破片が、一生を製陶に捧げた舅の生き様を物語るという意味か。「一片の古陶」同様に、舅も職人らしく無口であったのだ。その前にある「静かなることば充（み）たして家陰に舅が胡粉（ごふん）を溶きし甕（かめ）あり」の歌と併せて読みたい。

田口由美は序文の中で、「会員達（たち）は、例会に喜んで出席し、活発に発言し、よく批評しあって常に明るい雰囲気をもっている」とした上で、「作品の視野が広く、知的な発想をみせて、短歌が生活への深み、人間的な関（かか）わりに高いものとなっている」と書く。「あとがき」で林は、第一回の会合で、「気心の合う者同士の和気あいあいの会にしよう」と申し合わせたことを記しているが、陶器の街の日常を短歌で描く喜びにあふれた合同歌集であると筆者も感じた。

平成五年四月には、同じく林を発行人として合同歌集の第四号が出ている。

蜩（ひぐらし）を遠くに聞きて夜明け待つ陶焼く窯の炎の静寂　　高橋千代利

製陶業には、夜なべ仕事もあるのだろう。夜に啼（な）く蜩の声を遠くに聞くのは、一晩中仕事をしている者しか体験し得ないことであろう。

焼き物という形あるものが残る生業（なりわい）にある者が、その生活の背景を短歌によって残し得たことは、陶都短歌会の名にまさにふさわしいと思われる。

恵那の歌人・原田東史子

山峡の暮らし端正に詠む

岐阜県西部から、東部に話題を移そう。戦後すぐ旧益田郡（現在の下呂市）で出た「森影」という雑誌がある。これは、『岐阜文化スケッチ』（昭和四十三年岐阜県ユネスコ協会発行）所収の小瀬洋喜による「歌壇一〇〇年」でも、「益田からは広瀬寅夫の『森影』が出た」との記述がある。岐阜県歌人クラブの機関紙「歌人クラブ」創刊号の「歌誌展望」にも広瀬による記事があり、発刊は昭和二十一年一月で、萩原小学校に在任中の広瀬が、職員に呼びかけ、「各自の感懐を短歌として提出を願つたところ、意外にも相当の反響があり、早速謄写手刷（てずり）にして誌の形に纏（まと）めた」とある。

しかし、この「森影」は、長くは続かず、「歌人クラブ」第八号には、やはり広瀬による記事「〝森影〟廃刊に就て」が載り、五年間の活動があったことが知れる。廃刊の趣旨としては、県歌人クラブが軌道に乗った今、「任務を果たし得た」とのことであり、所属する歌人が成長を遂げたことが伝わってくる。

飛騨南部で、戦後すぐこのような動きがあったことは注目に値するだろう。

恵那地区については、既に短歌雑誌「山那美」の充実について述べたが、「歌人クラブ」紙を戦後からずっと眺めていてその活躍に気付かされるのが、原田東史子である。

第一歌集『閻浮提』（昭和五十五年、短歌新聞社刊）には、川出宇人が序文を寄せており、著者が、「昭和25年の岐阜県歌人クラブ創設当初からの有力会員であり、同歌人クラブ賞第一回の受賞者でもあった」と述べている。昭和三十四年度の第一回岐阜県歌人クラブ賞受賞者は、原田の他に、杉村昭代、大橋基久であった。当時の原田の住所は恵那郡山岡町久保原となっている。山岡町は、平成の大合併で現在の恵那市となっている。また所属として、「女人短歌」との記述があることにも注目される。川出によると、集題は、著者が「熱心な仏教信者である」ためのもので、

「須弥山(しゅみせん)南方の海上に在る島の名をさす梵語」が転じて「『人間世界』を象徴した仏教上の戒語」となったのだと言う。

あけ方の冷えしるきをいひ戸をくれば阿木山(あぎやま)にうすく雪のかかれる
落葉たくにほひただよふ山峡(やまかい)のみ冬づく空のうすくもりかも

「くもり夜を」五首の中の二首。現在阿木山という呼称は一般にはなされていないようで、正式には三森山(みつもりやま)と言うそうである。ひときわ寒いと言いながら雨戸を繰る時に入って来る冷気が感じられるような歌で、「阿木山」というさりげない固有名詞の使用がまた効果的だ。二首目の「み冬づく」は「み冬尽く」で、冬の終わり。晩冬の薄曇りの景が、落ち葉を焚(た)く匂いとともに、読者に届けられる。
端正で抑制のきいた叙景歌として、その水準は高い。

はろばろと来ます師のため友のため五平餅作(な)しつつ心ゆたけし

「早春」と題した七首中の冒頭の歌。歌の下に「(女人短歌付知歌会)」とある。「女人短歌」は、昭和二十四年に歌壇における女歌の発展を期して、流派をこえて結成された女流集団「女人短歌会」の機関誌名。女人短歌会の支部が岐阜にあり、そのまた下部組織として、付知歌会があったのだろう。女性歌人の活動の場を広げようという意識が、原田にあったことが「心ゆたけし」から伝わってくる。なにしろ、自発的に講師をもてなそうという気持ちがあるのだから。原田には、この他、遺歌集を含め三冊の歌集がある。作歌意欲も旺盛で、戦後、東濃の歌壇を牽引した女性歌人として長く記憶にとどめるべきであろう。

飛騨

「飛騨短歌」発刊の道筋

紆余曲折、「会報」から発展

「飛騨短歌」を発刊していた「飛騨短歌会」は、昭和二十年十一月の結成。その翌年三月に、「飛騨短歌会報」一号が発刊されている。そして、この会報が第五号から「飛騨短歌」と改称されたのであった。会報から短歌雑誌に変わったのが昭和二十三年の第七号からである。

「飛騨短歌会会報」の実物が、今筆者の前にある。残念ながら第一号はない。その後、会報の計六号を合本としてまとめたものが昭和四十三年に出されている。大埜間霽江(おおのませいこう)の「はじめに」の冒頭を引く。

「飛騨短歌」が昭和二十一年一月五日国分寺に於(お)いて第一回例会を開き、出席者十一名。第二回は二月十日でこの会も国分寺で。福田夕咲先生の還暦の賀は二月二十三日「スズメ」で催し、この三回を一緒にして三月十六日「飛騨短歌会報」第一号として出しましたのが今日の「飛騨短歌」そもそもであります。それから七月二十日の第七回例会迄の分をその都度、ワラ半紙に刷った会報として出し六号を数えるに至りました。

雑誌発刊に至る準備段階としての会報だと言っている。この後、「この極く初期のものは新しい会員は勿論のこと、古い会員でも手元にはなかろうと思い」合本し再印刷をしたと書かれている。

例会の詠草が載るだけでとりたてて特徴はないが、大埜間による第六号の「発行所だより」では、編集諸氏が集まり、「『会報』の在り方について種々懇談いたしました結果、『会報』の形式を脱して普通歌誌の形式で編輯することになりました」とある。さらに、その後には、「誌題募集」として、「この組織変更によって事実上の創刊号を発刊いたします記念に、『飛騨短歌』の題号を廃して『誌題』を公募すること、なりました」とある。採用の賞品は、夕咲先生の短冊だそうである。ちなみに短歌雑誌となった「飛騨短歌」昭和二十一年十、十一月号の「編輯後記」を読むと、この号から改題のつもりであったが応募のあった三十の題が心引かれるようなものでなかったので、むしろ旧来の「飛騨短歌」のほうが親しみがあり、「飛騨」と名乗るほうがかえって端的で嫌味がないと思われるので、そのままにしたと記されている。戦後すぐ、雑誌を発行できる体制を作ることの困難は想像に難くないが、雑誌のタイトル一つにしても、かくも紆余曲折を経たことを知り、改めて短歌雑誌という場の重要性に気づかされた。

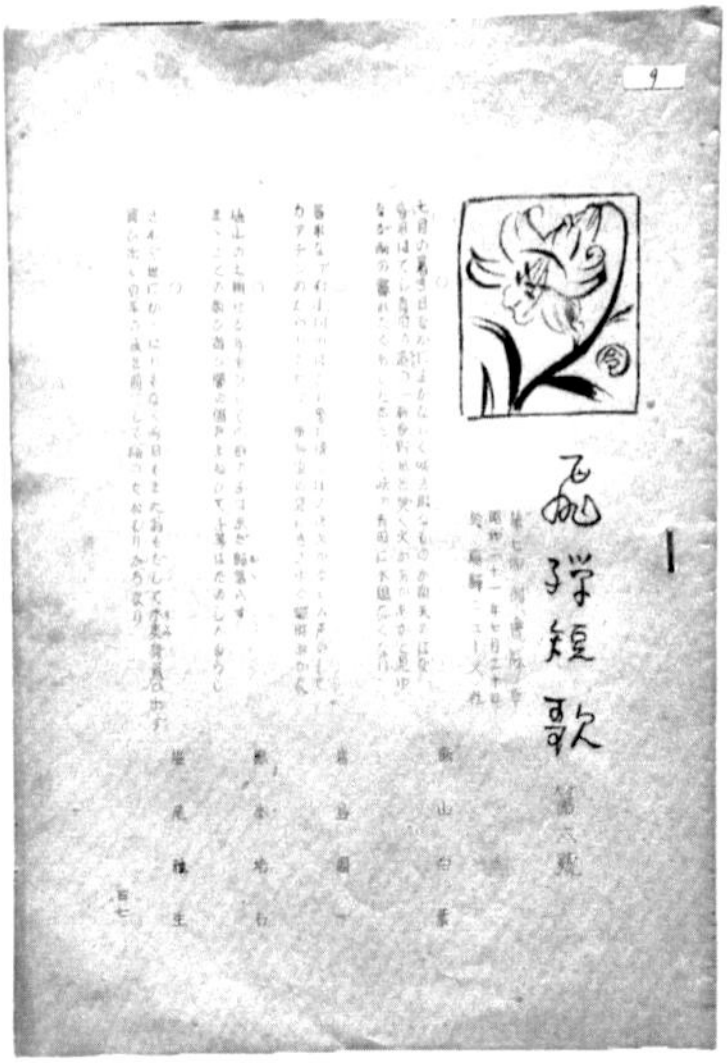

昭和21年8月に発刊された飛騨短歌第6号（大野博見氏所蔵）

　さて今回の資料は、当時「飛騨短歌」に所属していた大野政雄の四男博見氏所蔵の蔵書中からである。その縁から第六号（昭和二十一年八月刊）より一首を引く。

　五月雨の晴れて真日てる背戸の畑け牛蒡の広葉ゆたにしげれる

梅雨が止（や）んだ後の、家の裏の景。「広葉」の語が牛蒡の青々とした葉っぱを豊かに描出している。

戦後から現代に至る短歌史の中で、岐阜は同人誌等の小雑誌が発展した県として知られる。「斧（おの）」が前衛短歌運動で大きな役割を果たしたのも、「飛騨短歌」のようなパイオニアの試行錯誤があったからと思うのである。

「飛騨短歌」の創刊

大埜間霽江が発行に尽力

今回からは、戦後における飛騨地区の歌壇の動向に移る。前回まで見てきた歌誌「岐阜歌人」「歌人」の創刊は、昭和二十一（一九四六）年七月であった。

飛騨地区では、終戦の年の昭和二十年の十一月に、「飛騨短歌会」結成が定められ、翌年の三月に「飛騨短歌会報」一号が発刊されている。この会報の五月号から「飛騨短歌」と改称され、以後長く刊行されることとなる。

今年（二〇一六年）は、明治九（一八七六）年に飛騨と美濃が合併し、岐阜県となってから百四十年の節目の年であるから、戦後はちょうどその半分の期間である。行政的な区分以上に文化的な差異は簡単には同一化されることはないので、歌壇史を考える際に、岐阜県という同じ土俵の上で考えることには慎重にならねばならない。実際、「歌人」の後記を見ていても、飛騨の動向を報告するような書きぶりがなされていたことが思い出されるのである。当然飛騨の歌人として、戦後新たに再出発をせねばという意識があったことを念頭に置いて、「飛騨歌人」を読んでいかねばならない。

雑誌結成の協議に当たったのは、鎌手白映と大埜間霽江である。霽江については、高山市丹生川町の正宗寺の境内に歌碑が残っており、次の歌が刻まれている。

天辺にとり残されし柿ひとつみかへる人のなくてうれをり

「うれをり」は「熟れをり」。柿の木の天辺に一つ残っている熟柿を見上げる視線で歌った作品である。霽江は、高山市役所前の医家の生まれ。自らも上京し、東京の慈恵医専に学び、金子薫園に師事している。『飛騨の文学碑』(中舎高郎著)によれば、「昭和二〇年夏、郷里に帰るとすぐ、開業するかたわら、歌の会の組織を発案した。さいわい多くの同好の賛集があり、二一年一月一五日発会式をすることができた。『飛騨短歌会』の名称は、事前に、地元で長く作歌を続けていた鎌手白映と相談し、皆の承認によって決定した。（中略）歌誌の定期発行には、霽江の自腹を切ってでも欠かすことの無いように努力している。大御所の福田夕咲からは、生前に多大の指導を仰いだ。」とある。夕咲は若山牧水の親友である。万端整えての歌誌の出発であったことが分かる。

ということで、実際の「飛騨短歌」誌を見ていくのだが、実物を見ることは極めて困難である。岐阜県立図書館、岐阜市立図書館に実物はなく、さすがに高山市立図書館には、合冊化してあるが、一九四七年の十二号からしか収蔵されていないのである。しかし、よく調べてみると、県図書館には、マイクロフィルム資料「プランゲ文庫雑誌コレクション」があるではないか。この資料を調べることで、大きな驚きに遭遇するのである。

短歌雑誌が映し出す占領下

ＧＨＱの「検閲済み」大らか

今回見るのは、「飛騨短歌」第一巻、第七号で、昭和二十一（一九四六）年十月二十五日に高山市内で発行されている。十月、十一月とあるから隔月刊であることが分かる。雑誌の歴史を俯瞰（ふかん）するには、創刊号を見るのが必須であるが、残念ながらその方法はなく、第七号からということになる。前回触れたように、筆者は、岐阜県図書館のマイクロフィルム資料「プランゲ文庫雑誌コレクション」から複写資料を入手し、この記事を書いている。「中津川を拠点『山那美』」の項でも述べたプランゲ文庫の詳細についてここでは触れてみたい。

連合国軍総司令部（ＧＨＱ）民間検閲局は、一九四五年から四年間、占領下の日本で出版された新聞、雑誌、書籍を町内会誌に至るまで大量に検閲した。ＧＨＱに勤務していたプランゲ博士は膨大な資料の一部を米国に持ち帰り、メリーランド大学が「プランゲ文庫」と名づけたのであった。プランゲ文庫の重要性は、占領軍の検閲実態が分かるだけでなく、占領下の日本社会の変化を見ることができる点にある。全国各地の貴重な資料が、海を越えて保存された訳である。

その後資料の劣化が進んだため、一九九二年にメリーランド大学と日本の国立国会図書館が協力してマイクロ化事業が開始され、国会図書館憲政資料室で一般に公開されるようになったほか、一部の大学図書館・県立図書館などでも見ることができるようになったのである。今回筆者はこの恩恵に浴することができたのだ。飛騨地区でもほとんど残っていない雑誌を、アメリカで保存されていた資料のマイクロフィルムで見ることになるとは、何とも数奇な運命を感じずにはいられない。

表紙写真の右上には、検閲者の手によってg.i f uと書かれている。その左側は、やや崩れているがOKとある。すなわち検閲したが問題はない、と言うことである。

さて、目次を見ると、福田夕咲（ゆうさく）の文章「開幕の挨拶」の後に、三つに分けて作品欄が置かれ、下段には、「受贈歌誌愛吟抄」「高山歌會（第八回）」といった記事が設けられている。歌誌の名前を少し挙げると、「岐阜歌人」、「アカシヤ」、「うすぎぬ」、「あこがれ」、「ひろの」といった具合。岐阜歌人は筆者未見の第一号である。確かに発刊され、しかも飛騨の雑誌と交流をしていたことが分かる。また、雑誌は皆、第一号から第五号であり、当時短歌雑誌が大変な勢いで創刊されていたことが分かる。

燈台の岬に通ふ小砂利道我物羅に走り過ぎたり
ジープガール唇赤くガムを噛みつつ何かもの言ふ

共に、安寶英二の作。「我物羅」は「わがものがお」。走り過ぎたのは、ジープであろうか。続く歌の「ジープガール」は進駐軍女性兵か。燈台(とうだい)が出てくるので、飛騨高山を舞台としていないのだろうが、いずれにしても、進駐軍に対して好感をもった歌ではない。これらの内容が検閲済みというから、まあ文学的には大らかな占領だったと言えよう。

新歌人集団、気概に満ちて

一九四七（昭和二十二）年五月三十一日発行の「飛驒短歌」は、四・五月号。作品の中に評論と題して「あまりに短歌的な」と題した福戸國人の文章がある。タイトルは、芥川龍之介の評論のタイトル「文芸的な、余りに文芸的な」を意識したものであろう。冒頭で、「飛驒短歌」を作る旧知の人たちとも、雪の深い故郷の夜に、停電の蝋燭（ろうそく）の下で話し合い嬉（うれ）しく懐かしいことだったとあるので、福戸は飛驒の出身だったことが分かる。末尾に、新歌人集団の世話人と記した上で、昭和二十二年四月五日朝日東京本社にてとある。

新歌人集団は、戦後の混迷する歌壇の中で、三十代の歌人たちが超結社で集まったグループである。加藤克巳、近藤芳美、宮柊二といった昭和の名歌人たちが名を連ねていたことで知られる。何より「第二芸術論」によって自信を失くしがちな歌壇を、厳しい戦争体験をもつ歌人たちが共に乗り切ろうと連帯したものであった。

短歌評論家の篠弘は、『現代短歌史Ⅰ　戦後短歌の運動』の中で、第五章全てを新歌人集団の記述に費やしている。福戸については、新雑誌「新日光」の編集を新歌人集団が任され、創刊号を刊行した時の、巻末の「ノート」から「終戦後の短歌は決して低調でないなど平気でうそぶく歌人にあきれているが、このごろ歌壇は少しずつ立ち直りつつあるように見えだしてきた。それは結局短歌のだらしなさのなかに、自分がだまされてゆくのではないかと警戒している」という言葉を引き、他のメンバー共々に「気概にみちた危機意識」「果敢なる意志」といった表現で大いに評価をしている。「新日光」の創刊号は二十二年四月であるから、まさに、「飛騨短歌」の評論を書いている時期に重なるようだ。

「あまりに短歌的な」の文章中、「飛騨短歌」を「あまりに短歌臭いことである」と批判しつつも、「もとより傳統の短歌の枠にあつて、その表現技術など、地方誌として、水準を抜いてゐる」という具合に、この雑誌の水準を認めてはいるのだが、会員作品に「かも」という感動詞が安易に使われ過ぎであることを、数字を挙げてたしなめていたりもする。

　ゼネストを詠んだり、ジープを唱(うた)ったりする素材の新しさだけが新しい短歌でないことは言ふまでもない。しかし乍(なが)ら飛騨の山奥にゐて、どんな地味な生活をしてゐても、この時代に生きる時代の感覚と新しい詩情が、どこかに匂つてをるべきだと思ふ。そうした　作品が殆(ほとん)ど見受けられぬのは、淋(さみ)しい。

そういえば前回「ジープガール」の歌を引用したが、郷土出身で中央で活躍する果敢で気概に満ちたこの歌人は、題材だけなく、新しい感覚と詩情とを強烈に要求して止まない。そうした評者に誌面を割く覚悟があったことに発行人の面目はあろう。

評論の中で、「これだけはけふ仕上げんと心せく日暮れを機械のまはりおとろふ」という保谷興三の歌を引き、作品欄（二）の歌だが、（一）よりも感動が深く、編集者の眼（め）に疑ひを持つとまで福戸は書く。ここまで真っすぐなのは飛騨人の気性なのだろうか。

同人雑誌の奥行き

作歌者、互いの自由を尊重

短歌俳句の総合雑誌は、現代も健在で、短歌の場合、角川書店の「短歌」、短歌研究社の「短歌研究」といった月刊誌は、書店で、あるいは、定期購読、ネット販売で購入が可能だ。雑誌文化は平成の時代になって急速に衰退しつつあるが、今なおこれらの雑誌は、かなり読まれている。こうした総合雑誌は月単位の特集になりがちで、前の月の文章を次の号が引き継いだり、反論をすることはあまり見られない。

その点、同人誌は、月を跨いだり、ある一定の期間議論をしたりという点で融通が利きやすい。

今回は、前回紹介した一九四七（昭和二十二）年五月三十一日発行の「飛騨短歌」

四・五月号に続く六・七月号を紹介するのだが、前回紹介した福戸國人の評論「あまりに短歌的な」に対して、福田夕咲が寄せた文章が、「『かも』の問題」である。副題に、「『あまりに短歌的な』を読みて」とある。福田の「飛騨短歌」における地位は、ちょうど本号の「編集余録」に、「飛騨短歌会は小生の考へとしては、福田夕咲先生の晩年をして飛騨歌壇の大御所としての有終の美を飾りたい念頭から発足しましたもので」という通りであろう。いわば雑誌を象徴する立場である。「あまりに短歌的な」という評語は、福田にとっては、まさに自分に投げ掛けられた評語として感じられたのだろう。この文章では、「御説、一応御もつともの言葉として首肯する次第」と冷静に構えた上で、次のように言う。

　外的刺激を刹那に捕らへんとする都会人と、じつくり刺激の内容を検討して適宜それに対応しやうとする地方人との心もちに相違はある。（中略）私も曽ては旧派の歌人などに対しては『けりかも派』だとか『けるかも詩人』などと毒舌を振つて、その古めかしい作歌態度を非難した時代があつた。その後直接作歌に親しんでみると、だんだん『かも』といふ言葉の味がわかって来た。古い日本語の最も美しく、深みのある、落付いた言葉であることに至った。

地方に住むものには独自の立場があるという論旨は、中央で活躍した後飛騨で指導的な立場にある福田が言うとさすがに説得力がある。それぞれの立場を尊重して、「作歌者はお互いに作歌者の自由を尊重し合うべきもの」と説くのである。そして、文章は次の歌で締めくくられる。

世の歌論、敢ていなまず、うべなはず　淡淡として歌詠む、われは

福田はこの翌年に逝去をする。伝統的な短歌への回帰的な心境にあることが率直に伝わってくる文章であると言えよう。

本号には、長尾桃郎という人物も文章を寄せている。「飛騨歌人」の若者たちに、やはり「あまりに短歌的な」の記事に触れつつ、「万葉調に対する執着と探求の熱

意そのままを現代語の上に転換さるべきではなからうか?」と熱く語りかけている。長尾は労働運動史の研究者として関西で活躍したようだが、元来飛騨の出身なのだろう。

福戸國人と同様に、飛騨に関わる人物が、この短歌同人誌の奥行きを深くしていることを思うのである。

GHQによる検閲の実態①

「襲ひし者も」に丸印、不承認

「飛騨短歌」に関しては、岐阜県図書館所蔵のマイクロフィルム資料「プランゲ文庫雑誌コレクション」に拠っていることは何度も述べてきた。この資料は、連合国軍総司令部（GHQ）民間検閲局が、一九四五年から四年間、占領下の日本で出版された新聞、雑誌、書籍を町内会誌に至るまで大量に検閲したものをGHQに勤務していたプランゲ博士が米国に持ち帰ったものである。

このマイクロフィルムの中には「TABLE OF CONTENTS」と題した用紙が挟み込まれている。検閲のコメントを一覧表にしたものである。写真①は昭和二十一年十・十一月号に付けられたものだが、表の上部は雑誌の発行状況を記録している。編集兼発行人大埜間霽江に関しては、その住所もローマ字で記されている。注目されるのは、「DATE CENSORED」すなわち検閲の日付が、一九四六年の十月二十二日となっていることだ。この号の奥付を見ると十月二十日印刷、十月二十五日発行となっている。これはどういうことか。印刷したものを一部見せて、問題がなければ発行できたのだと考えられる。ともかく「Passed No Violations」とあるので、「問題なし」との判定である。

一覧表の部分を見よう。執筆者名がローマ字で記されているのは、福田夕咲と大埜間だけである。ありとあらゆる雑誌を検閲する以上、やはり主要な執筆者をマークするという傾向があったのだろう。一覧表の

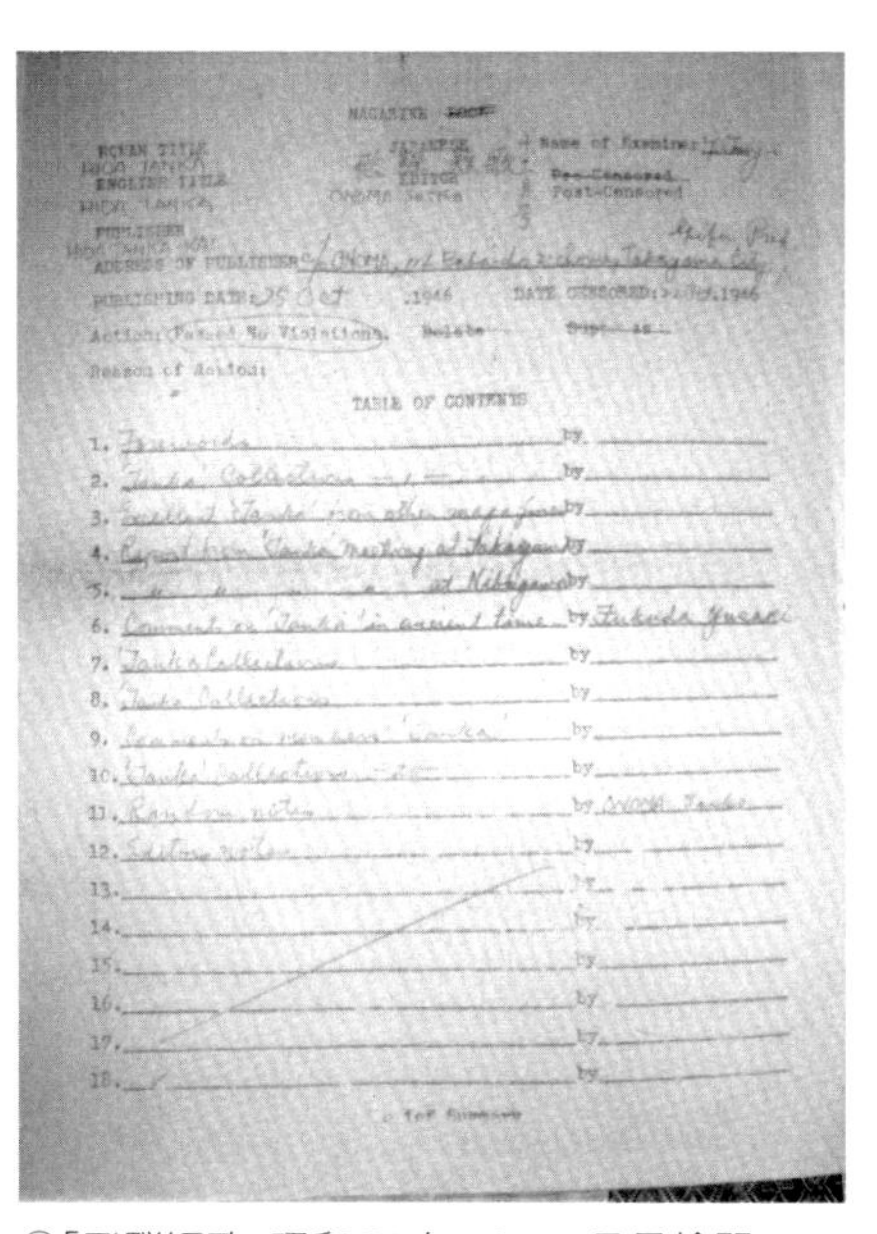

MAGAZINE

ROMAN TITLE
HIDA TANKA
ENGLISH TITLE

JAPANESE
EDITOR

Name of Examiner:
Post-Censored

PUBLISHER
ADDRESS OF PUBLISHER

PUBLISHING DATE: .1946 DATE CENSORED: .1946

Action: Passed No Violations

Reason of Action:

TABLE OF CONTENTS

1. by
2. by
3. by
4. by
5. by
6. Comment on 'Tanka' in ancient time by
7. by
8. by
9. by
10. by
11. by
12. by
13. by
14. by
15. by
16. by
17. by
18. by

①「飛騨短歌」昭和21年10・11月号検閲一覧表（プランゲ文庫雑誌コレクションより　岐阜県図書館所蔵）

項目を見ると、「作品（一）」が、「'Tanka' Collections 1」といった具合で、だいたい直訳であるが、福田がローマ字になっている6番目の欄は、「Comments on 'Tanka' in ancient time」とある。直訳すればこれは「古代短歌についての論評」くらいだが、雑誌本文では、「郷土歌人たちの作品（一）」とあるので、かなり食い違っている。福田の文章の中身は、姉小路家が飛騨に正当の短歌を京都からもたらしたということから書き起こしているので、内容をできるだけ一言で書こうとしたものだろう。

本当に検閲があったかどうかは気になるところだが、今回入手した資料の中では明確に不承認となった部分がある。それは、昭和二十四年の五・六月号である。表紙と該当の記事に、大きく「Disapprove」と書かれている。該当の部分は保谷よそ吉の「或夜の私の夢」九首である。まるで訃報のような黒枠で囲われており、一首目の途中には丸印がついている（写真②）。

防ぐ術なき國の全ては焼かれたり襲ひし者も住み得ざるまで

丸印が、「襲ひし者も」に付けられている。この号には、日本語で検閲文書と書かれた資料が付けられている。これは二枚からなり、二枚目は、「INFORMATION SLIP」とある。九首それぞれの歌が英訳された後に、(Propaganda：Rightist)とある。(プロパガンダ：右翼)と検閲の結果、判断されたのだ。確かに検閲をする側からすれば、「襲ひし者は」という表現は気に障るものだろう。

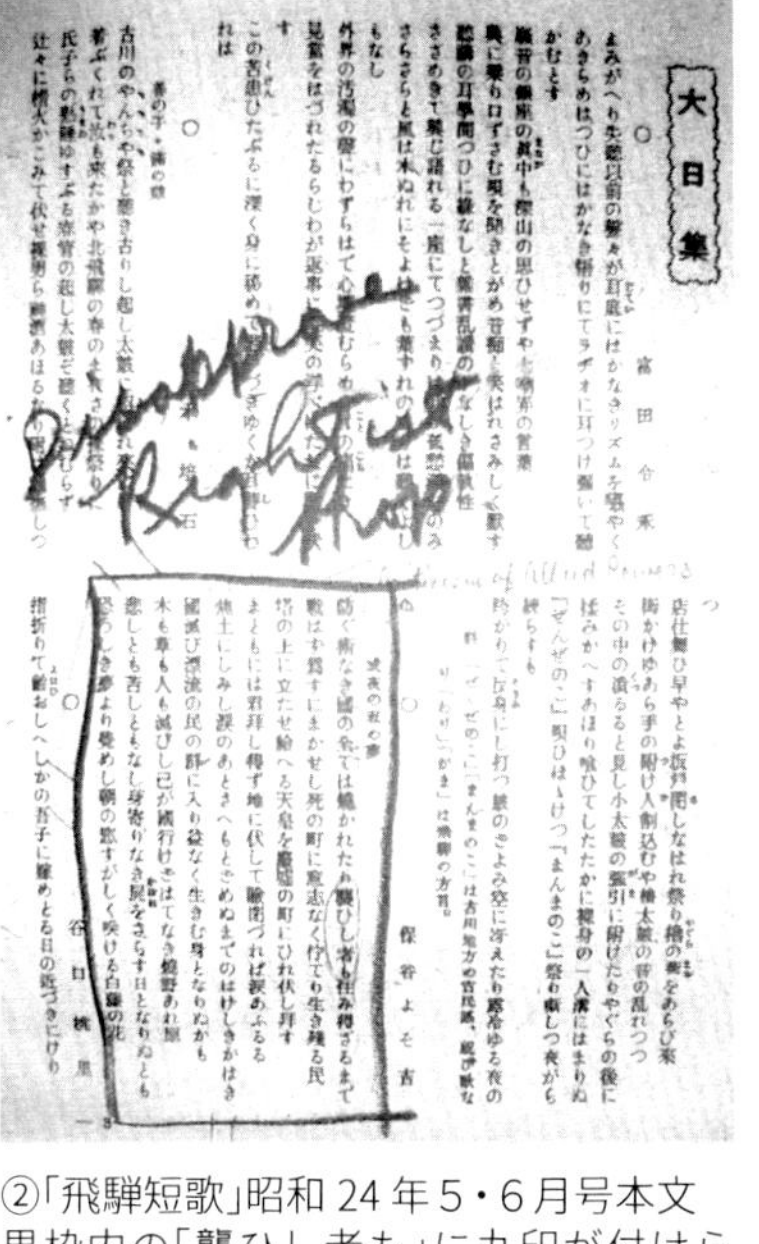
大日集

保谷よそ吉

塔の上に立たせ給へる天皇を廃墟の町にひれ伏し拝す

②「飛騨短歌」昭和24年5・6月号本文
黒枠内の「襲ひし者も」に丸印が付けられている(プランゲ文庫雑誌コレクションより　岐阜県図書館所蔵)

他の歌を見ると、「塔の上に立たせ給へる天皇を廃墟の町にひれ伏し拝す」あたりが、いかにも右翼のレッテルを貼られやすい内容に思われる。

GHQによる検閲の実態②

プレスコードで規制強化

前回は、「飛騨短歌」におけるGHQの検閲の実態として、昭和二十四（一九四九）年の五・六月号掲載の保谷よそ吉の「或夜の私の夢」九首の事例を示した。このような検閲が行われた結果、どのような形でこの号が発刊されたのかが気になり、高山市立図書館所蔵の同号を調べてみたところ、筆者の予想に反して、塗りつぶしなどもなくそのまま掲載されていることが分かった。これでは検閲の意味がないではないかという疑問が筆者に湧き起こった。そこで考えたのは、そもそもGHQによる検閲とはどのようなものだったかということである。

昭和二十年九月二日に連合国最高司令官総司令部（GHQ）が設置され、九月十二日には、日本政府に対して、「ニューズ頒布についての覚書」が出された。そして九月十九日には、「プレスコード」が発表され、マスコミに対する規制が強化されたのである。プレスコードとは、GHQが新聞・出版活動を規制するために発した規則で連合国や占領軍についての不利な報道を制限したものである。昭和二十七年、講和条約の発効により失効するまで続いた。「大東亜戦争」「八紘一宇（はっこういちう）」のような戦時用語の使用を避けるように指令したものである。

篠弘の『現代短歌史Ⅰ』は「占領下の検閲」と題する文章の中で、プレスコードについて詳述している。はじめの一カ月間は事後検閲の方式だったのが、アメリカ兵の日本人女性に対する暴行事件の報道を機に、全てが事前検閲に切りかえられたのである。事前検閲になったことで、「占領軍に批判を加えたり、不信や怨恨（えんこん）をまねくような記述を載せてはならない」ということになり、編集者たちは必要以上にGHQの顔色を窺（うかが）うようになったのだという。その後、昭和二十三年七月には事後検閲になり、さらに翌年九月には、それも表面上は廃止されたとのことである。

この経緯を、前回見た「飛騨短歌」における検閲に当てはめてみると、昭和二十一年十・十一月号は、事前検閲の期間に当てはまる。検閲の日付は、一九四六年の十月二十二日だが、奥付は、十月二十日印刷、十月二十五日発行となっている。印刷に入る前に見せて、問題がないから発行されたということであろうか。

昭和二十四年の五・六月号の場合は、事後検閲の期間に該当する。検閲文書一枚目の日付は、Publicationが〝25 June 49〟、Examinedが〝24 aug 49〟とある。刊行が一九四九年六月二十五日、検閲が同年八月二十四日ということである。ほぼ二カ月を要しての検閲だと分かる。

前回見たように一首ごとに英訳までつける時間がとれるはずだ。前回引いた「塔の上に立たせ給へる天皇を廃墟の町にひれ伏し拝す」の英訳は以下のようである。

〝I worship the Emperor who stands on a tower in a city of ruins on my knees.〟

Examiner（検閲者）はSAWAKIとある。簡潔かつ滑らかな翻訳は、日本人ならではと言えるのではないか。篠は、土岐善麿の受けた検閲に触れつつ「短歌についてかなり精通する人物か、むしろ歌人とみなしうるものが、GHQの検閲に加わっていた」と指摘するが、この検閲者も英語のみならず日本文学にかなり精通していたことが予想されよう。

福田夕咲の死

転換点迎えた「飛騨短歌」

昭和二十三年四月二十六日午後十一時三十分に福田夕咲は自宅で逝去する。「飛騨短歌」同年五・六月号は、六月五日発行だが、追悼の歌や文章を載せている。富田令禾（れいか）による「編集後記」に、「先生の御危篤以前から本号の編集を大体了してゐたので、且（か）つ見らるる通り土川彦蔵君の一週（原文ママ）忌追悼号の形をとつたので、自然先生の追悼号は日尚（な）ほ浅いため資料の蒐集（しゅうしゅう）期間を予定して近く出刊することになつた。」とあるように急遽（きゅうきょ）歌を差し替えたり、追悼文を入れる空間を作ったのだろう。

「噫（ああ）夕咲先生」は富田令禾によるもので、第一作品欄「大日集」の下段に三ページにわたって置かれている。冒頭は、「偉大なる童心の芸術家であり酒仙であつたわれらの夕咲先生は遂に逝かれた。この悲報は伝え聞くものに異常の衝撃を与へたに違ひない。」という深い悲しみから始まる。体調を壊した頃から、臨終、葬儀までの様子を記した後、次のように結ぶ。

先生亡き後の中心を失つた郷土歌壇のことは今は言ふさへ憚られる。ただ従前に増しての協力と精進こそは先生の遺志を継ぐものゝせめてもの悲願であらねばならぬ。序ながら本誌次号は先生追悼号として特輯することを諸君に告げ、その惜しみなき追慕の情を寄せられたい事を切にお願ひする次第である。

「五月八日記」とあるので、葬儀を終えてから、まだ気持ちの整理もつかないままに書いたものであろう。令禾は画家として著名である。明治二十六年に高山で生まれ、東京美術学校に入学するが病気のため中退し、その後京都市立絵画専門学校別科に入学している。昭和二十年疎開で高山に帰郷し、以後高山画壇で活躍するのだが、「飛騨短歌」の創刊にも加わったのであった。表紙も手掛けており、この号にも「令」のサインがある。郷土史家としても活躍し、夕咲が文章、令禾が絵という組み合わせの刊行物もある。

あらはな肋骨の動き気忙しく呼吸をしたまふ眼差しうつろに
空をさぐる互みのあがき細々と手の振り弱く今ぞ逝きたまふ

「大日集」に寄せた令禾の二首。夕咲はまさに「飛騨短歌」の象徴だったのであり、逝去時の悲しみが染み渡る。後記には、「本会の今後の在り方にいろいろの批評やデマを聞く」とあり、求心力を失った苦悩も滲む。
土川彦蔵の特集には、夕咲も「歌集『若き日に』を閲して」という文を載せている。享年三十九歳で早世した会員に対して、「とりわけて歌壇の荒蕪地に開拓の鍬を打ち込んだと思はるゝやうな作もなく、また時流におもねつて、歌壇的聲名を博しようとしたような野心もなく、極めて淡々とその日その日の感想を、一首一首の作品

福田夕咲への追悼文が掲載された
「飛騨短歌」昭和 23 年 5・6 月号

に托(たく)して歌ひつづけてゐられることが、誠に愉快である。」と、華やかな東京詩壇を去り、高山に戻った夕咲ならではの、生活詠に対する評価が率直に述べられている。夕咲は享年六十三歳。七・八月号の追悼号を前にして、「飛騨短歌」は大きな転換点を迎えることとなった。

朔太郎意識した激しい詩

昭和二十三（一九四八）年八月二十五日発行の「飛騨短歌」七・八月号は「福田夕咲追悼号」。目次の隣には、夕咲の最後の作として「この洞や南をうけてあたたかし咲のゆたけき山蘭のはな」の作が自筆短冊と共に並ぶ。その後雑誌の冒頭は、夕咲の詩、「『ギロチン』は叫ぶ」。

夕咲は元来詩人であった。早大在学中に人見東明らと「自由詩社」を結成し、口語詩運動を展開したが、家庭の事情で、二十八歳で郷里高山に帰らざるを得なかったことを斟酌（しんしゃく）しての、詩の掲載であろうか。この詩は、大正十五（一九二六）年六月に「朱筆」第一号に掲載したが発表を禁止されたいわくつきのものである。最初の三連を引く。

何んといふすばらしい噴水だ。
純白な肉體(にくたい)から
真赤な血液が、こんこんと湧きあがる。

緋牡丹(ひぼたん)のやうな筋肉の断面
万華鏡のような筋肉の伸縮

あたり一めんに、どす赤い飛沫(ひまつ)が散らばつて
ねばつこい血糊が、斑々と凝つてゐる

冒頭から実に血生臭い。自らがギロチンとなって読者に語りかける。第四連で、「若い僧侶の首が、手鞠(てまり)のやうに飛びあがつた。」と処刑の瞬間を語った後、「必要の命ずるまゝに／俺の白刃の下にあるもの凡(すべ)てを／素早く、一瞬間にざつくりやつて仕

舞ふのが／俺の本能でもあり、仕事でもある。」と非情の極みの吐露をする。そして最後は、独立の二行。「今日はどんな犠牲者が俺の白刃を血ぬらしめるだろう」「獄卒ども、おれの白刃の手入れを怠るな」で終わり、「大正十五年六月『朱筆』第一輯所蔵、発表を禁止さる。」と記されている。

夕咲と言えば、『岐阜文化スケッチ』（昭和四十三年岐阜ユネスコ協会発行）で平光善久が「印象的な詩風は、澄んだ山国の空気と冷い水面が織りなす陽のひかりを思わせ、静澄な境地をかもし出し」と書くように独特な哀感、品格が持ち味だが、この「『ギロチン』は叫ぶ」との落差はいったい何なのであろう。

日本近代詩の父と言われる萩原朔太郎の処女詩集『月に吠える』は大正六年の刊行。この詩集のうち二編は、風俗を乱すとの理由により削除処分が出、それに対して朔太郎は、「風俗壊乱の詩とは何ぞ」と題する抗議文を「上毛新聞」に発表した。夕咲の詩歴を朔太郎と引き比べてみると、冒頭の「自由詩社」の結成が、明治四十二年、詩集『春のゆめ』の上梓が明治四十五年。帰郷するのが大正三年である。地元で山百合詩社という拠点を作ったとはいえ、かつてのライバル相馬御風、川路柳虹、三木露風たちの活躍の陰に隠れたことは否めない。萩原朔太郎の躍進を眩しい思いで見ていたことは十分想像される。発禁処分となるほどの激しい詩を発表したのは、朔太郎への競争意識もあったのではないだろうか。

とはいえ、短歌雑誌である「飛騨短歌」の巻頭をこのような詩が飾ることにこそ、夕咲の高山における立ち位置が分かるというものであろう。

酒客への追悼文

白秋ら飛騨の地酒を堪能

前回見た、昭和二十三（一九四八）年の「飛騨短歌」七・八月号「福田夕咲追悼号」では、当時の歌壇一線から追悼文が寄せられている。まず筆頭は、土岐善麿の「四十年の昔」。

明治四十年前後、福田君もぼくも早稲田の学園にまなんだのであるが、当時同窓のうちには詩人が多く、北原白秋君は早くも名を成し、人見東明、加藤介春諸君もすでに詩壇に聞こえていた。福田君もその一人であつたが、どちらかというと、つつましやかな存在で、あまり議論などをする方ではなかつた。然し（しか）詩人としての素質はゆたかで、個性的なものを発揮していたようである。

人見、加藤は口語自由詩を提唱した結社「自由詩社」のメンバー。文中、夕咲をして「晩年は短歌などを作つたようである」と、歌人である土岐が書いていることを見ても、亡くなるまで口語自由詩派の詩人として見ていたことが伝わってくる。土岐は一九一〇年に読売新聞社に入社し、一九一八年に朝日新聞に移るまで在籍した。ちなみに正月の恒例行事箱根駅伝は、当時読売新聞社の社会部長だった土岐が、一九一七年に「東海道駅伝徒歩競走」を発案したことが基になったと言われている。それゆえ、箱根駅伝は現在も読売新聞社が開催している。夕咲は一九〇九年から一九一四年まで読売新聞に在籍している。文章の掉尾は、「何しろもう四昔のはるかな過去である。消えかかるおもかげを忍びながら、静かに老友の冥福を祈るばかりである。」で結ばれる。「郷里に帰臥」した旧友へのリスペクトが感じられる文章である。

追悼文からは、もう一つだけ吉植庄亮の「白秋と夕咲と私」を引こう。吉植は千葉県印旛沼開拓の農村歌人として知られる人物である。昭和七年十月に北原白秋とともに、浜名湖、木曽川、高山という順で旅に出たときの回想である。白秋ととともに名古屋の宿屋で酒を浴びるほど飲んだ時に詠んだ歌「うちつづく日酒夜酒にことごとく凝りし身体は他人のもののごとし」を紹介した後、「山水行脚の、酒行脚の最中を高山に乗り込んだので、勿論酒客の福田夕咲のゐる高山のことである。ここでも日酒夜酒で、歌どころのさわぎではない。」と書いている。白秋と庄亮は高山に三、四日滞在し、「山国の、といっても、とても高雅な風味の料理と、そしてつよい、上等の地酒」を堪能したのであった。夕咲の中央との深いパイプを窺わせる逸話であろう。最後に、「酔唱十首」と題した夕咲の一連から二首を引く。

久振りに合はせし顔ぞ菜漬嚙みつつ濁酒すするただにうれしき
思ふどち酌み交す酒ぞたぬしけれすみ酒もよし濁み酒もよし

文人にとっては、やはり飛騨の風土の第一は酒なのだろう。

福田夕咲の「遺詠」

飛騨短歌支え、静寂な境地

「飛騨短歌」一九四八（昭和二十三）年七・八月号「福田夕咲追悼号」に続く、同年九・十月号は、目次の次に福田夕咲の「遺詠」を載せる。

あたたかく朽葉涸れ葉に包まれてほのかに碧き山蘭の花
埒もなく枝さし交す灌木の株たちのかげゆ山蘭の花

静寂な境地に達したと分かる遺作である。続く頁では、岐阜タイムス社主催で開かれた短歌大会の作品について、夕咲が川出宇人宛てに手紙で送った講評を掲載している。冒頭部分を引こう。

川出君！

ことしの気候は少し変調だと思ふ。降雪量が少く、気温も稍高めで、寒冷地帯山岳地帯と言はれる飛騨の高山に於てすら、日当りの好い郊外では、既に菫やたんぽぽが浮れ咲くという状態である。一体『歳時記』であるとか。『類題集』であるとか言ふものは、主として暖かい大都市を標準として編まれたもので、実際寒僻の地へゆくと、あてはまらぬことが多い。岐阜と高山に於ても、僅かに三十里の距離にすぎないが、一月位の季節感の相違がある。君達が梅林あたりの茶店で、梅花を賞しながら一ぱい傾けてゐるのに、僕たちは炬燵にもぐりこんで、寒さに震へてゐるといふわけだから―。

まるで、夕咲が生き返ったかのような勢いである。「川出君！」という威勢のよい呼び掛けが三カ所もある文章であり、川出の好意で掲載されたという事情もよく分かる。その他は、夕咲の歌碑建設に関わる文章が目立つ。

続く十一・十二月号は、高山市内の城山公園に建立された「み佛（ほとけ）の思惟（しい）の姿に似たらずや静けきかもよ岳の夕ばえ」の歌碑の写真が載る。城山公園から望むことのできる乗鞍岳を歌ったものであろう。歌碑も完成してひとまず雑誌は落ち着きを取り戻すところだろうが、翌年の三・四月号の編集後記を見ると、「先生のご逝去後の本会は実に多難の一年でありました。見る人によつてそれぞれの感覚があることでありませう」、「雑誌発展の一要素は何よりも諸君の短歌であり、原稿であります。これが集（あつま）らない限り雑誌は出せない。ひとりよがりな影弁慶をきめこまないで、どしどし寄せていただきたい」などという記述がある。

　筆者の手元にある、マイクロフィルムから複写した「飛騨短歌」のコピーは、一九四九

城山公園の月見平に建つ福田夕咲の歌碑
（高山市城山）

年九月刊の七・八月号までである。岐阜県図書館に収められているプランゲ文庫はこの号で終わっているからだ。

「何とかして本誌の形を整へ、内容を充実して各位に可愛(かわい)がつてもらへるものにしたいと考へてゐますが、仲仲(なかなか)それが出来ない。どうも会員諸君の考へ方が、ばらばらであるかの様にも思はれて淋(さび)しい極みであります」は、先の後記同様、大埜間霽江による。かくて「飛騨短歌」の充実期は夕咲とともに去ったが、大埜間はその志を継ぎ、飛騨歌壇を長く支え続けたのである。資金的な援助はもちろん、夕咲の求心力を誰よりも知っているのが、大埜間なのであった。

高原短歌会、戦前から存在

本紙の飛騨地域版「飛騨國新聞」には「ひだひと文芸」という欄がある。二〇一八年九月一日記事には「高原短歌会」所属の十六人の歌人が作品を寄せている。高原短歌会の歴史は古い。現在発行している「峡雲」という歌誌は、昭和四十三年の創刊である。それ以前は、「短歌通信」という名前で会誌を発行しており、こちらは昭和二十五年から休刊を挟みながら「峡雲」にバトンをつないでいる。この「短歌通信」にも前身があり、「高原短歌」が出ている。この歌誌は昭和二十二年一月から二十四年二月まで計九号が出ている。高原短歌会は戦前から存在しており、昭和十一年五月に「あらがね」を創刊したのが始まりである。昭和五十四年五月発行の「峡雲」は百号記念号である。当時の代表吉田由次郎は巻頭の「歴程回顧」

で次のように書いている。

短歌誌も現在の「峡雲」までに四回も改題を行って参りましたが、こうしたところにも、常に一つのことに満足や執着を持たない、奥飛騨人気質の一端が窺えるかと思います。また、各人が、高原短歌会に結集していても、それぞれに中央の歌壇、例えば、アララギ、中部短歌、暦象、塔、未来、樹木、新歌人、コスモス等の結社に所属しており、会としても幾たびか中央歌壇の主催者を招聘して現代短歌の動向を探りながら、山奥の、井の蛙的な保守からの脱皮を図っていることも見逃せない事実であります。

会の名の高原とは、飛騨の国吉城郡の郷の一つとして知られる高原郷に因むのだろう。高原郷は飛騨北部の高原川流域（飛騨市神岡町と旧上宝村）を指す。本欄では既に「飛騨短歌」「舟橋」という飛騨地区の主要な短歌雑誌を紹介してきたが、高原短歌会は、先の二誌と共に飛騨歌壇において鼎立してきたと言える。百号には当時の名古屋の重鎮春日井灝が「お祝いと思い出」と題した祝辞を寄せ「なつかしい神岡、うつくしい高原川、百号記念の大歌会には是非と思いながら、八十四歳の私はいま吉田由次郎さん、小池義清さんというよき指導のある山都歌都神岡を恋うてこの筆をとった。百号御芽出度うございます」と書く。

この時春日井は、名古屋の国立名古屋病院に入院中である。そして昭和五十四年四月三十日に逝去している。「峡雲」百号は昭和五十四年五月二十日の発行。まさに絶筆としての、高原短歌会への讃辞である。

今回は、百号から吉田由次郎氏の歌を、冒頭の「ひだひと文芸」から二氏の歌を引き筆を擱くこととする。

短歌誌を届けむと行く細道に吠えかかる犬の面憎々し　　吉田由次郎
神原を超えれば迫る雲海よ渡れば気分壮快だろう　　池野光博
治療室の乳児こばみて泣き叫ぶなみだいろいろ八月のかなしみ　　吉木治子

吉田の歌は、「峡雲」を手渡しで地域に配っている折の歌。こうした風景は、短歌が盛んな長野県で見かけたことがある。新聞の宅配のように配るのである。神岡もまた同様の土地柄なのであった。飛騨市の短歌大会に筆者は平成二十八年より選者として呼ばれているが、池野氏がいろいろと手配をしてくださる。豪快な人柄が歌柄によく出ている。「峡雲」の前発行人吉木氏も実に闊達（かったつ）自在な歌風だ。

「短歌通信」の復刊

機関紙、表現意欲を満たす

前回、高原短歌会が発行する歌誌「峡雲」の前身の会誌「短歌通信」を紹介したが、そのバックナンバーを、高原短歌会代表の野林幸彦氏より見せていただいたので、本欄で紹介したい。

今回見たのは、一端休刊してから復刊した第一号（昭和三十七年六月二十五日発行）から第三十三号（昭和四十三年一月二十五日発行）までである。前回、この会誌が昭和二十五年から休刊を挟みながら「峡雲」にバトンをつないだ旨を紹介したが、昭和三十七年に復刊宣言をし、継続の意志が会員全体に高まったことがうかがわれる。

それは、印刷の形態にも表れており、第一号から第三号まではガリ版刷り、第四号は、活字タイプ印刷、第五号は活版印刷である。ここまでは表紙がついていない。第六号は活版印刷で立派な表紙がついた装本である。こうなるともう通信というよりは、立派な短歌雑誌と呼べよう。「峡雲」の誌史をたどる中で、「短歌通信」の時代は、雑誌とまで呼びうる体裁ではないから、この呼称があるものと思っていたので、こうして手にとって確認できたことの意義は実に大きいと言えよう。

久しく杜絶していた「短歌通信」が、心ある人々の熱意によって再び刊行されることになつた。まことに楽しいことである。

言葉はすぐ消えてしまふが、文字の記録はいつまでもはつきりと残るものである。たどたどしい歩みから次第に力づよく自信にみちた足どりへ、幼い主観からやがてしつかりした物の掴みかたへ、こうした個性の成長をふりかへつてみることの出来るのも、機関紙のもつ尊い使命の一つではないだらうか。短歌は人間の表現意欲を満たして呉れる一つの形式である以上、やはり表現の場が与へられるのは自然である。

この後、「誰でも自由に詠ひ、自由に発表する場としてこの短歌通信を充分に利用してもらひたいものである」と結んでおり、簡潔な文章だが、さながら、創刊の言葉にもふさわしい明晰な雑誌発行の理念が示されている。高原短歌会が、なぜ、活字メディアをもつのかという根本の理念がここにはあるのである。

B4用紙に両面印刷したものを二つ折りにしただけの計四ページの簡略な冊子だが、紙幅全体から、清新な表現意欲が伝わって来よう。短歌を寄せている者が十一名、最後に載っている会員名簿には、三十七名の名前が見える。

送られし「樹木」包みて山に来ればひそかに待ち居りにわか雨の刻を　滝本しげ子

新しきサイロに牧草詰め込みて久しき希ひ叶えばうれし　野林幸彦

「樹木」とは短歌雑誌の名前。中野菊夫が昭和二十六年に発刊している。中野は、戦後、新歌人集団を結成し、歌壇に新風を送ったことで知られている。そのような中央歌壇の俊英とのつながりを感じさせるのが、滝本の作品。野林は、復刊第一号にも歌を出していたことが知れる。労働歌だが、新しいサイロができた喜びが、労働の鋭気となり読者にまで伝わってくる。

「短歌通信」の復活と発展については、もうしばらく検討してみたい。

神岡の暮らし、情感豊かに

復刊した「短歌通信」を見ていると、その過程で驚かされるのは秀逸な文章、エッセーの存在だ。特に表紙がついた「第六号」（昭和三十八年刊）以後の充実に目覚ましいものがある。例えば第六号の「ばんや坂」というエッセー。大江もとえが筆者である。

前平へ用事の度に通るばんや坂、まばらな立木の四季を知らない私は、みどりの初夏が待遠しい。又秋の紅葉はどんなであろうと、胸がおどるのだ。町に育つた私は、前平と言へば幼い時に遠足に来た思い出があるだけだ。今、水上洞に住んで前平へ行き来する度に、幼い日のイメージが湧くのは、このばんや坂と、やなだにだ。和佐保のお寺で休んだ時、あたりがうつそうとした林の中にあつたお寺、それが社宅の真中に明るい屋根をみせて、さつそうとそびえているのだ。あの時出会つた大人達は、ねこだをおね、わらじばきで、煮〆たような手拭を首にまいていた。ひくいのきを並べた長屋へあれから三十年、今、その長屋に住んで電気製品の並んだ廊下、社宅から飛び出す子供達は、明るいほゝえましい若々しさ、やつぱり近代的だな。

何とも軽妙な文章の気息が感じられる。行ったことのない「ばんや坂」がどんな坂かと興味が湧いてこよう。そして、実際にその坂を進んでいるような感覚をもたらしてくれるのである。

引用の後半に出てくる「ねこだをおね」のところで一旦立ち止まるのだが、「ねこだ」は、藁で編んだ背負い袋、「おね」は飛騨弁の「おねる」の連用形。背負うの意味をもつ。背負い袋を負い、わらじ履きの男たちは神岡鉱山の労働者だったのだろう。幼時の記憶が見事に蘇ってこよう。方言がさりげなく使用されているのも趣深い。最後は、「ぼんやり思いにふけっている私のそばを、さつそうと若い人が往き交う、足取りも軽く。昔のくりごとを言っても仕方がない。紅白にぬりわけた美しいバスが頭上の道路を通っていくんだからと思った」で終わる。かくものびやかで、情感豊かな文章を書ける文才を、筆者がどこで身に付けたのかと思わずにはいられない。

この他、「素描」というミニコラム欄があり、毎回二人が文章を寄せている。第八号は石倉歳男の文章。「神岡に生まれ、神岡に育ち、鉱山に勤務する純粋の神岡っ子。あの頃は親父が鉱山に勤めていれば、息子は当然、鉱山に勤めるべきものとして入社させていただいたものである。（中略）入社した選鉱では、陸上競技、文化部として謡曲、短歌、俳句がもっとも盛んであった。それで選鉱には、多数の陸上選手と、多くの歌人、俳人が育った」と始まるが、男性らしい硬派の文章だ。選鉱は、有用鉱物を無価値成分から分離し回収する工程の部署か。それにしても、まさに文武両道が奨励されていたことが知れる。

石倉は、文末で、丸かっこを組み合わせ、顔文字のようにも、鳥が飛び立つようにも見せている。なんとしゃれた表記法だろう。高原短歌会の会員の文才は、偶然ではあるまい。神岡鉱山の人口の最盛期は昭和三十五年ごろで、二万七千人ほどと言う。第八号も昭和三十八年の刊行。神岡ならではの生活綴り方の文化がこの「短歌通信」に結実していることは間違いがないであろう。人口比率から言っても実に高いレベルを誇っていよう。

伝統文化究める姿勢必要

高原短歌会が発行していた「短歌通信」についてここまで見てきた。同誌第十二号は、昭和三十九年五月十五日の発刊。酒井冨士男の「短歌の伝統性について」という小文が載る。

「青年歌人合同研究会」で、「短歌の伝統」と云うことがかなり突き込んで論議された。

伝統を踏まえて、その上で文学性を高めてゆくべきだとする主張と、伝統にはむしろプロテストするべきだと云う論議に分れたようだが、その結論には必ずしも満足はみられなかつた。ところで、戦後のヨーロツパ諸島では、「伝統の再発掘」と云うことが、あらゆる面で真剣に考えられ、そのための努力が根強く続けられていると聞く。

伝統の層をもう一度じっくりと究め、深く埋れたその深みに太陽の光を当てようと、トレンチを掘り進めてゆく努力と、ヨーロツパの人々は惜しまないのにひきかえて、こちらではそうしたシンのある動きが一向に盛り上ってこないようだ。

冒頭に出てくる「青年歌人合同研究会」は一九六二年五月二十六日、二十七日の二日間岐阜市婦人会館で行われた短歌界におけるシンポジウムの嚆矢である。「初夏岐阜の会」とも言い、テーマは、「明日の短歌はいかにあるべきか」で、「伝統と革新」については第一日目に討議がなされている。このようなシンポジウムは前衛短歌運動を推進する目的で行われ、岐阜の以後、神戸、東京、名古屋と全国各地で行われた。

酒井が直接参加したのか、人づてに聞いたのかは分からないが、岐阜市から遠く離れた神岡の地でも、その熱い議論の様子がこうして会員に伝えられていることは興味深い。そして酒井は、日本から遠く離れたヨーロッパにおける伝統の再発掘ということにまで、問題を拡張している。西洋の文学に深い見識があるのかもしれない。そんな中、「トレンチを掘り進めていく努力」という表現に目が留まる。「トレンチ」は発掘坑のこと。坑道を掘り進めるように、伝統文化を究める姿勢が日本にはないことを酒井は物足らなく思っているのだ。鉱山の町神岡の短歌誌らしい表現である。

最後に酒井は、「伝統を亡霊のように忌避したり、伝統と云うことを敬遠する歌人があるならば、それは大きな誤謬（ごびゅう）を犯しているように思う」と結ぶ。立ち位置としては、伝統にプロテストする側でないことは明白であろう。しかし、「青年歌人合同研究会」のことを話題にしているくらいであるから、単なる守旧派でないことも明らかだろう。

「短歌通信」第十六号（昭和四十年一月二十日発行）では、小瀬洋喜が「十五号感銘歌抄」という作品批評を寄稿している。小瀬は岐阜にあって、「青年歌人合同研究会」を運営した中心人物である。その小瀬に批評を依頼している時点で、高原短歌会の立ち位置というものも明白になるだろう。

小瀬は、酒井の「秋雲の低く垂れつつ吹く風に庭の干梅しきりに匂ふ」の作品を引き、「これも見事な作である」とした上で、「上句ではややくどくないか。『つつ』の感じも明確でない」と、厳しい批評もしている。伝統的な歌を前にして、より洗練された表現を追究するよう助言する小瀬だからこそ、前衛派の短歌評論の旗手にもかかわらず、このような批評の場を依頼されたことが頷(うなず)ける。

神岡地区、文芸雑誌に情熱

「短歌通信」全体で注目すべきは、何と言っても第十三号から第二十六号まで十四回にわたって連載された、水野一郎による「神岡地区における文芸誌の変遷」だろう。第一回は、半ページにも満たない記事。水野は、編集担当者から何か書けと再三言われていたと冒頭に書いた後、自分が小学校を卒業した大正十五年当時に発行されていた同人誌「一つの道」を紹介する。詩、小説、短歌、俳句等が謄写印刷で刷られていたという。

その後、「若芽」という雑誌が昭和三年に創刊され、昭和四年の夏ごろまで続いたそうで、この頃から短歌欄が充実してきたそうだ。昭和四年の十月に「若芽」休刊を受けて、「山賊（やまかち）」が発行されたという。第二回には、「一つの道」以前に上宝で

「黎明(れいめい)」という雑誌が発行されていたこと、「一つの道」は第四号、「若芽」が第十号、「山賊」が第三号まで出ていたとある。その後は少しおいて、昭和七年に「草笛」という雑誌が出たことも記されている。この「草笛」は詩から始まり、創作や短歌にもジャンルを広げていったようである。この連載を書いている水野は原紙切りを行い、「短歌通信」の発行人であった吉田由次郎の名前も見える。「草笛」には多くの会員が集まり、支部もできたそうである。

第四回からは、俳句でも大正末期からいくつもの雑誌が発行されていたことが記されている。会員が全国結社「アララギ」に入ることで、神岡地区機関誌として「あらがね」という雑誌が昭和十一年に発行されたと第六回の記事にある。その後は全国誌「短歌研究」や「新萬葉集」入選の記事が続くが、戦争の色が濃厚になる昭和十六年に「あらがね」は休刊となってしまう。若い男性が徴兵されたことで、女性ばかりの文芸誌「雑草」が昭和十七年に発刊されたという記事が第八回には見える。神岡地区の文芸雑誌に対する熱意の大きさが分かる。

「雑草」は一年ほど続いたようだが休刊となり、終戦後、神岡鉱山労働組合文化部が機関誌を出すことになり、選ばれた雑誌名が、戦前に出ていた「あらがね」である。この雑誌に小説を出していたのが、江夏茂一郎、美子夫妻であるが、江夏美子は、飛騨市神岡町出身の作家江夏美好（本名・中野美与志）のことである。名古屋で同人誌「東海文学」を主宰し、江夏美子の筆名で書いた「脱走記」は昭和三十八年に直木賞候補となっている。翌年田村俊子賞を受賞した長編小説「下々（げげ）の女」を江夏は、白川郷に生きた底辺の女の一生と、鉱山労務の日常生活とを織り成すようにして書き上げている。

名古屋の同人誌活動でも有名な江夏が若き日に、この第二の「あらがね」で活躍していたことは実に興味深い。この後、高原短歌会の「高原短歌」から「短歌通信」への歩みなどが語られるが、会を追うごとに短歌史への思いは強まっている。戦後急速に高ぶった作歌活動が下火になり歌会さえ開けなくなった壊滅状態を打開するために「高原短歌復興運動」を提唱することにして、毎月「短歌通信」を出すことに決定したと、最後に水野は書く。一人の短歌史家が、作歌活動の歴史をこれだけ丹念に残したこと自体が「高原短歌復興運動」の貴重な成果であるだろう。

抑制された豊かな筆致

「萬歳」の機微、エッセーに

「見事な文章力」の項で「短歌通信」第六号掲載の「ばんや坂」というエッセーを紹介したところ、子どものころに神岡に住んでいたという読者から、大変懐かしかったという連絡をいただいた。「短歌通信」には珠玉のエッセーが多く、今回は全文を紹介し、その魅力を味わってもらうこととした。

岩矼（いわこう）という筆者はいくつもの文章を発表している。その中から「萬歳」という文章を紹介する。

萬歳。ときと、ところと文字の読みようでは、その目的や意義もずいぶんちがってきます。勝利の栄光をたたえるばんざい、ある祝福のためのばんざい。

ばんざい、ばんざいのなかで苦い体験と思い出をもっている私たちには、ときに微妙なものがあります。

萬歳から万才、漫才と最近はいわゆるまんざいが盛んになり、寄席演芸やテレビ、ラジオなど賑(にぎ)やかですが、以前のように萬歳師といわれた時代の内容のある演芸は少なくなって万才なのかコメデイなのか、なんともわけの分らぬようなものまでが横行しているようです。

それはそれ、お正月の萬歳もまた郷愁のようなものを呼びおこさせます。近年見られる萬歳はくずれてしまって簡単な衣装に大黒頭布(ずきん)、それにつづみを持った一人だけというふうなものが殆(ほと)んどで、なかには女性であるものも見うけられます。

昭和のはじめころまでの萬歳は、三河、尾張、越前などからやってきました。背から両袖へ大きく羽をひろげてはばたく丹頂鶴(たんちょうづる)のえがかれた素袍(すおう)、風折烏(かざおりえ)帽子(ぼし)すがたに日の丸の扇を持った太夫と、大黒頭布につづみを持った才蔵との二人一組のものと胡弓を加えた三曲万歳もありました。

もちろん、鳥目（ちょうもく）を得ることは当然の目的であったことはちがいありませんが、最近のように一つか二つ、つづみの音を聞いたと思うと差し出されたお金をふところに、さっさと隣りへ行ってしまうようなものとはちがい、新しい年の春を寿（ことほ）ぎ、大衆のなかに溶け入ってともに喜び、楽しみ、楽しませるものでした。歩きながらも、あとを追いかける子供たちの頭を撫（な）でることを忘れず、ほんとうに福を持って来たという気持で笑顔をいっぱいにからだ全体で舞う、その姿は優雅であり、正月を楽しいものにしてくれるものでした。

新らしい文化国家といわれる今日、古いものとして失われていくこうしたものに、なつかしさを感じるのは私だけではないのではないでしょうか。

「短歌通信」第三十三号は以後「峡雲」と変わる直前号。そこに掲載された全文である。書き出しは、萬歳、万才、漫才と漢字表記の三態を示しつつ、お祝い事、寄席芸能、伝統芸能と、きびきびとした筆致で、日本文化における「萬歳」の存在感、機微について触れている。最後に出てくる芸能の萬歳の記述では、神岡地区に、三河など各地から芸を披露しに来ていたことが分かる。

「鳥目」とは、穴あき銭の穴が鳥の目のように見えることから小銭のことだが、戦前と戦後との違いに触れるあたりに、独特の文章の味わいがある。太夫と才蔵の二人組でこそ萬歳だろうという芸能への見識は決して押しつけがましくないし、ご祝儀目当ての戦後のありようへの批判も、戦前の子どもたちへの優しい振る舞いを描くことで、嫌みを抑えている。

半世紀前のエッセーが、また一際心に響く現代の日本のありようではないだろうか。

小島信夫の小説「美濃」

先鋭的、郷土の風土を描写

このところ高原短歌会が昭和三十七（一九六二）年から五年間ほど発行していた「短歌通信」所収の短歌や文章を紹介してきたのだが、その水準の高さに驚かされる連続だった。

この「新・岐阜県歌壇史」を始める時には、飛騨地区の歌壇史というものをあまり意識していなかった。この連載でも取り上げた、小木曽旭晃に『濃飛風土記』（一九五八年刊）があることは知っていたが、明治九（一八七六）年八月に、美濃と飛騨とが合併し岐阜県になったとは言え、戦後にまでその風土、文化史を強く意識するとは思っていなかったのだ。

ただ、連載を始めるにあたり、岐阜市加納地区出身の作家小島信夫の小説「美濃」

（一九八一年刊）を座右に置き、どこかで、美濃の風土について触れながらこの歌壇史を散文の世界から照らし出す日が来るのではとは思っていた。

この小説は実に先鋭的で、小島の分身である小説家古田信次が、郷土の詩人である篠田賢作に自分の年譜を頼んだことから、小説家のルーツを探るというものである。随所に、美濃の風土、言葉、人柄というものが分析的に描写され、小説家古田の美濃との関わりを読者に語り掛けるという実験的な小説である。

あなたが私どもの前で、日本中で岐阜というところほど野暮なところはない。批評精神がかっているところだという話だけれども、岐阜で食べさせる食物は煮つけみたいなものばかりだ。してみると、ここ育ちの文学者の批評精神と称するものは煮つけか、煮こみのことなのか、と書いた小説家のことを話しておられたことを思い出して下さい。

これは篠田賢作が「私」に宛てた手紙の内容。岐阜出身の文学者の批評精神を煮付けに例えているのが印象的だ。

「ぼくらだって、伊吹山を見て育ったのですよ」といったとき古田はいいしれぬ気持になった。となりにいる先輩の古田のことを思って古田に代っていったことであるとしても、そうだった。

こちらは学者でたまたま篠田賢作と同姓の評論家である篠田数馬が古田信次と飲んだ時の会話である。西濃、中濃の人間にとって、やはり伊吹山は絶対的なランドマークなのである。その一方で岐阜市内は「賢作の家へ行くのに、左手に権現山と金華山につらなる丘がいっぱいある」のだと古田の知人の画家が言う。

虚構の人物と実在の人物とを交えて登場させるのがこの「美濃」の特徴で、評論家平野謙の死が語られたり、この連載に過去登場した小木曽旭晃、歌人の赤座憲久も話題に上っている。美濃という風土が当地出身の文学者の資質にどう関わっているのかを実験的に明らかにしたのがこの小説だと言えるだろう。

この小説の実験性の可否はさておき、小島信夫が美濃についてこれだけの仕事を残したことは、あらゆるジャンルの岐阜県文学史にとって、実に貴重な橋頭堡となるはずだ。

では飛騨についてはどうか。「短歌通信」の文章に見られる飛騨言葉や伝承文化に触れるにつけて、十分に「美濃」のような小説が成り立つのではないかと思われるようになったのだ。百四十年以上経ったからこそ、美濃と飛騨との本質的違いを吟味できるとも思われてならない。それが、岐阜県文学史を成り立たせる基礎作業であろう。

飛騨短歌第百号

「山清き川清き」歌人を讃辞

「飛騨短歌」については、昭和二十一（一九四六）年の創刊から二年間ほどについて触れたが、すべてプランゲ文庫の資料であった。この度、昭和三十七年十二月に出た第百号を入手したので、触れてみたい。発行者は大埜間霽江。発行所の高山市馬場町は、創刊以来一緒である。通常の作品欄とは別に記念特集が設けられており、賀歌、祝詞が寄せられている。賀歌の巻頭は宮柊二の作品である。

町くだる川に差す日のしらじらと清かりしかな冬の高山
慇懃(いんぎん)に意見を言ひき山清き川清き町に歌よむ人ら

「訪れて語り合ひたる日のありき。かかる人々が拠れる雑誌の百号を積むといふに――。」の詞書（ことばがき）がある。この二首は、宮の歌集には収められていないが、『宮柊二集』第五巻（岩波書店刊）では見ることができる。いつの来訪か気になり、「飛騨短歌」の旧会員に尋ねてみたが、宮の訪問に記憶はないと言う。

宮柊二が上京し師北原白秋のもとを訪ねたのが、昭和八年である。北原白秋と「飛騨短歌」の中心人物福田夕咲とは早稲田大学時代の友人だったことを思い出すと、高山と宮との関係に夕咲、白秋が介在するのではないかという気もする。実際、昭和の初めごろに白秋は高山市内の旅館で記念撮影も行っている。想像は尽きないが、とにかく詞書のごとく、かつて宮は冬の高山を訪れたのであろう。

清冽（せいれつ）な宮川に代表される高山の印象を描いたのが一首目。二首目の「慇懃に」は、文字通り「真心がこもり、礼儀正しい」の意味だが、小京都と称される「山清き川清き」歌人たちの、筋金入りの教養を、宮なりに批評した表現ではないだろうか。戦後を代表する歌人が賀歌を寄せている点からも、この歌誌の格の高さがうかがわれる。

そうそうたる歌人が寄せる祝詞の中で印象的なのは、「飛騨短歌」が「飛短」と愛称で呼ばれていることである。

岐阜市の村岡紀士夫は、「『飛短』百号に寄せて―その不易流行」とタイトルにこの愛称を用いている。名古屋市の藤居教恵も「飛短」の愛称を用い、「およろこび！」の一文の中で、「雑誌発行に多少の経験を持つ」と断った上で、「飛短の所在地が概念的にみれば比較的歌壇的地の利のうすいところにありながら、一方中央地方歌壇という時代的な事も時に話題になりますが、地方歌壇が常に中央の従属でもありませんし立派に地方歌誌としての存在も確認されており、殊に県歌壇という範疇に於ては現存結社としての命脈を保つものとして一番のしにせであり、今や中堅歌人続出の兆しもあり」と、その継続を讃えている。藤居は、戦後すぐに名古屋で「短歌雑誌」という全国版の総合短歌誌を発行したことで知られる歌人である。そのような人物からの評価でどれほど「飛短」のメンバーが労われたかは想像に難くない。

名古屋の重鎮春日井瀇は「『飛騨短歌』百号礼讃」の中で、「飛騨の山河は美しい、山青く水清く棲みつく人の心も美しいことに高山は古来小京都と呼ばれ、この山都に棲む人々の素朴で冽い、それでいてことに堪えぬく性は、最も続けがたい文学同人誌を百号の長きに亘(わた)つて、より鮮(あたら)しくつづけられて来たその業績は心から讃えられてよいだろう」と惜しみない讃辞を贈る。これは先の宮の二首目の歌の内容そのままではないか。実に印象深い。ともに飛騨人の真相をとらえた表現に他なるまい。

茂吉の高山訪問の謎

愉快に過ごし、料理を堪能

前回取り上げた「飛騨短歌」第百号（昭和三十七年十二月）には「二日間の記録」なる文章が小池甚三によって載せられている。内容は、昭和二十三年五月十九日から二十日にかけての斎藤茂吉の高山への来訪記である。茂吉は、その前日十八日に小池の友人遠藤健三の岐阜市長良にある自宅に宿泊し鵜飼を見物した後、明日高山へ行きたいと言ったのだという。遠藤は、高山の駅舎新築に関わっていた建築業者だったので、高山の知己にすぐ連絡をし、「夕食は角正、宿は長瀬と、夫々(それぞれ)へ電話で連絡し」たのだという。

翌日小池は遠藤家へ向かい、茂吉と合流。随行には堀内通孝(みちたか)、石原善吉がいたという。共に「アララギ」の歌人。堀内は、慶応を出て三菱銀行に入社した人物である。

一行が朝食を終えると、鈴木朝子という人物がやってくる。この人物も「アララギ」の会員、この人物の姪は、奔放な作風の俳人として知られる鈴木しづ子である。戦後朝子の住む岐阜に身を寄せ柳ケ瀬のダンスホールのダンサーをしたり、各務原市内で進駐軍向けキャバレーに勤務したりしていた、恋多き人物であった。その後小池の自宅に寄った後、岐阜駅から九時五十五分発の高山行きの列車に乗っている。

小池は、茂吉の日記や手帳の詳細なメモをもとに、高山では、国分寺、高山陣屋跡を見て回り、昼食を角正で食べ、高楽館に泊まったのだと記している。また短歌はなかったようだともいう。そして翌日の午前十一時三十分に岐阜駅に着いた時には、鈴木朝子氏が既に迎えに来ていたと言う。もちろん小池も迎えに来ている。茂吉は、高山が愉快だったこと、角正の料理が豪華だったこと、堀内が風呂で肩をもんでくれたことを言った後、実は、今回は山形に行っていることになっており、今は仙台辺りにいることになっているから、「二〇ヒヨルカヘル」と電報を打ってくれと頼んでいる。

最後の段落で小池は、「先生が岐阜へ来られたことは、歌に詠んでも、文章に書いてもいけない。ある範囲以外の人には喋(しゃべ)ってはいかぬ」と堀内から厳重に言い渡されたから、茂吉が亡くなったので、この文章を書いているのだと結んでいる。ちなみに茂吉は昭和二十八年に逝去している。

これを受けて三カ月後発行の第百一号「飛騨短歌」で富田令禾は、茂吉が変名で来飛したことを記した上で、「斎藤茂吉先生来飛後日譚(たん)」なる文章を寄せている。自分は小池の文章に非常に興味があり、貴重な文献だというのである。「これほどの大歌人が誰にも知られず、内緒のおしのびで山深い町へ、まんまともぐり込まれたということは、知名の大家だけに一つの話題になるわけだが」とし、小池の文章がなくては、「飛騨山に消えた山びこの、はかない余韻」として絶えたのではとまで書いている。

富田は、茂吉の没後にアララギ編集所の出した全集の第五十一巻（一九五四年刊）の日記にこの度の高山行きが書いてあると小池から聞き及ぶ。そこでは、出発到着時間も一致しているし、角正での昼食も記述があり、宿泊先は高楽館である。同全集四十五巻（一九五七年刊）所収のさらに詳しいメモでは高山町名田町五丁目の高楽館に泊まり馬場町の角正で精進料理を食べたとある。

問題はそれから五年後の昭和二十八年に茂吉夫人が高山に訪問したことが記されていることである。富田は知友坂上栄太郎が今晩茂吉夫人一行が長瀬旅館に投宿したと聞き二人で同旅館へと赴いたと言う。茂吉の旅行先への何故の変名の訪問かは、次回に記したい。

茂吉の偽装旅行癖

高山行き、浮き立つ気持ち

昭和二十三（一九四八）年五月に斎藤茂吉が、高山に一泊のお忍び旅行をした経緯を考察するうちに、茂吉の研究者藤岡武雄による「斎藤茂吉生きた足あと」（本阿弥書店刊）の中に「信州偽装の旅」の記事を見つけた。茂吉の第一歌集「赤光」は高い評価を受けているが、とりわけ巻頭に近い「死にたまふ母」「おひろ」の二大連作は有名である。

この「おひろ」のモデルは茂吉が養子で入った青山脳病院の福田こと（おこと）と判明しており、茂吉と恋仲になったことが義父に知れ、甲府の花街に行ったのだった。藤岡は、「赤光」所収の「屋上の石」の一連八首が、茂吉の信州諏訪への初旅行に取材しており、「しら玉の憂（うれひ）のをんな」（実は「おこと」）を訪ねる目的をほのめかしているという。

しら玉の憂のをんな恋ひたづね幾やま越えて来り(きた)けらしも

これは二首目の作品である。藤岡は、この歌が詠まれた大正二年七月には、既に「おこと」は甲府の花街にいたのだから、茂吉は信州に向かう途中に甲府で汽車を降り「この女性との久々の交情を終えて諏訪の布半旅館に宿った」のだとする。「屋上の石」の一連の三首目は、「鳳仙花城あとに散り散りたまる夕かたまけて忍び逢(あ)ひたれ」、五首目は、「屋上の石は冷(つ)めたしみすずかる信濃のくにに我は来にけり」とある。まさに忍び逢いであるし、「屋上の石」は当時の布半旅館の隣の家の屋根に並んでいた石だという。ただ、これが忍び逢いの歌だと分かったのは、藤岡による根気強いモデルの特定作業の故である。

このような偽装旅行の前歴を踏まえると、今回の茂吉の高山行きも何やら女性の影を詮索したくなるが、何といってももう六十七歳。三十代になったばかりの信州旅行の折とは事情が違うだろう。念のために、茂吉が泊まった高楽館という宿を調べると、昭和三十年頃までは比較的若い客向けの旅館として高山町名田町五丁目に存在したそうだ。長瀬旅館ほどの格式はなかったようである。

茂吉と妻輝子は水と油のように性格が合わなかったという。茂吉の没後すぐ高山の旅行ルートを探ったというのは、輝子が茂吉を疑っていたからだろうし、実際そのような偽装癖が茂吉にあったといえる。女流の弟子鈴木朝子がかいがいしくも岐阜駅に送り迎えするなど、東京ではできないことが岐阜では可能だったことは間違いない。ちなみに、岐阜に来る前に堀内通孝とは名古屋の名門八勝館で泊まっている。何となく浮き立つ気持ちがあったのもうなずける。

前回触れた富田令禾の後日譚の文章では、輝子夫人は、亡夫のあとをしのぶためやってきたという。「坂之上君が夫人の内意をうけて、丹念に調べたが、どうもこではないらしく、或いは長瀬旅館ではないかと、いまだはっきりせず」とも富田は書く。一方、小池甚三は「豪華版の風呂へも入りましたよ。堀内君に肩をもんでもらいました」とか「今度は山形へ行っていることにしてあります。仙台あたりにいることになつているのです」と高山から帰った茂吉が岐阜駅の駅長室で話したと記録している。

晩年の茂吉は頻尿で、「極楽」と名付けたバケツを持ち歩いていたが、小池は茂吉が高山から帰った時「列車から堀内氏を従えて、新しい光沢のあるバケツを、ぶらさげて来られる様子には、思わず微笑を禁じ得なかつた」と書いている。随行の堀内もまた大いに羽を伸ばしたことだろう。

下呂短歌会の「河畔」

開花する主婦たちの個性

「河畔」は下呂短歌会の発行する短歌雑誌である。手元には、第十号（昭和三十九年二月発行）からしかないが、岐阜県歌人クラブ発行の「歌人クラブ」昭和三十七年六月号の受贈誌紹介欄に同誌創刊号の紹介がある。第十号の編集後記は、編集責任者の斎藤雨女が記している。

「遅刊となりがちではあるが、河畔十号を発行する運びとなりました。最初杞憂（きゆう）されていたように廃刊になることもなく、とにかく曲（まが）りなりにも十号を発行し得る喜びは一方（ひとかた）ではありません。季刊にしたらとの声もありますが、隔月刊から季刊に移るということは、一歩後退をも意味すると思いまして、原則としては隔月刊を維持してゆきたいと思います」とある。その後は、「短歌を作りたい、学びたいと言う同好の志が寄り会ってその中から必然的な要求として河畔が創られました」と続く。

第十号は、ガリ版刷りの計十五ページの雑誌だが、その後、活版化され、歌会と雑誌の刊行は順調に継続をした。下呂市と言えば、南北に縦貫する飛騨川の河畔の風景が美しく、誌名に「河畔」を選んだ心情が察せられる。それはもちろん郷土への誇りである

第二十一号（昭和四十年十二月発行）は、「歌魂」特集号と題している。これは昭和四十年に会員による合同歌集『歌魂』を記念したことによるものである。川出宇人は、記念号に、「主婦短歌を越ゆるもの　〝歌魂を通読して〟」という文章を寄せている。川出は、歌集への参加者二十六名中二十名が女性であることを踏まえた上で、「単なる『主婦短歌的風俗詠、生活詠』の域を越えた秀歌がすくないのが目立っている」と指摘するが、その一方で、日下部允子の「諍いの果ては寡黙の習いにて無意に廻せり青き地球儀」の歌を引き、この歌は「一見事象と行動を述べているようであつて、実はどうにも処理しきれぬ焦燥といつたものを表現しようとしている」

とし、「言葉で『情景』が画に描きだされているから現代短歌としての生命がある」と評価している。小瀬洋喜も「開花する個性」という文章を寄せ、「小グループの常として中心的指導者の詠風に影響されるところが多いものであるが、その影響が傾斜をもちながら各作者の中でうけとめられていることは興味深い」と指摘している。主婦という同じ境遇にありながら、個性を発揮し得たグループということであろう。

筆者の手元で見られるのは、昭和四十二年に出た第三十三号までの計十八冊であるが、印象深い作を昭和四十年四月発行の第十七号から引く。

あたらしき薪木（まき）を挽（ひ）けばさみどりの鋸屑（のこくず）匂へり凍土の上に　大前久八郎

旅立たんわが足もとに纏（まと）わりて子に負わさるる愛は重たし　赤梅妙子

速度おとし汽車トンネルにはいり行く過去も現実（うつつ）も揺れて刻すぐ　斎藤雨女

今回も資料は、古今伝授の里フィールドミュージアム所蔵のものによるが、残念ながら全資料を見られなかった。下呂市の図書館の資料検索にも「河畔」は出てこず、昭和六十一年十月に合同歌集が発行され所蔵された記録しかない。少なくとも昭和六十一年まで会は継続したのだろう。

小同人誌の散逸は、不可避ではあるが、今からでも散逸を防ぐことが必要であろう。ちなみに、今回見ている資料は元々は小瀬洋喜の蔵書であり、時折、斎藤から小瀬への指導への御礼などの私信が見ることができる。資料を残そうとした人の努力が報われていると筆者には感じられた。

「古川短歌会」初期の集大成

六百首集め歌集『山の実』結実

今回からはしばらく、飛騨市の旧古川町地区で現在まで発刊されている「舟橋」について述べる。

「舟橋」第百三十四号は平成九年十一月の発行で、創立五十周年記念号であった。この号に掲載されている「舟橋短歌会五十年の記録」は年表式に昭和二十二年八月一日の古川短歌会結成準備会から記述が始まっている。「古川短歌会々報」は昭和二十二年九月三十日発行とあるが、手元にある複写資料（実物は現地にも残っておらず、この資料は「舟橋」の会員神出典子氏から送ってもらったものである）では、昭和二十二年九月一日発行と確認できる。十八人が出詠。第二号は、十月一日。これは手元の資料と一致している。第三号の発行が昭和二十二年十一月一日。俳句、詩、散文と短歌以外にも門戸を開いている。

「古川短歌会々報」の誌名は、第九号までで、昭和二十三年八月からは、「古川短歌」となるが、五カ月でまた「舟橋」と改称している。現存しているのは、飛騨市立図書館に収められている昭和二十七年二月号からであり、筆者はそこまでの「舟橋」を複写資料でも確認できていない。ただ、昭和二十四年十二月十五日刊行の年刊歌集『山の実』と、昭和二十五年十二月二十五日発行の年刊歌集『草苑』が今、手元にある。まず、『山の実』から紹介する。

『山の実』には、四十六人の約六百首の歌が載る。判型は四六判なので、文庫本を一回り大きくしたサイズである。巻末の跋文(ばつぶん)は、印刷人の佐藤正雄が書いている。古川短歌会の初期の様子がよく分かるので冒頭を引く。

古川短歌設立二周年記念日にこの歌集をお届けする筈(はず)だつたのが皆さんの献身的な御協力にもか、わらず菊の咲いていているこの頃になつてやつと出来上る事になりました。私達の貧しいささやかな集いが、作品が貧しい乍(なが)らにもここに結集したようであります。
この歌集を手にする時、私達はあの華(はなや)かであり真剣そのものであった一昨年八月十四日京花楼での第一回歌会を思い浮べる事でありましょう。

まさに、会発足からの集大成として、この合同歌集が編まれたことが分かる。序文は、編集兼発行人の樹下昌次(きしたまさつぐ)による。

樹下の文章で興味深いのは、「短歌を中心としてはいたけれども綜合(そうごう)誌的な面も考えて来た」という点である。短歌以外の作品が掲載されていることは先に述べたが、短歌だけを集めた「年刊歌集」でこう述べていることは、総合文芸誌ではなく、短歌を主軸にしようという意志がこの時点であったということではないだろうか。

専断といふべきことも諾(うべな)ひぬ遂に教員は世にうとときもの

傍(かたわら)に寄り来てとりとめもなきことをいふ児童はあはれ幻覚に住む

樹下の「教員吾」と題した一連より。二首共に教員という自分の職業を、どこか他者の目でみているような覚醒感のある歌だ。

古川短歌会の初期の雑誌が現在では見られないことは大変な損失だが、この年刊歌集が残っていることの意義は実に大きいと言えよう。

古川短歌会歌集『草苑』『霧』

飛騨の暮らし丁寧に詠む

前回は昭和二十四年に発刊された古川短歌会の年刊歌集『山の実』の作品を取り上げた。今回は、昭和二十五年十二月二十五日発行の年刊歌集『草苑』と、創刊十周年記念歌集として編まれた『霧』を紹介したい。

『草苑』の佐藤正雄による「あとがき」を見ると、三十名の作品四百余りを収録したとある。佐藤は、「言う迄(まで)もなく、われわれは精進途上にあるものでありこの一本が完成された作品集であるとか、その真価を世に問うという様(よう)な気持ちはさらさらなく、これが、これより更(さら)に飛躍すべき踏台(ふみだい)とならねばならない」と、極めて謙虚に、歌集発刊の言葉を綴っている。

いくつか秀作を引こう。

辨当売りと牛乳売りの声のみが始発の駅の静寂に調和す
教師たる自省綴らむ粗きノートに結論もなき断章が続く
トンネルを出れば四辺の紅葉が日々通勤の目に新しく

茂住修平の二十四首からなる「断章」から三首を引いた。教師としての日常が淡々と描かれているが、生活に対する知的な観察眼が感じられ、読者は納得して読み進めることができる。

感傷は生活の足しにはならぬといひ我を責めたる人もありしが
単調なる母娘の生活よ向ふ山の紅葉せし事など今日も語らふ
名月が今山の端を出で来しと母を呼ぶ我が声の大きさ

この三首は、菅田清子の十七首からなる「追憶」より。六十年以上前の作品だが、一読すると母と娘の山国での暮らしが、鮮やかに再現される。円満なことだけでなく、日常の中の屈折もちゃんと作品を通して再現されるのである。茂住、菅田の作品は共に非常に丁寧な描写がなされており、連作としても緩みがない。年刊歌集を編む際に、緊張感をもって作品を提出していることが伝わってくるのだ。

『霧』は、昭和三十二年八月十四日の発行、三十三人が出詠し、七百八首の作品を収める。興味深いのは、カバー装だが、四隅が斜めに折り返してあり、フランス装の趣であることだ。

雪晴れに楽しきことのみ想ふとき風船は高くあがりてをりぬ
秋の田の吾の残せし足跡にくぼみくぼみて雪の降りゐる
夫への願ひ言ひ出しかねて蒲公英(たんぽぽ)の絮(わた)青空にむかひてふける　　堀甲枝(きのえ)

飛騨の暮らしが、良質の抒情をもって紡がれた「雪晴れ」三十首より引いた三首。天性の向日性と言ったらよいだろうか。一首一首を読みながら、生きていくための元気をもらうような気がした一連であった。

この歌集も「あとがき」を佐藤が書いている。「各々作品の面では、発足当時飛驒短歌会からも中部短歌会からも支部結成の要請があり、かなり惑わされたものであった」と率直に思いを吐露している。小さな町でグループを営むには、作品の質を向上させるために、いろいろと苦労をしたことだろう。あるいは、「自己の職業の方針がつかず、基本的な技術とか信念とかいったものに欠けていた時代は、会の世話も当然の如くにおろそかになりがちであり、この時代が最も危かった」とも書く。佐藤は印刷業を営んでいた。決して豊かではない刊行経費の中で、随所に装丁を凝らしたのは、自らの印刷技術を上げようという気持ちもあったのだろう。

今回取り上げた合同歌集二冊は共に謄写版印刷であるが、一字一字丁寧にガリ切りされた各ページからは、優れた合同歌集を編もうというストイックな熱意のようなものが感じられる。

「舟橋」が古川を詠んだ歌募る

古川を盛り上げる心意気

今回からは、旧古川町で現在に至るまで発刊されている「舟橋」本誌を紹介する。飛騨市図書館の所蔵状況を「舟橋」会員の蒲潔氏が調べてくださった。初期のものだと、通巻四十七号となる昭和二十七年一・二月号が一番古い。この年だと、計十冊が出ているが、合併号の場合もあるし、翌年だと四冊しか出ていないなど不安定な発行である。ともかく今後の散逸はまずないであろうから、第百五十九号の現在に至るまでの道筋を振り返るには、重要な資料であることは間違いない。四十七号の表紙はカラー刷りで、タマネギが芽を出している絵。巻頭歌人は特に決まっていない。

「地球の最後」におびえつ映画館出れば名月すぎる淡き白雲

小料理屋と再びなりし隣家のだみ声を電源開発景気かと聞く　垣内須磨子

一首目は昭和二十七年十月号、二首目は昭和二十八年一月号の巻頭作品。共に垣内の作品である。一首目の映画は、昭和二十六年製作のアメリカ映画「地球最後の日」かもしれない。二首目は電源開発の接待で小料理屋の需要が復活したということなのだろう。占領下ながら古川町は、映画館や小料理屋があったりと、早くから復興していた様子が伝わってくる。

時代は少し下るが、バックナンバーを読んでいて興味深かったのは、「『飛騨古川を詠んだ歌』募集」という企画である。Ｂ４の応募要項が雑誌では別にあり、「時代と共に忘れられ、または失われつつある郷土のすがた」を残しておきたいとある。

募集期間は、昭和三十八年十一月十日から昭和四十年二月末日までとある。毎月末に締め切って発表するという但し書きも。発表は、北飛タイムス紙上と、「舟橋」ということである。参考資料として、古川町の文化財目録がつけられている。「古川祭、起し太鼓」をはじめ三十項目が挙げられている。さらに、日本アルプス、宮川などの名勝、菜洗い、栗拾いといった生活、習慣など、郷土色豊かなものなら何でもよいとしている。

第一回の「飛騨古川を詠んだ歌」は、七十七号（昭和三十九年七月一日発行）に計三ページで掲載されている。驚かされるのは、佐藤佐太郎の作品六首が載っていることである。佐太郎は「アララギ」で斎藤茂吉に師事し、歌集『歩道』（昭和十五年刊）によって歌壇で地位を確立している。

ひとしきり人のもみあひせめぎたる「起し太鼓」はおほどかに行く
冬枯れのままに伏しつつ雪とけし草のなだりは高原のうち

二首を引いた。一首目は佐太郎の歌集『冬木』の昭和三十七年の部に収まる「V飛騨古川」八首に見える。もう一首は、連作にはない。「舟橋」の六首のうち、四首が『冬木』に重なり、逆に『冬木』の四首が「舟橋」には見えない作品である。『冬木』の発刊は昭和四十一年だから、八首の連作が完成作と言えるだろう。応募ではなく編集部が載せた六首にしても、歌集に載らない二首がある理由は分からない。

古川祭何がいいかと聞かれたらたにしの御馳走に屋台と言ひし
二度見るもたわけ一度も見ぬもたわけ起し太鼓で夜ふかす群衆

この二首は、駒屋真の作。やはり、古川祭は飛騨古川のシンボルである。

昭和九年秋開通のころ偲(しの)びつつ高山線の急行に乗る　　鈴木祐定

古川を通過する高山線の開通を歌にするとは、なかなかの見識である。「あとがき」では、佐藤正雄が、「会員外のどなたでも、古川へおいでになった方はぜひお願いします。集大成とし永く保存する計画でいます」と書く。単に雑誌の内容を充実させるだけでなく、雑誌を通して、古川を盛り上げようという思いが伝わってこよう。

早世の佐藤正雄、樹下昌次

「舟橋」に貢献、二人の追悼号

昭和四十一年十一月発行の「舟橋」八十二号は佐藤正雄追悼号。それから三年後の四十四年十二月発行の九十号は、樹下昌次追悼号である。樹下は、佐藤の追悼号の「あとがき」に書く。

「舟橋」八十二号が、ついに佐藤正雄追悼号になろうとは……もはや私はことばを失うばかりである。実は別にのせた通り、この八十二号は編集を終わって印刷に回すばかりになっていたのに、突如として彼の死に遭ったのである。そのため急遽（きょ）追悼号に切りかえた。彼が舟橋短歌会に残した業績については、とても書ききれないいくらい多くのことがある。それは各位の寄せられた追悼文にもよく現れている。

追悼文・弔歌を寄せているのは、樹下をはじめとした舟橋短歌会のメンバーと大塚青史、田口由美（よしみ）といった岐阜県歌壇で活躍する歌人たちである。いずれも佐藤の人柄が伝わってくる文章ばかりである。そして九十号の「あとがき」では吉島八鳳が樹下の逝去を悼んでいる。

　舟橋の支柱であった樹下昌次氏を失ってから、早くも半歳余りが過ぎました。早く追悼号を出したいものと、皆様からそれぞれに心のこもった原稿を寄せて頂いておりながら、私事の多忙のためにこんなに遅れてしまいましたことを、深く御詫（おわ）び申し上げます。

この追悼号では、高山教育事務所の指導主事であった樹下を偲（しの）んで上司の教育事務所長や卒業生らが追悼文を寄せている。この引用の後、「寄せられた追悼文を読みながら、今更ながら惜しい方を失った思いが深いのですが、佐藤、樹下両氏に頼り切っていただけに、今後の運営があやぶまれます。どうぞ会員諸氏のご協力をお願い致します」と書かれているように、樹下の後に編集責任者となった吉島は、心底途方にくれる思いがしたことであろう。なにしろ二人とも四十代での早世である。

昭和五十四年十月発刊の「舟橋」百号では、神岡の歌人吉田由次郎が、「苦難を越えて」という文章を寄せ、「佐藤正雄氏のよき協力者であった樹下昌次氏が二年半あとの、昭和四十四年四月十七日に忽然と他界されたことは、会員の皆様にとって察するに余りある痛恨事でした。比較的男性歌人の少ない古川短歌会にとってご両氏のご逝去は大きな痛手でありました」と書いている。さらには、「回想」と題した六首も文章と共に寄せている。

　男らの歌詠みなべて世を去りぬ哀しみ長くともす歌の灯

　政雄・昌次逝きてはるけきこの町の歌誌「舟橋」も百号となる

二首を引いた。吉田は、男性歌人二人が逝去した後、女性歌人の活躍を強く期待していたのであった。そして現在の「舟橋」の編集委員が全員女性であることを考えると、まさにその通りになったとも言える。

さて前回、昭和二十七年十月号の「『地球の最後』におびえつ映画館出れば名月すぎる淡き白雲」の歌を引き、「占領下ながら古川町は、映画館や小料理屋があったり」と記したが、平成二十二年発刊の『古川町歴史探訪』（飛騨市総務部古川町史編纂室編集）を見ていたら、「古川町初の常設映画館『新映会館』」の開館は、昭和三十四年七月であるとの記述を発見した。とすると、この短歌の場面は移動上映か高山など他の都市で観(み)たことになる。この映画館の跡地は現在の「まつり広場」だそうだが、短歌を通して往時の様子が伝わってくることは、やはり短歌のもつ記録性のおかげである。

「舟橋」20周年短歌大会

春日井建ら来訪で「盛会」

旧古川町時代から発刊されている短歌誌「舟橋」の二十周年記念特集は、昭和四十二年十一月発行の八十六号で組まれている。「二十周年に寄せて」には、小瀬洋喜、赤座憲久ら七人が文章を寄せている。樹下昌次が、六ページ近い長い文章で「舟橋」の誌名について詳述しているので、引用してみる。

昭和三十四年発行の「舟橋」六十七号には、昔の舟橋の写真を載せている。これは佐藤正雄の写真製版によるもので、その解説に舟橋というのは、安政五年から大正六年まで宮川にかかっていた橋で、舟十七艘(そう)を長さ百五十メートルの鉄の鎖でつなぎその上に板を渡した橋であって、大正七年に木造の橋

となり、三十四年八月に鉄筋永久橋となったと書いてあり、

舟橋は雨の名残の虹とのみうち渡されて涼しかりけり

と、郷土学者の佐藤泰郷の歌も載せている。

小瀬も「舟橋と菅鳥」という文章をこの記念号に寄せており、その冒頭で、佐佐木弘綱の明治五年三月の文章「位山日記」から「人人いさたまへとて舟橋に至り舟にのり酒のみ綱などうつ」といった記述を引いた後、弘綱が古川町細江で残した次の歌を引いている。

霜さえてこほる浪間のすかとりはいかに心もほそ江なるらん

「すかとり」は「菅鳥」で小瀬は吉島八鳳氏から「くいな」のことだと教えてもらったそうである。佐佐木家は、歌人の名家で、弘綱の子は信綱、ひ孫は幸綱であ

る。舟橋をはじめ、古川の景物が強く弘綱の印象に残ったのであろう。

さて、二十周年を記念して、八月二十日の午後一時からは、記念の短歌大会が催されている。記念号には、「二十周年記念短歌大会盛会に終わる」が載る。「講師として、中部短歌会主宰の春日井瀇氏、氏の長男で作家の春日井健（原文ママ）同じく荒川晃」が呼ばれたとある。「古川、国府町地区より舟橋短歌会の会員をはじめ、短歌同好の士がおよそ五十名ちかく参加し、この種の大会としては、まれにみる盛会であった」とのことである。

春日井建は前衛短歌運動を中部地区で担った歌人で、この時二十九歳。すでに、前衛歌人としての名前を確固たるものとしていた頃である。

平成九年十一月刊の第百三十四号は、「創立五十周年記念号」。その口絵に二十周年の記念写真が載る。写真に見える荒川は、建の十九歳の時からの親友で、その交誼は建の逝去まで続いたのであった。そして、荒川はちょうど今年（二〇一二年）の一月十一日に『私説　春日井建―終わりなき反逆』（短歌研究社刊）を上梓するところである。筆者は、荒川から取材を受けた関係で、既にその著書を目にしているが、機を同じくして、「舟橋」の口絵で、瀇を挟んで並ぶ、二人の写真を見たことに不思議な気持ちがしている。

この本の中で、荒川は、「春日井建のことになると、皆が異常な関心をもたずにはいられない」と横尾忠則が書いていたことに触れているが、「舟橋」の歌人たちは、中部歌壇の重鎮が連れてきた若き二人の文学者からどのような影響を受けたのだろうか。

「あとがき」でも樹下は、「まれにみる盛会のうちに終わった」と再度記している。瀇の主宰する「短歌」や三田澪人の主宰する「暦象」に所属する歌人がいたことで、名古屋の主要結社との交流が成立していたわけだが、先の文章で樹下は、「一つの流派にとらわれず、個人としては会派に属していようとも、舟橋短歌会だけは総合的なものとして育てよう」という形を堅持してきたと書く。この微妙なスタンスこそが、長くこの雑誌を支えてきたものだと筆者は考えている。

短歌雑誌「舟橋」70周年記念号

女性が主体、刊行を続ける

飛騨市で発刊されている短歌雑誌「舟橋」の創立七十周年記念号が平成二十九年十二月に刊行された。通巻百五十五号である。

筆者は記念号に文章を寄せることを託されたので、その歴史を改めて辿(たど)ってみたのであるが、その折に気づかされたこととして、この雑誌が女性を主体として長く運営されてきたことがある。これはこの地域のみならず、二十世紀から今世紀までの短歌の歴史の中で画期的なことである。そのあたりの事情を、筆者の文章「『舟橋』誌の七十周年を祝って」より引用してみる。当初「舟橋」編集の屋台骨であった佐藤正雄、樹下昌次に触れた部分である。

「中部短歌会五十年史」（昭和四十七年刊）を見ると吉田由次郎氏が飛騨地区の概要を記しているが、佐藤、樹下両氏が昭和四十一年、四十四年に次々と逝去したことに触れ、「宿命的な陰影が感じられた」と書いている。また「故人の遺志を継承して女性ばかりの同人となった」とも。五十周年記念号の編集・発行は倉坪氏、六十周年記念号は神出氏である。

女性である倉坪、神出氏が中心となって「舟橋」誌が続いてきたことは、少なくとも東海地方では極めて稀（まれ）なことであると言ってよい。近代以降の短歌結社誌が男性中心であったことを踏まえれば、これはもちろん誇るべきことである。

戦後の女流歌人勃興の拠点となる「女人短歌」の創刊が昭和二十四（一九四九）年であるが、女性のみのグループとしての活動は活発であったが、男性が発行する雑誌の中で、女性が主流になっていくのには、まだまだ不十分であり、「舟橋」が昭和四十年代から女性が主体となって刊行を行ってきたことは特筆すべきことなのである。その点で、「歌人クラブ」創刊号には極めて興味深い記事がある。「女人短歌支部」と題して、以下のようにある。

女性本来の芸術的成長をめざして行こうとの抱負の下に、昨年三月、女人短歌会設立は、若山喜志子、北見志保子、阿部静枝、四賀光子、水町京子ら外数氏の方々の発起により、現在作歌活動をつづけている全国女流歌人らに呼び掛けられたものであります。

岐阜県支部としては、只今（ただいま）の処（ところ）、会そのものが発足して、日の浅いものなのでありますから、まだ何ら積極的な活動の緒もついていない有様（ありさま）であります。

（桜井文子）

昭和二十四年に創刊した「女人短歌」は翌年になると、会に所属する歌人たちが矢継ぎ早に歌集を出すようになるのだが、地方にあってはまだ、具体的な活動ができなかった実情が浮かび上がってくる。一九四五年十二月衆議院議員選挙法が改正され、女性の国政参加が認められた。翌年四月の衆院選が女性にとって初の投票権の行使なのであった。地方における文芸における女流の勃興において「舟橋」は紛れもなく嚆矢なのである。

舟橋に掲載「ひだの品漬」

生活彩る「ピンク」を詠む

本連載でも以前取り上げた短歌雑誌「峡雲」を発行する高原短歌会が、令和三年十二月末日をもって「解散」とするとの連絡を受けた。高山市上宝町在住の野林幸彦代表による手紙には、「近年来の課題でもありました会員老齢化等に依り去る十二月十六日の例会」で決定したとある。「思えば昭和十一年諸先輩創立の八十五年余の長きにわたりご指導、ご理解賜りましたことを厚く御礼申し上げる」とも述べられており、まだまだ続くと思っていただけに、大きなショックを受けた。

実は、関短歌会の回で取り上げたさいたま市の短歌雑誌「砂金」も十二月一日発行の第11・12号（通巻七百四十八号）で休刊および「砂金短歌会」の終焉が告げられており、年末になって重ねての衝撃であった。こちらも、高齢化により最盛期五百人の会員が創刊当時の四十三人に近づいたことが原因だとある。この連載で紹介した「砂金」岐阜支社に関する第一一二回の記事が最終号に掲載されているのを見て、何も力になれず複雑な気持ちになったことである。

新聞・雑誌の発行部数の減少、活字文化の衰退は平成になった頃からずっと叫ばれているものの、休刊となる雑誌を発行している人と直接交流がある場合は、これまでの歴史を一緒になって受け止め、後世に長く残す方策を必死に探さなくてはと思う。

本連載で、岐阜県内の短歌雑誌のバックナンバーを手に取っていて感じることは、短歌作品だけでなく、エッセーのような文章に、その土地の、雑誌が発刊されていた頃の文化が、さりげなく、しかし、確かに記録されていることである。短歌と文章とが相俟(あいま)って、懐かしくも確実に私たちが大切にしてきた生活を、ページを開くたびに蘇らせてくれるのである。ここでは旧古川町で発刊の「舟橋」九十九号(昭和五十四年十二月刊)から東経子による「ひだの品漬(しなづけ)」という文章を引こう。

〝家毎に白菜かぶらうづ高く積みて今年も飛騨に冬来ぬ〟

先日久方ぶりに外出して、漬物用の白菜、大根蕪などが相当量積み上げられた家並みを見て、さすがに今こそ厳しく長い冬が来るんだなと俄に冷たい風が肌に沁み込むのを覚えたのです。

さて私も他人事ならず早く漬けなくてはと改めて思った次第。

冒頭の短歌もたぶん東の作品なのだろう。飛騨の冬到来のシーンをリズミカルに表現している。品漬のレシピも、「紅の蕪を主役として切りその中に胡瓜、茄子の塩漬にしておいたものを切り交ぜ、又その中に飛騨の山中に自生する赤茸、ねずみ茸なども茹で之も塩漬にしておいたものをも入れて漬け込むのである」と分かりやすく記されている。さらには、「その年の気温と塩加減によって多少の違いはあるけれど、一か月もすると丁度お正月前には、紅かぶらから出た紅色が一様に蕪の白い中身も茸も胡瓜も実に美しいピンクに染めてしまうのです」とある。この文章が書かれてからすでに四十五年ほどがたち、古川の食生活も大きく変わったであろうが、正月のこのピンクは、変わらないのではないだろうか。

なお、束は「秘中の秘」として独自のレシピも明かしている。曰く「赤ワインを適量ふり入れよい色に仕上がることを期待するのです」と。「あれこれと品じなを数々入れるから品漬け」ともあるが、地域だけでなく、その家庭の文化をも後世に伝える文章である。

結びは、「今年も亦零下十何度という厳しい寒気が襲い来ることであろう。がこの季節こそ最も品漬けの美味しくなる真冬なのです」。厳しい寒気を楽しみに変える知恵を飛騨の人々は長く育んできたのである。

米澤穂信さん直木賞

青い花のような作品生む

第一六六回直木三十五賞は、米澤穂信著『黒牢城(こくろうじょう)』(KADOKAWA)が受賞した。米澤は岐阜県立斐太高等学校の卒業である。出身地が飛騨市神岡町ということを短歌雑誌「舟橋」編集兼発行者の横山美保子から聞いた。横山は、米澤の父親と神岡中学校の同級生だったそうである。飛騨出身の文人がまた一人増えたことは地元にとって誇らしいことである。

このニュースを聞いて、筆者の脳裏に浮かんだのは、そう言えば、まだ「舟橋」の初期の時代に、第四十号（昭和二十六年三月一日刊）を小説特集号として発刊していたということである。小説は、菅田一衛「ある雪の夜に」、田村ひろ子「街」、上瀬七三「泡沫」の短編小説が三本掲載されている。その他に野村俊夫「小説を書こうとする若い人達のために」という文章も掲載されている。結果として、「舟橋」は総合文芸誌の道には進まなかったわけであるが、この号の「あとがき」を見ると、「なお次号より小説を一篇あて掲載していく計画であるからどし〳〵お寄せ乞う」とある。このような小説に対する志向の強さが、今回の直木賞の受賞にもどこかでつながっているような気がしてならない。

神岡と聞けば、前回も触れた短歌雑誌「峡雲」が長く発行されてきた土地であるが、この雑誌も珠玉のエッセーをいくつも掲載していた。米澤の父母、さらには祖父母を育んできた飛騨の土壌が文学に極めて親和性をもっていたことは言うまでもないだろう。昭和期の朝日新聞「天声人語」執筆者の荒垣秀雄も旧制斐太中学の出身であり、神岡の生まれである。筆者は、荒垣の「天声人語」に触れ、同じ岐阜県生まれとしてこのような名文を書けるようになれたらと思っていたものである。

もう四半世紀ほど前になるが、ブラジルのリオデジャネイロに、日系の俳人を訪ねてインタビューを行ったことがあるが、その時の第一声が、荒垣の若い時に影響を受けたということであった。荒垣は朝日新聞のリオデジャネイロ支局長として派遺されていたのである。あの荒垣がブラジルまで来て、文芸に足跡を残したことに感動した記憶がある。荒垣の文才もまた、飛騨の風土に起因するものとして分析が必要なのかもしれない。

野村の文章は、講演の要旨を整理したものであるそうだが、もともと斐太高校と高山高校の教員が行う予定を急きょ野村が引き受けたようである。文章は、小説の社会に対する役割などの、野村の考えが述べられた後、作法へと向かう。紙幅の関係で結びの部分のみを記そう。

私達は第一に私達の卑近の日常生活の見聞や体験に小説のヒントや教材を得るためには、そうしたことを興味をもって観察し、又愛の眼をもって温く見戍(みまも)らねばならない。そして小説作品として質朴純情の花を謙虚に咲かせたいものである。私達は私達でなければ咲かすことの出来ない、野趣に富んだ山野の名も知らぬ青い花のような美しい作品を生むべき使命をうけているのである。

この講演は旧国府村にあった富士小学校で開かれ、富士青年団が主催していた。この講演を聞いたであろう青年たちは、存命ならば九十代であろうか。「青い花のような美しい作品を生むべき使命」を、米澤はしっかりと果たしたのではなかろうか。作家を輩出する風土は、やはり飛騨の地にしかと存在するのである。

飛騨高山大構想と短歌

飛騨人の独自性、脈々と

令和三年の本紙十一月六日付に「飛騨高山大の学長候補に宮田裕章教授『未来創造の人材育成』24年開校目指す」との記事が載った。地方の私立大学を中心に定員割れが問題となっている時に、新たに大学を、しかも岐阜県の山間部に開校するということで、驚いた人もあっただろう。一般社団法人「飛騨高山大学設立基金」が設立準備を進めており、科学や数学、芸術などを包括して学ぶ共創学部を持つ単科大学となるそうである。本校は飛騨市古川町に置き、県内外にサテライトキャンパスを設けるということであるから、従来の概念ではくくれない新たな構想に基づく大学なのだろう。

本連載では、「飛騨短歌」「峡雲」「舟橋」と、飛騨地区の短歌雑誌の充実ぶりについて紹介をしてきた。地区全体の人口が少ないにもかかわらず、多くの雑誌が発行され、短歌やエッセーなどの質の高いことは、これまで述べてきた通りである。戦後全国で高まった「生活綴方運動」や、若山牧水、福田夕咲といった有力な歌人の影響など、飛騨地区の短歌興隆の原因についてはさまざまに分析をしてきたところだが、この地方の和歌の充実は戦後だけではない。本連載の契機となった、小瀬洋喜による連載「岐阜県歌壇史」の第五回（平成四年十二月二十九日付）は「平安京の飛騨匠詠む『万葉人』の心打つ寡黙な姿」として、「かにかくに物は思わじ斐太人の打つ墨縄のただ一道に」という歌を引き、「飛騨の匠といわれる人々に対する都でのイメージは特別のものがあった」としている。

「あれこれと物思いはするまい。飛騨の匠が打つ炭縄のように、ただ一途に信じよう」が歌意だが、小瀬の言う「飛騨の匠」に対する都のイメージは、都人の他の地区に対するものと比べて極めて異例のものであっただろう。墨縄は、木材に線を引くのに用いる墨糸。これから木材を組み立てるときの基準となるもので極めて重要なものである。名工として夙に有名だった飛騨の匠の打つ墨縄への信頼が伝わってくる短歌である。

「舟橋」が八十六号となり、軌道に乗り、充実をみた昭和四十二年十月発行の二十周年記念号で、樹下昌次は、創刊当時名古屋の主要な結社に頼らず、「純粋に郷土のものとして、一つの流派にとらわれず、個人としては会派に属していようとも、舟橋短歌会だけは、総合的なものとして育てようということになって、以来ずっとその形を堅持してきているのである」と振り返り、「実に賢明であった」と記している。このような気概こそが、現在も「舟橋」が続いている原動力であろう。また同号にある新聞から再録した記事（昭和四十二年七月十七日付）で赤座憲久は、倉坪すゑの「新しき雪の足跡に吾が足跡を小さく重ねて峠路をゆく」などの歌を引き、「飛騨の冬は長い。とじこめられた長い季節、雪国の人たちは、独自の感覚をとぎすましながら春を待っている。地域雑誌の特殊性と必要性を、作品の数々はじかに教えてくれる」と指摘している。極めて言い得た分析である。

地方のことを都の人は遠く離れた田舎の意を込め鄙（ひな）と呼んだ。古来、都人の鄙人への評価は厳しく、中央歌壇は、地方歌壇を軽んじることが殆どであった。本連載は、小瀬の連載を引き継ぎ、そのような偏見を覆すべく地方歌壇の魅力をさまざまな角度から紹介してきた。その点、万葉集の時代から一目置かれていた飛騨人の能力は、戦後の飛騨の豊かな短歌文化の基盤になっていたと思うのだ。

飛騨市に大学ができると聞いた時、筆者の脳裏には、短歌における飛騨の存在感がすぐ浮かんだ。全国から集まるであろう若い学生に、いつか伝えておきたい飛騨の真骨頂である。

金子兜太、牧水、秋桜子……

名だたる詠み人、古川点描

「舟橋」の九十九号（昭和五十三年十二月号）は、巻頭詠で、田口由美の「古川の町」十二首を掲載している。

水の音と絶えて越ゆる宮峠いらだつまでにトンネル長し
白壁の酒蔵映せる用水に添ひきて牧水の歌碑に出合ひぬ
黄櫨（はぜ）の油に和蝋（わろう）なしゆく工程を訥々（とつとつ）とかたる暗き工房
起し太鼓の雄壮なるさま会館に聞きしより疼（うず）くわれの雄ごころ
み冬づく古川の町の親しもよ荒城川に緋鯉（ひごい）真鯉（まごい）も泳ぐ

五首を引いたが、まさに飛騨古川の観光の要所が押さえられている。田口由美は、岐阜県歌人クラブの論客であり、「舟橋」は創刊号から寄贈を受けていると、百号記念号に書いている。満を持しての古川点描であり、読み応えのある一連となっている。

一首目の宮峠は、高山盆地の南縁で分水界をなす飛騨山地の鞍部に位置する。高山本線は、昭和九年にこの峠の西方を同線最長の二キロ余のトンネルで全通している。標高は七七五メートル。まさに古来からの交通の要衝地である。この歌では、「いらだつまでに」に感じた、トンネルを通過する時の長さが滲み出ている。

高山同様に、古川の町も酒造りが盛んで、昭和の初めには、酒造店は四店を数えていたと言う。二首目の「白壁の酒蔵」は、言わば古川のランドマークである。無類の酒好きの若山牧水にはたまらない街並みであっただろう。三首目のようにわろうそくの製造工程を見学できるのも古川観光の醍醐味である。古川では「生掛け」という工程が用いられており、何度も木蝋を塗り重ねていくので、見るものを飽きさせない。「訥々とかたる」のは、ろうそく店の主であろう。

四首目は、裸の男たちが大太鼓を載せた櫓を担ぎ、激しくぶつかり合いながら駆け巡る起し太鼓を詠う。作者は、飛騨古川まつり会館で祭りの様子を聞いたのだろう。

五首目は、古川を流れる荒城川を泳ぐ緋鯉や真鯉をスケッチしている。「み冬づく」とは、冬が終わることを言う。「づく」は「尽く」。長く厳しい冬がやっと終わるという気持ちが込められた晩冬の季語である。

この時、田口は牧水も泊まった蕪水亭に投宿しており、「蕪水亭に覚めて聞きゐる初時雨飛騨路の旅の心静もる」の歌も一連には見える。美濃の人間の心もこれほどに揺さぶる、古川の町並みは、俳人も多く全国から引き寄せている。『古川町歴史探訪』（飛騨市総務部古川町史編纂室編）には、「古川を訪れた俳人たち」として、大野林火、水原秋桜子、秋元不死男、金子兜太といった錚々たる名前が挙がっている。　水原秋桜子は昭和三十七年十月に蕪水亭に宿泊し、「鮎寂びて簗はうづまく霧の中」の句を残している。宿にほど近い簗を訪れた折の作である。

たそがれの小暗き闇に時雨降り簗にしらじら落つる鮎おほし

これは古川の街から「二里の余もある野口の簗」に牧水が赴き詠んだという歌（牧水著『みなかみ紀行』）。それぞれ別の簗場を詠んだ俳句と短歌のようだが、共に寂びた簗の景観を扱って趣深い。

金子兜太の句碑は飛騨市美術館の南側にあり、市民にもよく知られている。古川町合併三十周年で、古川町が金子を招き講演会を開催した時の記念句の一つ「斑雪嶺（はだらね）の紅顔とあり飛騨の国」が刻まれている。その他、何度も古川を訪れた大野林火の句碑も千代の松原公園内に立つ。

和歌にしばしば詠み込まれる特定の名所を歌枕と言い、同様に俳枕の語もある。名だたる歌人俳人に愛された飛騨古川の地は、まさに街全体が歌枕・俳枕であると言えるだろう。

誌名「舟橋」の由来

古川人の「逞しさ」を示す

戦後からの長い歴史をもつ短歌雑誌「舟橋」の誌名の由来は、第八十六号（昭和四十二年十一月発行の二十周年記念号）の樹下昌次の「二十周年を迎えた舟橋短歌会」の記事に詳しい。

当初古川短歌会の会報として始まったのが、一周年を迎えたことで、「古川短歌」となり、さらに昭和二十四年一月号から「舟橋」に改称されたそうであるが、その際「全会員より誌名募集をし、いろいろな名前が集まったが、創立当時の有力メンバーのひとりであった向野道幸氏の発案による『舟橋』という名前を当時の会員の賛成を得て採用することにしたようである」とある。樹下は、この誌名を「古川の昔をしのぶよい誌名で、古川人がかえって見逃していたものを的確に示された形のものであった」としている。

　昭和三十四年発行の第六十七号には、安政五（一八五八）年から大正六（一九一七）年まで宮川にかかっていた橋の写真が載せられたというが、それが現在の舟橋の表紙に用いられているものである。『古川町歴史探訪』（飛騨市総務部古川町史編纂室編）によると、江戸時代安政年間にたび重なる板橋の流失に悩まされた結果、舟橋が考案されたのだという。

　完成した舟橋は、長さ五間、幅四尺三寸の舟を三メートルくらいの間隔で十七艘（そう）つないだ構造で、総工費は約八十二両だったという。それぞれの舟の上には板三枚が縦に並べてあった。しかしその橋も、二年後には流されてしまい、再建されている。大正六年まで架かっていた橋の鉄鎖の長さは百五十五メートルほどであったというからなかなか壮観だっただろう。大正六年、木造のつり橋が完成したことで、この舟橋は役目を終えた。増水時に東側の杭と舟をつないでいたマンサクでできた結束材を切り離すことで、西側に流れつかせることで流出を防ぐ仕組みが、板橋にはないメリットなのであった。

『古川町歴史探訪』によると、全国各地に舟橋は存在し、飛騨市からも近い富山の神通川舟橋は、日本三大舟橋に数えられるほどで、江戸から明治まで続き、五十〜六十艘が連なった大規模なものだったという。

筆者の住む愛知県一宮市では、「起（おこし）の舟橋」という仮設の舟橋があったことが知られている。江戸時代には現在の木曽三川を渡るには渡し舟が一般的だったが、征夷大将軍と朝鮮通信使が渡る際のみ、舟橋が架橋されたのである。木曽川に架かる起の舟橋は日本最長の舟橋であり、長さ約八百六十メートル、幅約三メートルだったという。献上される象も渡ったという話が伝わっている。舟橋には、防衛上の理由で仮設になっている場合と、交通上のインフラ確保のために常設にしている場合があることになる。

飛騨古川の舟橋は後者であるが、樹下が二十周年記念号で指摘した「古川人がかえって見逃していたものを的確に示された形」を、この舟橋の建造目的に当てはめてみると、その指摘の含蓄の深さが窺われる。

「舟橋」の最新号は、令和三年の十二月に出た第百五十九号。最近は年一回の発行ペースなので、「舟橋」となってから、平均すれば年に二冊となるが、創刊以来各月刊にこだわらず不定期に発行を続けることで、最終的には現在もその誌命をつなげてきたことは、幾度も流出を免れてきた飛騨古川の舟橋の逞しさと通じるように思われる。

昭和三十四年八月には、鉄筋の永久橋となり、郷土学者の佐藤泰郷が次の歌を残している。

舟橋は雨の名残の虹とのみうち渡されて涼しかりけり

現代はまさに怒濤のごとく目まぐるしいが、短歌という小詩型をもって地域の生活を活写してきた「舟橋」が今後も続くことを祈りたい。

おわりに

戦後から二〇〇〇年まで俯瞰

「現代編」は、戦後から始め、昭和の終わりまでを対象とする予定でいたが、連載の間に令和を迎えたこともあり、西暦二〇〇〇年くらいまでは俯瞰できるように心掛けたつもりである。一世代を三十年余りとするならば、今から三十年前が、一九九二年である。「現代編」の記述を終えるには、一世代前で記述を終えることが、歴史の公正さを保つ上でも適当な対象期間だったと思っている。

振り返ってみると、岐阜県歌人クラブの機関紙「歌人クラブ」は、発刊の昭和二十五年以来、全県の歌人の動静に目を配りつつ、その活動を記事にしてきたので、過去の記事を遡ることで全県の出来事を知る最初の縁（よすが）となった。

岐阜県歌人クラブは十年おきに、合同歌集『短歌岐阜』を発行しているが、その第五集は、創立五十周年記念事業として平成十一年四月に刊行されている。巻末に置かれた略年表（昭和二十五年から平成十年）は、「現代編」の対象期間にほぼ一致する。ただ、この年表はあくまでも県庁所在地である岐阜市に事務局を置く岐阜県歌人クラブから見た年表であり、県内各地域の歌壇史は、東濃、西濃、中濃、飛騨といった各地域ごとの視点に立つことで初めて成立するものである。ゆえにその内容は地区ごとにより自（おの）ずと変わってくるであろう。

全国歌壇史が各都道府県歌壇史を網羅できない事情は、岐阜県歌壇史も同様である。そうした制約を超えて、県内各地域の特色をできる限り記述しようというのが本連載の目標であった。目的の資料を、結局未見に終わることもあった中で、該当の地区で地区なりの歌壇史的意識があったならば、自ずと資料保存の意識が芽生えたであろうと感じたことを書き残しておきたい。『短歌岐阜』第五集から二首を引く。

関ケ原越ゆれば美濃のはてとほく稜線（りょうせん）浮かぶ白くかがやき　　塩谷久雄

関ケ原は、北の伊吹山地と南の養老山地の狭間(はざま)に位置する。関ケ原を西進して美濃を振り返れば、北から南にかけて稜線が見える。冬ゆえに冠雪が輝いているという歌。関ケ原のイメージをよく表しつつ、美濃への愛着が感じられる。塩谷は岐阜県歌人クラブ事務局長などの要職を歴任した。

蜷(にな)歩む浅き水底地図のごとむかし国盗(と)りのありたるところ　　松村あや

「蜷」は淡水にすむ巻き貝。透き通った川底を蜷が動く様子が見えるのだろう。「国盗り」は、司馬遼太郎の小説『国盗り物語』を意識したものか。戦国の歴史と作者の住む岐阜市の風景とが二重写しになる作品である。長崎県の出身だが、岐阜の地を愛し、根付いた女流歌人である。郡上市の古今伝授の里フィールドミュージアムの発展にも尽力し、短歌を美術作品で表現するコラボレーション「歌となる言葉とかたち展」を、歌人の小川恵子や美術家たちと共に企画し発展させた。小川は、郡上とは逆に、美術作品を見て短歌にする「芸術の連鎖祭り」を揖斐郡池田町で精力的に催している。

綿々と愛乞ふ小面まうさふは女やさしく生きては居れぬ　　後藤すみ子

「小面」とは、あどけなさを残す可憐な若い女の能面。「まうさふは」は、「もうそうは」で、現代では、「小面」のように女性は生きていけないと歌う。社会における女性の在り方の変化を描いた作品。後藤は現在岐阜県歌人クラブ副会長。小瀬洋喜門下で、その論作を知悉(ちしつ)し、小瀬の理念を継承する。連載中小瀬の遺した歌業の検証に何度も助けていただいた。

小瀬の蔵書を基に設置されたフィールドミュージアム内にある短歌図書館大和文庫所蔵の資料は、「現代編」の基本資料となった。資料の貸し出し及び調査に全面的に協力していただいた同館スタッフに心から御礼を申し上げる。「新・岐阜県歌壇史」は、この後「近代編」に入る。新たな岐阜県の短歌の鉱脈を、今後もしっかりと探り出していきたい。

単行本後記

本書は、岐阜新聞に二〇一六年四月二十日から二〇二二年十二月十七日まで六年八カ月にわたって連載した「新・岐阜県歌壇史」の「現代編」を一冊にまとめたものである。単行本化に当たって、初回と最終回は、それぞれ、「はじめに」「おわりに」と改め、それ以外は、「岐阜西濃」「中濃東濃」「飛騨」の三つの章に並べ替え、地域ごとの歌壇史が把握しやすくなるようにした。連載開始から八年以上が経過しているため、原稿執筆当時と事情が変わった点もあるが、原則当時の記述を尊重した。また、写真については、必要なものに絞って掲載をした。

「現代編」一冊をまとめ終わって思うことは、岐阜県の各地区ごとの歌壇的出来事は、岐阜県全体の動向と常に連動しているということである。前衛短歌運動におけるシンポジウム運動は岐阜県から始まったのであるが、一つの動きが共振していくように、岐阜の歌人たちの一挙一動が全国の志ある歌人たちに影響を与え、それがまた岐阜の歌人たちへとフィードバックされていったことを確認したのであった。考えてみれば、前衛短歌運動におけるシンポジウムは、塚本邦雄らを中心とする関西青年歌人会の呼び掛けによって岐阜で始まったのであり、中央から見て低く見られがちな地方だからこそ、自由かつ抜本的に改革運動ができた側面があるだろう。その意味で、岐阜県歌壇史を編むことは、中央歌壇史には書かれていない歌壇的真実を掘り起こす作業であったのだと指摘しておきたい。一つの細胞が集まり、一つの臓器さらには一つの身体をつくるように、県内各地域の活動が岐阜県の歌壇を、さらにはわが国の歌壇をつくり上げていることを、今回の連載を通して証明できたのなら嬉しいことである。今回の「現代編」の単行本化で、小瀬洋喜先生が病気のために残念ながらも中断された「岐阜県歌壇史」の完成にかなり近づいたと実感している。

最後にさまざまな資料を提供していただいた、古今伝授の里フィールドミュージアム、岐阜県歌人クラブ及び県内各地の皆様、校正の最終チェックを行ってくれた森下慎之輔氏、連載時に励まし続けてくださった岐阜新聞の箕浦由美子氏、沢野都氏、大成朋広氏の歴代担当者様、出版化に尽力していただいた岐阜新聞出版室の皆様にも深く御礼を申し上げる。

小塩　卓哉　（おしお たくや）

1960年岐阜県羽島郡岐南町生まれ。岐阜県立岐阜高等学校を経て早稲田大学卒業。中京大学文学部客員教授。日本文藝家協会会員、現代歌人協会理事。「音」短歌会選者。

歌集に、『風カノン』『たてがみ』など、歌書に、『新定型論』『名歌のメカニズム』などがある。

現代短歌評論賞、中部日本歌人会梨郷賞、岐阜県歌人クラブ賞、日本歌人クラブ東海ブロック優良歌集賞を受賞。

新・岐阜県歌壇史　現代編

著　　者　小塩　卓哉
発 行 日　2024年10月5日
発　　行　株式会社岐阜新聞社
編集・制作　岐阜新聞社読者局出版室
〒500-8822
岐阜市今沢町12　岐阜新聞社別館4階
電話 058-264-1620（出版室直通）
印刷・製本　岐阜新聞高速印刷株式会社

価格はカバーに表示してあります。
落丁本・乱丁本はお取り替えします。

ISBN978-4-87797-337-7